愛我

以愛之名
殺人無形

亞斯莫 著

目錄

一、本臺獨家

帶您來關心浴室摔倒昏迷的意外事件所引發的案外案。

日前荷沁企業女總裁段柔丹被女性友人發現倒臥在浴室外的走廊上昏迷不醒，經送醫緊急搶救後，昏迷指數停留在「三」，接下來請看本臺獨家的追蹤報導。

經營荷沁連鎖下午茶店的企業女總裁段柔丹兩天前疑似在家中浴室摔倒，女性友人許小姐因當晚聯絡不上段柔丹，隨後急奔至段柔丹住處。擁有段柔丹住屋鑰匙的許小姐開門進入後，赫然發現仰躺在浴室通往客廳走廊上已經昏迷的段柔丹，隨後連絡救護車送醫急救。事發至今，許姓女友人嚴厲指責段柔丹的已婚妻子蔡怡君有謀財害命的嫌疑，要求警方立案調查。

經過兩日的沉默，段柔丹的已婚妻子蔡怡君親至法院按鈴申告許小姐的指控為惡意誣告，並宣告這起意外事件已交由警方全權處理，日後不再對許小姐的指控發言。

段柔丹連鎖企業的經營權，目前由許姓女密友代為處理。據本臺深入了解，這位許姓女密友的身分特殊，一是荷沁企業的創辦人之一，二則，她是段柔丹的前女友。段柔丹與許姓女密友有過約定，若是其中一人發生事故，企業的經營權將交由另一人全權處理。

經醫院診斷，段柔丹的病因是過勞導致血管動脈瘤爆裂，加上當時剛好自浴室洗澡後滑倒，目前陷入深度昏迷的她，醫生研判「沒死也極有可能成為植物人」。

段柔丹的已婚妻子蔡怡君，自段柔丹出事之後，便以沉默面對所有媒體。她經營的「灼見瑜伽教室」目前大門深鎖，而許姓女密友則要求警方禁止蔡怡君小姐去醫院探望妻子段柔丹。此舉已被警方婉拒，針對這個事情蔡怡君方面依舊保持沉默。

段柔丹的許姓女密友表示，當年段柔丹與她於二〇一七年準備等同志婚姻法案通過後，便立刻辦理結婚手續，怎料，二〇一八年段柔丹竟與蔡怡君開始交往，兩人於二〇一九年辦理結婚登記，跌破所有親友的眼鏡。許姓女密友表示，蔡怡君先前已有兩次獲得保險理賠的紀錄，此次段柔丹在婚後突然投保高額保險，受益人竟然是新婚妻子蔡怡君。如今在二〇二〇年八月三十一日於家中摔倒昏迷，病因竟是腦部血管動脈瘤所引發，這樣的保險契約能成立？許姓女密友對此表達強烈質疑，並要求保險公司調查蔡怡君。

段柔丹意外導致昏迷，經檢警調查，段柔丹並未跟已婚妻子蔡怡君共同居住，所以平日都是一個人在住所之內，事發當天段柔丹倒臥的位置，剛好就在浴室外、通往臥室這個地方。

據知情人士告訴本臺記者，當時段柔丹的浴缸裡放滿了水、部分的水還溢出來浸濕地面、手機則是落在右手掌前方不遠處。警方研判，當時段柔丹極有可能一個不小心滑倒撞到頭部陷入昏迷，或者是因為腦部血管動脈瘤破裂，引起暈眩滑倒在地陷入昏迷。

截至目前最新的消息便是許姓女密友偕同段柔丹的弟弟出面表示，要求警方進一步調查這個案子與蔡怡君。

有關這個案外案的後續發展，本臺將為您持續追蹤。

二、殺人筆記　段柔丹

段柔丹，對外形塑為成功的女企業家。老實說，在工作上她的確有獨到的一面，可是在處理私人生活的部分，她真的是位無能者。

難道是因為太重視工作而忽略內心深處的情感歸屬？

還是，感情僅僅是為了增加腦內快樂多巴胺的分泌而存在的工具？

既然跟我結婚，為何不和前女友在各種關係上都切割乾淨？

為什麼不把住家的鑰匙拿回來？或者要求前女友將鑰匙歸還？

如果沒膽子開口要求，那又為什麼不乾脆點將門鎖換過？

有沒有搞錯？連這樣都做不到？

段柔丹就是這樣。一個在私人領域上一點魄力都沒有的女人！

我是登記在案的正牌老婆，名正言順的妻子，配偶欄註記的伴侶。

沒錯，許芳婷跟段柔丹在一起過；沒錯，兩人共同開創「荷沁連鎖下午茶」的事業。

既然這樣，許芳婷是不是因為段柔丹的「多情」而不願與她同住一起？

多年的感情，分分合合，再怎麼不堪，看在事業的分上，勉強自己閉上眼睛不去看，不去想，儘管心裡淌血，依舊得撐起笑容。難道，這就是許芳婷願意繼續跟段柔丹維持不撕破臉的工作夥伴主要原因嗎？還是因為錢呢？

看著這兩人的情感糾葛，我相信自己可以改變她，因為她最後娶的人是我。如果段柔丹跟許芳婷的感情十分堅貞、滴水不漏，那我怎麼可能有機會介入？人性的弱點就是「得不到的令人懷念」。那麼段柔丹是因為得到許芳婷而產生厭煩之心囉？其他女人呢？是不是因為得到後失去新鮮感，所以萌生嘗鮮的偷情快感？

誰說女人不可以「獵奇」？這是男性沙文主義對女性思想的禁錮。是誰定義女性對愛情必須忠貞？

女人與男人一樣可以「獵奇」，一樣可以在擁有一個愛人的同時，再愛上另一個人。

情慾是複雜且流動的。愛情是一連串高深莫諱的化學效應。腦中的神經傳導、意識的註記，一開始為了繁衍後代產生的激情，當催情費洛蒙消退後，人們便開始進入愛情的平靜期，蟄伏在內心的「悸動」便等待著另一次催化激情的瞬間，再次進入「熱戀」，再次談一場「促進多巴胺、血清素分泌」的激情。

我必須不間斷的催化段柔丹的「激情」，這樣一來，我便能在眾多競爭者中脫穎而出，所以我是「佼佼者」，我必須把「我是勝過其他人」的想法，植入段柔丹的腦海中。

科學家對於「虛假記憶」在大腦中運作的過程，已經有了完整的圖像。對某些人而言，虛假記憶的強大力量相當於真實記憶，甚至比真實記憶更加持久，並且和「要旨記憶」（gist memory）、「模糊記憶」（fuzzy memory）有相當多的共通點。在記憶生成的任一階段都能形成虛假記憶，例如最初編碼階段、把短期記憶轉為長期記憶的鞏固階段，幾天、幾月、幾年後的記憶提取階段，透過幾種方式修改記憶。

虛假記憶的力量之所以強大，乃是因為其與既有的敘事內容搭配的很好，看起來極為可信。不論如何，虛假記憶與真實記憶並沒有任何足以鑑別的科學程序。

對於段柔丹，我可以不斷在她腦海中植入「我是唯一適合她的人」的「虛假記憶」。每次與她交談的時候，放一些在話語中，有意無意強調一下，話說，女性極其容易被暗示，再加上算命的輔助，就算許芳婷跟段柔丹在一起共創事業，也無法敵過我的「魔力」。在「虛假記憶」助長之下，段柔丹的真實記憶中，我的存在便占據了極大篇幅。

我認為許芳婷在段柔丹多次的背叛下，一次次失落無處寄託深情的心，終究將由愛轉恨，報復之心伺機而起，這便足以構成殺人動機。這，就是殺人動機！

而且，段柔丹始終不願意將許芳婷的鑰匙取回，甚至段柔丹還親自授權許芳婷在段柔丹無法行使判斷、失去自理能力時，可以取代段柔丹在公司的營運權，主導公司一切的經營政策，這是一種補償，更是一種傷害。失去了愛，每一次的觸景傷情，如同孩子般的事業，種種條件顯示，許芳婷更有殺害段柔丹的動機。

可惜，早已將許芳婷視為自己人的段家人都站在她的立場上來指責我。

為什麼呢？我想了又想，極有可能因為我是「初來乍到的外人」。

段家人面對段柔丹生死不明的狀況，想找個出口發洩傷痛與惶恐的情緒。他們的目標不可能指向許芳婷，畢竟這位曾經是熟悉、「有可能成為家人」的同路人，他們和許芳婷要面對的是有可能失去至親的痛苦，自然而然便會連成一氣，相互取暖。

而我對段家人而言是「陌生人」，對許芳婷而言是「奪愛的仇人」，他們既然同仇敵愾，我當然順理成章的成為他們宣洩傷痛與憤慨的對象。

這種情形之下，儘管許芳婷再有動機足夠成為殺人兇嫌，在媒體的揣測下，我還是順理成章的成為第一嫌疑犯，畢竟社會大眾對於感情的第三方總是有股莫名的敵意，甚至是仇恨。

儘管我舉出諸多事項佐證：

我有不在場證明，因為我不住在段柔丹家中。

我不要她的錢，我有自己的事業要經營。

如果是我要殺段柔丹的話，怎麼可能只讓她摔倒昏迷？

段柔丹的住家，主臥室內設有浴室，浴室的門是透明的耐高壓玻璃製成，裡面有浴缸與衛浴設備，浴室出來之後有個小小走廊通至主臥室，一旁便是雙人床。

如果是我要殺段柔丹，我會先邀請她共進燭光晚餐，然後用上等紅酒灌醉她後，哄她一起進浴缸泡鴛鴦澡，等她到了浴室坐進浴缸之後，我便佯稱有急事要外出處理，來個一去不回。臨走前，還將手機放在她的右手掌中，此刻的她肯定渾渾惡惡的不知人事。

我呢，則是約了三五好友聚在酒吧，等時間一到，便打手機給段柔丹，原本睡在浴缸中煮成半熟的段柔丹被手機響聲驚醒，猛然一個站起，隨即踉蹌的跨出浴缸，沒走幾步便滑倒，側轉身子，臉向天花板，頸部朝下的撞上浴缸外的免治馬桶邊緣，腦幹受損，當場死亡。

這才是我的殺人手法，怎麼可能只讓她摔倒昏迷？

「摔倒昏迷」這樣粗糙的手法，肯定是許芳婷先我一步下手的傑作。

我打敗了如此多競爭對手得到段柔丹，肯定是手腕、頭腦高出這些庸俗之輩許多，怎麼可能留下受人責難的爛攤子，我絕對不可能失手，更不可能被許芳婷打倒。

段柔丹的事情已經被報導的沸沸揚揚，我怎麼可能稱了許芳婷的心，在鋒頭浪尖之際，殺掉段柔丹？這可不是佼佼者會做的蠢事。更何況醫院眾目睽睽，我有蠢到這種地步做出讓自己陷入囹圄的機會嗎？

反而是許芳婷，這個手拿一切的女人，該死的人應該是妳！

只可惜輿論一面倒的態勢，讓我只能以沉默面對。

我夠聰明，我夠冷靜，我有耐心，我會等到某一天，當眾人目光不再我身上的時候，我會用最迅速的方式將一切畫上句點。

三、謝謝妳治好我的病

高跟鞋跟撞地聲在碩大空間中雖不特別響亮，不知為何聽起來十分刺耳。由遠而近震盪耳膜，撞擊聲逐漸與心跳同步，直到餐椅緩緩移開餐桌的「嘶、嘶」聲響起，雲天宇這才移動眼珠、斜看正對面的人。

「話說自從你考上警察、離開第三性公關的工作之後，有多久沒見你這種打扮？今天看見『羽衣』的裝扮，還以為我走進酒店了。」劉愛妮晶亮的雙眸望著眼前的「美人」說道。

用著抹了紫色眼影、描了黑色眼線液、裝了加長黑色睫毛的動人雙眸，雲天宇無奈地看著眼前的劉愛妮：「哼！說我？妳看看這地方哪裡是餐廳？我覺得根本就是某國的皇家宮殿啊！金光閃閃的讓人恨不得戴上墨鏡用餐。」邊說，邊拿起桌面的墨鏡準備戴上。

劉愛妮動作輕柔的伸出手緩緩撫在雲天宇的右手背，語氣極盡柔膩的說：「戴上便看不清楚包廂內的人與事，放下吧，沒人發現你坐在這裡。」

舉至一半的墨鏡，緩緩放回咖啡杯旁：「我花費功夫的精心打扮，自然不容易被發現，可是有妳坐在我對面，早晚被人看穿。」雲天宇打量一番後，沒好氣的問道：「妮姐，今天不用盯場啊？琪姐又放妳假了？」

劉愛妮拉拉深咖啡色皮夾克、理理灰色圓領襯衫，用手掃掃貼身黑色牛仔長褲，拉開餐椅，態度從容的坐下，嘴角微揚道：「我請假。」

雲天宇像聽見股市崩盤的消息般，睜大雙眼震驚的看著帶抹甜甜微笑的劉愛妮：「妳跟琪姐像連體嬰一樣，從沒聽過妳請假……」

「去拿餐點吃，這餐飯我請。」劉愛妮邊說邊撩黑色長髮往耳後一擺。

雲天宇端起咖啡杯，輕啜口已涼掉的美式咖啡，意在言外的說：「認識妮姐這麼久，這還是第一次接受如此額外的款待。」

劉愛妮伸出手將雲天宇的咖啡杯取過來，放在桌上說：「缺憾的大餐，我可以多請你幾次。」

雲天宇撩撩棕色長捲髮，嘟著塗抹粉色口紅的唇說：「只是個餐廳，琪姐有必要弄成這副模樣嗎？唉，我還可以靠著妮姐來這裡混幾口霸王餐，只可惜項弟為了宴請佳人，只怕來這麼一次，連積蓄都花光了。」說著說著，咬牙切齒的惡笑道：「明天要提早跟他收房租，看他拿什麼來抵押？哼，『以身相許』這種的我不要。哼，哼，哼。」轉著整人念頭的腦袋，讓刷了腮紅的雙頰更加緋紅耀眼。

劉愛妮靜靜聽完雲天宇低聲的自語，雙手橫在胸前、手掌搗著肘關節，面帶歉意說：「琪姐親自交代旗下所有餐廳，凡是方心渝、項少辰、雲天宇親至餐廳消費，一律免收任何費用。」

雲天宇收斂笑容，斜眼盯著劉愛妮；劉愛妮睜大雙眸，眼神無辜的看著雲天宇。

互視許久，雲天宇伸出手將涼掉的美式咖啡端過來，仰頭一口喝完，杯子重重放回盤子上，一語不發的拿起女用托特包，取出粉餅盒準備補妝。

劉愛妮從皮夾克口袋中取出手機架，將手機放在架上，凝神細看許久，突然說：「天宇，陪妮姐去拿點東西吃。」

正準備補上口紅，驀地聽見劉愛妮的請求，胸口悶著股氣，便朝對面的人飆了出去：「既然報上名字就能吃免費大餐，今天雲哥哥沒興趣吃山珍海味，只想喝黑咖啡。」

劉愛妮盯著手機過幾秒鐘，便兀自站起身，朝有機沙拉吧走去。

口紅剛巧碰觸柔嫩上嘴唇的剎那，停頓了下，斜眼凝望劉愛妮挑選菜色的背影半晌，緩緩收起口紅，丟進包裡，站起身，移動身子朝劉愛妮走去。

「我說妮姐，這一年沒見，是不是因為酒店轉型為餐廳的事情搞得身心疲憊，怎麼感覺妳的精神沒以前好？」雲天宇拉拉午夜藍禮服的一字領，露出性感的鎖骨部位，那條隱形的透明內衣肩帶，服貼的搭在鎖骨上，隱匿在膚色中，不細查很難發現，腰際逐漸往下伸展的裙擺，塑造出迷人的小蠻腰。

「你又刻意將罩杯升級？」劉愛妮挑選菜餚邊問道。

意識到胸前巨物抵住劉愛妮的左手臂，雲天宇下意識往旁站了一步：「唉、唉、唉，沒的事。」尷尬的解釋：「有些加工的東西，就是少了點神經。妮姐，真是不好意思。」

劉愛妮拿起盆景沙拉，放在餐盤上，然後說：「我不是疲憊，而是擔心一個人。」

雲天宇彎下身拿餐盤，直起身後只聽見劉愛妮說的最後三個字，於是急忙湊近她的臉蛋、低聲發問：「一個人？妮姐最近在談戀愛嗎？什麼人能引起妮姐的興趣？我要找那個人算帳，竟然讓妮姐愛的一點精神都沒有！」

面對一連串發問，劉愛妮自顧自的嘆了口氣。

雲天宇這時再也無心開玩笑，順手拿了盆栽沙拉、蔬菜棒、夾了一小撮有機生菜，越過劉愛妮，拿起勺子，淋上義式油醋醬，在劉愛妮耳旁悄聲說：「有什麼話，坐下說。」隨即優雅的轉身走回座位。

劉愛妮此刻再沒興致夾菜，轉過身，尾隨雲天宇走回座位。

❖

「心渝，放心大膽的吃，喜歡吃什麼，全都拿過來，千萬不要客氣！」項少辰神氣的說。

長方形餐桌被食物堆疊的猶如小山丘似的幾個大餐盤占據，方心渝看著自己的盤中稀疏的沙拉，語氣有些遲疑的問道：「這些你全吃的完嗎？」

項少辰一手拿著叉子叉了塊牛排塞進嘴裡、一手拿著湯匙舀了口湯，滿嘴都是食物，邊咀嚼邊帶著滿足的笑容點頭，隨即又低頭吃盤中的佳餚。

方心渝眼神呆滯的凝望埋頭吃盤中餐點的項少辰許久，揚起嘴角，帶抹微笑的低頭用叉子叉起一塊蘿蔓葉放入口中慢慢咀嚼。

瘋狂掃完三個餐盤後，項少辰用手背抹抹沾滿油脂的嘴，將盤子堆疊起來推開，接著又拿來三個裝滿食物的餐盤到面前，舉起一旁裝了柳橙汁的飲料杯，朝方心渝笑說：「謝謝妳治好我的恐女症。」

放下叉子，方心渝那雙帶著笑的眼睛緊盯項少辰問：「你確定沒再發作了？」

聽見問話，項少辰先喝掉差點溢出杯緣的飲料，然後前後左右張望一番，再三確定後才爽朗的大聲說：「天宇沒跟來，真是太慶幸了！」

方心渝聞言，強忍住笑，開口問：「你是心疼餐費嗎？」

項少辰放下杯子，沉下臉說：「我不僅是心疼餐費，我還怕他搶走我喜歡的人。」

方心渝好奇問道：「怎麼說？」

「唉，」項少辰滿臉委屈，苦悶的舉起飲料杯一口喝完：「心渝有所不知啊。就是因為我有恐女症，凡是我喜歡的女生，天宇都會參與『檢查』，最後……」

方心渝滿頭霧水接著問：「檢查什麼？」

項少辰彷彿提防什麼似的再度伸長脖子、前後左右張望許久，確定再確定，其後身子放鬆的躺靠椅背，舒口氣，隨即不滿的說：「小我快一個月又怎麼樣？天宇常常跟我說：『你喜歡的女人得先過我這關。凡是雲哥出馬，那娘們就願意跟我走、甚至上床，這種女人你就甭心動了。另外，你若是遇上那種會誘使你長疹子的女人，這代表她不是你的真命天女，這類女子也不必勞你動心。最後剩下的那種既能不讓你長疹子，見到帥氣的雲哥也絲毫不動搖的女人，那就任由你去追吧，懂了身為哥兒們的苦心了吧？』心渝，妳聽聽，這是好朋友會說的話嗎？我覺得說出這種話的人連豬隊友都不算。哼！」

方心渝態度專注的聆聽，沒發表任何意見。

項少辰吐露了委屈的心事，卻未能得到任何安慰，於是身子靠前，雙眼盯著方心渝，認真的再問一次：「妳不覺得嗎？」

方心渝低垂著眼，拿起叉子叉了一塊蘿蔓葉往嘴裡送，細細咀嚼半晌：「確定恐女症沒再發作？」

項少辰篤定的點頭說：「我確定！妳不是說我的恐女症是因為當年老爹當著我喜歡的女生面前羞辱我而造成的嗎？妳也說我必須面對他。四個月前我終於鼓起勇氣回家去看我老爹，在路上想了很多感人肺腑的話要長篇大論一番，然後我和他就像電視上演的那樣：相擁而泣，緊接著來個大和解，圓滿的解決我從小到大的憾恨。可惜……」

「可惜？」

「只可惜我一到家面對他的時候，我連一個字都講不出來。」項少辰緊盯方心渝的雙眼充滿柔情：「然後我想到妳，想起承諾妳的大餐不可以一直拖延下去，所以，我準備在晚餐好好對老爹說出我的心裡話，誰知道晚餐的餐桌多了一個陌生人，原來是二姊帶了一位女性朋友回家，我當場不知道該不該將小抄裡的話念出來，不料，老爹一反常態的對那位女客人非常殷勤，還提醒我要夾菜給客人吃。」

方心渝點頭：「這算是替你『相親』吧？」

項少辰凝視眼前的人，揚起嘴角：「沒錯！正是相親。二姐帶來的女性朋友長得不賴，頗有沉魚落雁之美，但我心裡想先確定某件事情，然後再去應付老爹給我找的相親對象『們』。正因為這樣，我跟老爹的心結解了，不只常通電話聊天，還會交換彼此的近況。而且連續遇到陌生女性，我完全沒長疹子。」

「看見陌生女性『們』，你沒發疹子？」方心渝終於擡起頭與項少辰四目相對。

「完全沒有。」項少辰眉飛色舞地描述：「而且跟老爹，嗯，算是愈來愈『親密』了。」說完，饒富興味的看著方心渝。

此時，看著項少辰思考事情的方心渝猛然站起，一臉的堅決表情嚇了項少辰一跳，仰頭痴痴望著她。雙手撐在桌面，方心渝露出甜美笑容：「太好了，終於可以放膽吃大餐，我去拿菜。」邊說，轉身便走出靠窗邊、類似半包廂的座位。

項少辰張大嘴還想說什麼，一時間突然給忘了。

❖

劉愛妮緩緩交疊雙腿，雲天宇拿起叉子準備對盆栽沙拉下手的瞬間握緊在手掌中的叉子突然掉在地上，發出「鏘」的清脆聲響，惹得雲天宇急忙彎身去撿。

劉愛妮瞄了眼手機，揚起嘴角對扶在桌緣邊探頭的雲天宇說：「瞧你嚇得，她根本認不出是你。」眼珠隨著走到餐檯挑菜的方心渝轉動，緩緩直起身子，舒緩胸口，用著優雅的姿勢拿起桌上另一副餐具開始用餐。

劉愛妮雙眼低垂，拿起叉子：「看來你真的對方心渝動了心。」

細細咀嚼菜葉的淡粉雙唇，傳出雲天宇刻意提高的聲調：「妮姐，我是擔心項弟這個傻子。」

劉愛妮斜眼凝視雲天宇毫無表情的模樣半晌，無奈的搖頭取了盆栽沙拉中的青菜葉送入口中。

兩人默默的吃著盤中的沙拉，許久沒有交談。

雲天宇雙眼始終沒離開過方心渝，直到她走回座位之後，才開口問道：「妳談戀愛的事情，琪姐知道嗎？」

劉愛妮手持叉子停在半空中，雙眼盯著手機看，嘴上回答：「天宇，不要胡說八道。我問你，這一年來，心渝過得如何？」

雲天宇雙眼視線越過項少辰的肩部看著方心渝的臉，見他們有說有笑，表情顯得陰沉：「她過得可好呢。」

「怎麼說？」劉愛妮放下手中叉子，身子向前傾。

「項弟一天到晚獻殷勤，難道不好嗎？」雲天宇表情顯得頗無奈，眼神凌厲的像把利箭，直直朝右前方半包廂靠窗的位置射去。

劉愛妮舉起叉子截斷雲天宇的視線。

雲天宇哀怨的看著劉愛妮：「看看不行嗎？」

劉愛妮表情嚴肅：「花了快十二個月，餐廳的連鎖事業終於持穩，我才有時間靜下心來思考一些事情。那件兇殺案過去之後，我一度認為能夠回到正常軌道，心渝才算是真正康復。可是，這一年之中反覆琢磨，我突然發現當初的這個想法，真是大錯特錯！」

雲天宇聽見這番話，眼神突然變得極度冷漠：「心渝？又是方心渝？怎麼除了項弟之外，連妮姐也把她掛在嘴邊？天啊，這個『掉書袋方』究竟哪裡迷人？從第一次見面就滿嘴講著一堆讓人增長知識的學問，老是愛賣弄知識的『掉書袋方』，長相不特別，脾氣又臭又硬，老是一副高不可攀的模樣。色心大發的項弟我不意外，可是，連妮姐也被她迷住？天啊，她究竟有何魅力能男女通殺？一個人？琪姐知道妳愛上方心渝了嗎？」

「雲天宇！」劉愛妮寒著臉責備：「你吃什麼飛醋？無理取鬧。」

「我無理取鬧？」雲天宇壓低嗓門：「方心渝這一年來不知道私底下在忙什麼，項弟約她幾次，她每次都回絕。連我這位男女通殺的帥哥、死掉的蕭司德都覺得我跟她有特殊曖昧的男人，也約不動她。難不成，妮姐，妳也要我幫忙約她見面嗎？不好意思，可能要抽號碼牌排隊等候！」

劉愛妮肩頭緊皺，低聲自語：「我確實有打電話跟她聯繫，只可惜跟她說不到三句話，她就去忙。你不知道她在忙什麼嗎？」

雲天宇放下手中叉子，露出一副八卦表情：「哪三句話？說來聽聽？然後我考慮一下要不要跟妳說她忙啥事。」

「我很好，我在忙，有空再回電。」劉愛妮簡潔的回答。

雲天宇右手食指撩起髮尾捲弄，表情無奈：「法醫的工作本來就忙。不過，我跟項弟約她去祕密基地聊天吃消夜，她也沒空，每次都推說手上有研究要做。我問過江局，最近有大案子要調查嗎？江局只說除了那個女企業家段柔丹的事情鬧得比較大之外，局裡並沒有需要研究的案件。」

「那麼，她有在進修嗎？還是她去學校兼課？」

「最好有這麼空閒。」雲天宇「哼」了聲。

劉愛妮眼神看向遠方，似乎在想什麼。

「唉，妮姐，別費工夫了。」雲天宇了然於胸的露出輕挑的賊笑：「我跟項弟輪流跟監，這一年來，除了工作地點、回家之外，她根本沒去別的地方。」

「她沒跟母親聯繫嗎？有沒有去找她母親呢？她還有爺爺奶奶，難道沒去看他們嗎？」

「呵，妮姐，妳怎麼對她『動心』了呢？有了新人，忘了舊人啊？」雲天宇用食指捲著髮尾點了自己臉頰，一副百媚千嬌的模樣。

劉愛妮面無表情，瞪著雲天宇：「你這張嘴，真是愁煞人了。」

「唉唷，向來只對琪姐專心一意的妮姐，怎麼會對見不到幾次面的『掉書袋方』產生愛意？真是令小女子『羽衣』在下我百思不得其解。」天宇雙眼眨巴眨巴的看著。

劉愛妮斜睨天宇一眼，接著若有所思的嘆口氣：「看來，愛情的力量真大，讓你突破心結，連過去當第三性公關的藝名也不避諱了？」

「我坦蕩啊！又沒殺人賣身，規矩賺錢讀書，有什麼好避諱？哼。」濃妝豔抹的臉蛋，長睫毛上下搖動。

雲天宇女性化的魅惑表情，看得劉愛妮一陣害臊，雙眼低垂的瞬間，殘影似的記憶片段帶著甜美微笑的年輕臉蛋閃進腦海，眼神迷離的看向另個空間。

是啊，她今年應該是三十五歲。

從小到大，她的夢想只有一個：穿上美麗的婚紗，有個美的窒息的婚禮。

以她的聰穎，大學很快便能順利畢業，然後遇見她的白馬王子，相愛互相承諾相守一生。我肯定是她的伴娘，在母親精心挑選的禮服、婚宴場所，她一定是最美的新娘。在父親的牽引下，我亦步亦趨的跟著她的腳步，見證她夢想實現的那一刻，永恆的一刻。

接著，兩年後，她生下一個男孩，就算工作再忙，我也會撥時間出來陪伴我的外甥。等外甥長大，我會教他射擊，把他當成自己孩子一樣疼，讓外甥跟我的孩子互相陪伴長大，成為彼此的最堅強的靠山。

我和她一輩子都會相親相愛，互相陪伴，直到老去。或許過程中會吵鬧、彼此打架，但我們彼此相愛，我和她是永遠無法分割的血緣姐妹，劉乢乢，我親愛的妹妹。

人生若是能夠重來，我想回到考上大學那年，直到考上臺北的大學為止。

如果能夠重來一次，我會讀懂她茫然眼神中的念頭，就像被蕭司德禁錮的方心渝……

「妮姐，妮姐。還好嗎？一向潔身自愛從不嗑藥的妮姐，難不成學壞嗑藥了？」雲天宇叉了根紅蘿蔔在劉愛妮眼前晃動。

回神的劉愛妮聽見這話，嚴肅的低聲斥道：「天宇，什麼玩笑都可以，唯獨這個玩笑開不得。」

雲天宇嘟嘴，將條狀的紅蘿蔔往嘴裡送進送出，一臉情色模樣。

劉愛妮再次斥道：「不要玩食物，小心以後沒東西吃。」

「唉唷，妮姐今天好嚴肅唷，討厭啦。」雲天宇緩緩咀嚼紅蘿蔔，一邊埋怨。

驚覺自己失態，劉愛妮露出迷人微笑說：「陪我喝杯酒？」

「這裡有賣酒嗎？」雲天宇環視四周。

「樓上俱樂部有賣，等等吃飽後，一起上去，我請客。」劉愛妮拿著叉子在盆栽沙拉裡翻攪生菜。

雲天宇竊笑，冷不防說道：「難得妮姐請客，我喊項弟與心渝一起來。」

「那有什麼問題？」劉愛妮一臉期待的擡起頭，正好見到雲天宇右眉揚起的笑臉。

「不知道是誰對方心渝動心？是我？是項弟？還是妮姐，妳？」雲天宇嘲諷道。

劉愛妮瞪了眼後，低頭不作聲。

從未見過這種樣貌的劉愛妮，雲天宇自知再揭露下去，只怕壞了兩人之間的好交情。於是放下叉子，正色道：「妮姐，我們認識彼此很久了。不論妳基於什麼原因想關心『掉書袋方』，凡是我知道的都會告訴妳。只是，神通廣大的妳，對於『掉書袋方』和她的家務事，應該不需要我告訴妳，對吧？」

劉愛妮面無表情的眨眨眼。

「『掉書袋方』除了剛銷假上班的前一、兩個月算正常外，」雲天宇眼神露出擔心的神采：「之後，便開始神神祕祕，讓我跟項弟都很擔心。」

劉愛妮皺眉追問：「怎麼說？哪裡不正常？」

雲天宇露出一抹戲謔的笑容：「這我也說不上來，憑直覺囉。但項弟卻是因為約不到她，才開始擔心。」

「今天不是約出來了嗎？」劉愛妮看了眼手機的鏡子程式反映出方心渝和項少辰互動情況。

「嗯，」雲天宇交疊雙腿，躺靠椅背說：「不妨老實告訴妳，今天這一餐並非項弟死追爛纏的結果，而是『掉書袋方』自己主動約項弟出來吃飯，說有事情要請項弟幫忙，才發生的唷。」

「幫忙？心渝要請少辰幫什麼忙？」劉愛妮追問。

雲天宇看向右前方半包廂靠窗餐桌旁的兩人，呶嘴說：「妮姐可以走過去問問項弟，不然，也可以直接問方心渝啊。」

劉愛妮燃起的一點期待，又失望了。

雙眼盯著手機程式反射出熱切交談的兩人，內心不停的揣測。

❖

餐盤裡躺了一塊豬排，兩、三樣青菜，方心渝坐正椅中，舉起刀叉，準備開動的時候，赫然發現眼前原本被裝滿食物餐盤占據的桌面，瞬間清空，這情景令她不禁舉著刀叉呆愣許久，幾秒鐘後，她看向眼前用舌頭剔牙、神情滿足的項少辰，開口問道：「剛剛那些餐盤中的食物？」

「我吃完了。現在休息一下，我等等再去拿。」項少辰咧齒笑說。

「嗯，你平時的食量就這麼大嗎？」方心渝手持刀叉擱在桌上發問。

「這家是高檔餐廳啊。難得有機會遍嘗美食，所以，我要好好吃個痛快。哈、哈、哈，」項少辰不假思索的說。

「這算暴飲暴食，小心等等消化不良。」方心渝皺眉說道。

項少辰兩手擱在左右椅背、慵懶的說：「別擔心，我今天從早上到中午都沒吃，就為了吃這一頓。更何況，要真的有什麼大事，還可以打電話問問妳該怎麼辦啊。」

方心渝語氣責備：「何必這樣折騰自己身子？」停頓一會兒，似乎想起什麼，舉起刀叉，將豬排切成小塊，邊吃邊說：「對了，我有事情想請你幫忙，不知道會不會麻煩？」

「不，不，怎麼會呢？一點都不麻煩，」項少辰右手掛在右側空椅椅背，咧嘴笑笑：「說吧，有事找我我就對了。」

「想請你幫忙查一下，八月三十一日在浴室跌倒陷入昏迷的女企業家……」方心渝話還沒說完，項少辰直接插話。

「段柔丹。我記得是段柔丹，段柔丹那個案子啊，沒問題，案子在我手上，還需要什麼資料，我可以一併幫妳找。」說到這裡，項少辰表情嚴肅、傾身向前，低聲問：「難道妳有意外的發現？趕快告訴我。」

嚥下口中咀嚼的肉，緩緩說道：「如果我有新發現，換成我請你吃滷味。」

「好！要查段柔丹的什麼？」項少辰精神一來，雙眼炯炯有神。

「查她的妻子，蔡怡君。」方心渝放下刀叉：「我想知道蔡怡君之前是否真的像段柔丹的許姓朋友指證的那樣，她曾經兩次獲得保險理賠。這些要保人究竟是誰？」

項少辰身子往前傾斜的角度變小，這舉動令方心渝頗感壓力的往後移動，放下刀叉，雙手橫抱胸前，神情帶些警覺。

項少辰咧嘴亮出潔白牙齒，套話似的問：「妳是不是覺得蔡怡君怪怪的？」

「浴室摔倒的意外太常見了，不能如此直斷的認為蔡怡君有問題。」方心渝似乎想遮掩什麼，微笑顯得僵硬。

「我認為蔡怡君頗有黑寡婦的嫌疑。」項少辰絲毫未察覺方心渝的細微表情變化，自顧自的坐直身子，開始數落起來：「結婚沒多久就讓另一半買了鉅額的保險，受益人還是她，結果另一半就這樣沒有理由的死了，爽爽拿到一筆我得存半輩子還不見得存得到的錢，這不是謀財害命是什麼呢？擺明了就是黑寡婦。」

「少辰，段柔丹沒死，只是陷入昏迷。」

「昏迷指數三，死的機率很大，好嗎？」

「那麼，你可曾想過，段柔丹就是因為自己懷有隱疾，才故意瞞著妻子買了鉅額保險，為了只是想確保她日後不必為錢煩心？」

「既然是妻子，段柔丹又是企業家，遺產理當就由妻子繼承，幹嘛需要大費周章的搞個保險呢？」

「保險的受益人不需要經過繼承手續，或許段柔丹覺得企業這部分牽扯太多，所以使用這樣的方式，來確保自己所愛的妻子能夠得到一些生活保障。」

「從男人的直覺來說，我認為蔡怡君怎麼樣都涉有重嫌。」

方心渝寒著一張臉，語氣冷漠的說：「就是因為具有妻子的身分，所以你才覺得蔡怡君不論『做』與『不做』什麼，都順理成章的有罪？」

絲毫沒感覺方心渝此刻的神態有異，項少辰繼續說著自己的感覺：「我說啊，結婚之後，共同住在一個屋簷下，不是正常的事情嗎？可是，段柔丹和蔡怡君可是分開住在兩個地方耶。還有，既然段柔丹的事業做的這麼大，身為另一半，不應該一起打拼？為何要另外弄個什麼瑜伽教室？這不奇怪嗎？人家都說：『夫妻同心』啊。你看這兩人的關係錯綜複雜，『結婚』跟『沒結婚』還不一樣？各過各的嘛。八成是蔡怡君用了什麼手腕，硬要段柔丹買一份保險，然後想辦法謀財害命。」

方心渝目光冷淡的嘆口氣：「所以，少辰的意思就是：『未來你的妻子，不可以有自己的事業，一定要在家相大教子』的意思？」

項少辰聽見問話，內心以為方心渝想跟他討論結婚後的規劃，忍不住臉色緋紅、興奮的說：「欸，我不是這個意思。如果我老婆想要上班，我全力支持，如果老婆覺得不想上班，我也全力支持。總之，我一切都聽老婆的話，只要她開心，我什麼都好。」

「那老婆要發展事業呢？你也全力支持嗎？」方心渝接了話尾問道。

項少辰搔搔頭想想，彷彿下了什麼決定，咬咬牙根說：「嗯，這就得看情況了，我希望我能夠幫上忙。」

方心渝看著眼前的食物，突然有種反胃感，嚥下口水，微笑說：「看來，當少辰老婆的女人，真幸福，一點都不必為往後擔憂，只需要好好照顧家庭。」

項少辰以為這是誇獎的話，害羞的低頭說：「好說，好說，心渝誇獎了。」

方心渝現下完全沒有食慾，開口詢問：「這盤菜餚可以麻煩你幫忙吃掉嗎？肉，我切好只拿了一塊，其他的菜我都沒有碰。」

項少辰以為這是方心渝回應他告白的方式，立刻伸手將盤子端來，還將她用過的刀叉取過來，露出燦爛的笑容說：「不麻煩，交給我，妳吃過的我一點都不介意。」叉起肉時還說：「妳放心，妳交代的事情，我這兩天立刻去辦，等我消息，記得要接我電話。」

方心渝緩緩的點頭，接著站起身說：「我去拿飲料。」說完，轉身離開餐桌。

❖

雲天宇看劉愛妮半晌不說話，於是拿起叉子想叉點沙拉來吃，怎料再次失手將手中叉子掉在地上，「鏘」的聲響，令雲天宇急忙彎身去撿。

劉愛妮盯著手機，沒好氣地對眼睛露出桌緣邊查探的雲天宇說：「已經說過她根本認不出你，你女裝的模樣，只有我見過。」

雲天宇扶著桌沿低聲說：「謹慎能捕千秋蟬，小心駛得萬年船。畢竟心渝是法醫，摸骷髏頭摸成精了，說不定一眼望過來，就知道我是誰。」

劉愛妮覺得雲天宇變了，當下起了壞心眼：「不然，我喊她過來，試試她能不能認出你來。」

「妮姐，使不得，使不得啊。這可會鬧出人命！」雲天宇在桌沿邊上擺擺手阻止道：「就算要試，也去燈光昏暗的地方，才能試出功夫啊。」

劉愛妮點頭認同：「不然，就像你提議的，由你邀請少辰與心渝到樓上酒店喝一杯？我請。」

「好啊，我傳訊息給項弟。不過，妮姐，先給我一套衣服，我把這身打扮換掉，免得日後跟蹤不方便。」雲天宇緩緩坐直身子。

「沒問題，我跟這裡的經理說一聲。」說完，伸手示意。

一位男服務生立刻走過來。

劉愛妮跟男服務生交談一會兒，笑著對雲天宇說：「天宇，跟他去吧。」

男服務生站在雲天宇身旁，眼神頗讚嘆的打量男扮女裝的變裝美女。

「等等，我先傳訊息跟項弟說一聲，讓他去邀請『掉書袋方』。」

劉愛妮表情露出一抹期待的微笑，眼睛直盯手機。

❖

方心渝站在餐檯許久，手中握著玻璃杯，始終拿不定主意要選何種飲料。

想起剛剛項少辰的言論，頗覺反感。儘管知道他並非惡意，但這卻是大多數人、甚至包含女性都有的想法。這令方心渝想起當年在研究所被教授性騷擾後，鼓起勇氣到性平會揭發教授醜態時被委員及其他同學、教師們冷嘲熱諷等種種屈辱，內心不只有萬分感慨，更多的是憾恨，沿著這個思路，回憶起蕭司德。

一年前摧毀她理智的恐怖畫面衝破心理防線，浮現眼前。

身體被縫合在蕭司德左胸前、意識清晰的被羞辱，那位在心底取代父親位置的恩師，非但不慈善，反而是位心理扭曲的連續殺人犯。恩同再造、崇拜仰望的信念，頓時陷入絕望的無底深淵。

方心渝記得那一天，動彈不得的身子，當槍聲響起的瞬間，她恨不得子彈貫穿的是她的心臟，而不是蕭司德的右胸和腦子。

儘管事情已經過了一年，這個記憶卻猶如鎖鏈般禁錮她，並且逐漸收緊使她呼吸困難，更像毒藥緩慢侵蝕她的身心。每當這個記憶浮現的時候，鬼魅般的幽魂纏繞住身子緊緊的勒住她的喉際，她的身體好似變成鉛塊般不斷的往下沉，再堅硬的地板也阻擋不了往地心墜去的身子。她被這股恐懼纏繞，腦子頓時失去作用，身體瞬間癱軟，手中緊握的玻璃杯落在地上，「哐啷」一聲乍響，驚醒周邊用餐的人，接著，方心渝無意識的癱坐在地，雙眼渙散的凝視前方。

蕭司德用著女性腔調、幾近瘋狂的話語：「心渝，妳看看，男人一個比一個猴急，是吧？」、「我走出不去，就要心渝陪葬。我出去了，一樣要心渝陪我一輩子。」。

蕭司德「咯、咯」的笑聲彷彿立體聲音效不停拍打耳膜，當這個惡魔的聲音逐漸成了背景音樂時，隱隱約約聽見有人在耳邊輕喊：「心渝、心渝、方心渝，聽得到我說話嗎？」

失焦的雙眼看著眼前逐漸明朗的人臉，那是一張女性的臉孔，鵝蛋臉、性感的雙唇一張一闔、杏眼充滿憂愁神采。

躺在她懷裡，嗅聞到一股濃厚脂粉味：「妮姐？」

「對，心渝，是妮姐，我是妮姐。」劉愛妮欣慰的看著懷裡清醒的方心渝：「還好嗎？我送妳去醫院？」

方心渝急忙搖頭：「不要，我不要去醫院。」突然發作的歇斯底里，使得劉愛妮不得不將她緊緊抱在懷裡，右手不停安撫她的背部，試圖讓她鎮靜下來。

方心渝雙手緊緊抓住劉愛妮背部的衣服，全身劇烈的顫抖，汗水不停流下臉龐。

項少辰等方心渝回座等待的有些不耐煩，不禁站起想去餐檯找人。怎料，才走出座位，便發現有人倒在地上，反射性的動作便是上前關切，當他見到劉愛妮抱著方心渝時，兩眼大睜的看著她們，嘴上喃喃道：「妮姐？心渝？」

「項弟，發生什麼事？」雲天宇的聲音從後方傳來，嚇了項少辰一跳。

「我，我不知道。」六神無主的項少辰茫然地看著雲天宇。

雲天宇身穿餐廳制服西裝走上前蹲下，雙眼看著劉愛妮。

猶如當年雲天宇挺身站在她面前擋住一切時，劉愛妮雙眼流露出的就是這樣的驚慌與哀傷。

這是妮姐嗎？眼前的人是劉愛妮沒錯吧？她竟然會因為方心渝而流露出這種表情？真是太令人震驚了。她可是琪姐左右手，子彈穿身而過都不皺眉的劉愛妮啊！唉，看得本大爺我都心軟了。嘖！

「走吧，上樓喝個酒，壓壓驚？」雲天宇柔聲問道。

劉愛妮皺眉點頭。

雲天宇伸出手幫忙攙扶，協助兩人一同站起。

劉愛妮緊緊將方心渝的頭部壓往自己心臟位置，以公主抱的方式抱起她，腳步急促的往餐廳外走去。

雲天宇走過項少辰身旁時低聲叮嚀：「去拿心渝的東西，我們到樓上酒店。」

「可是，我，我還沒吃飽，錢，錢也沒付。」項少辰語無倫次的說。

「妮姐替我們給了，改天再來吃。一切交給妮姐作主，快。」雲天宇緊跟劉愛妮身後，離開餐廳。

項少辰一頭霧水的呆愣半晌，見他們走遠，才急忙回座位拿起方心渝的提包與自己的外套，拔腿追著他們而去。

❖

「產於墨西哥的龍舌蘭酒，以龍舌蘭屬作物的球莖為原料，分解發酵後蒸餾，產生龍舌蘭酒的特殊香氣。透明的龍舌蘭酒，香氣較為強烈，『龍舌蘭蹦』這種調酒，便是以少量的龍舌蘭酒加入二至三倍的汽水，用掌心蓋住杯口，舉杯往下敲擊杯墊後，在氣泡竄起時一口喝完。」劉愛妮用著輕柔語氣在方心渝耳邊解說：「我示範給妳看。」舉起杯子往桌上的杯墊一撞，酒杯裡的氣泡泉湧向上、彷彿脫韁之馬般爭相朝杯緣而去。

劉愛妮見方心渝的眼睛看著往上湧去的氣泡，舉杯朝她示意後，仰頭喝完。

項少辰坐在方心渝身邊，好奇的發問：「這酒會不會很濃啊？」

劉愛妮放下酒杯說：「不會，但喝多了是會醉的。」

項少辰迫不急待的把酒杯拿起來往桌上一撞，然後開心的喊：「有氣泡了，有氣泡了。」

雲天宇搖頭說：「酒是拿來喝的，不是拿來看的。」替項少辰將酒杯拿起，項少辰一把奪過來嘟噥說：「知道啦，想喝自己叫一杯。」奪過酒杯後，立刻一口飲盡，用手背抹抹嘴讚嘆道：「哇，好好喝。」轉過頭對遲遲沒有反應的方心渝說：「心渝，沒有酒味，甜甜的很好喝。」

劉愛妮擔心的看著面無表情的方心渝：「還是想喝水？妮姐幫妳要杯熱水，好嗎？」

方心渝默默的搖頭，開口說：「給我五杯『龍舌蘭蹦』。」

這話出口，使項少辰、雲天宇、劉愛妮難以置信的說：

「好喝，可是妮姐說喝多了還是會醉耶，心渝，先喝一杯吧？」

「心渝，很少看妳喝酒，一杯杯來吧，別一次喝完。」

「心渝，妳是認真的嗎？」

「再給我五杯『龍舌蘭蹦』。」邊說，邊拿起酒杯發洩似的往杯墊一撞，仰頭一飲而盡，然後輕輕放下。

項少辰、雲天宇還想阻止的準備張口勸說。

劉愛妮在旁搖頭，揚手朝調酒師說：「五杯『龍舌蘭蹦』，謝謝。」

項少辰不知道方心渝為何突然間身體不舒服，回想兩人在餐廳談到有關結婚後的生活，可能是因為這個話題太過突然，對心渝而言，震撼太大，心裡沒有準備的情況下，造成身體不舒服。太過心急讓心渝生病，自己該負起責任。

想至此，項少辰心情鬱結的嘆息：「妮姐，我也要五杯『龍舌蘭蹦』，心渝想喝，我陪她。」

雲天宇沉著臉低聲斥道：「項弟，幹嘛？你平時頂多喝二瓶啤酒就不行了，現在是五杯『龍舌蘭蹦』，你瘋了啊？」

「我沒瘋，心渝想喝，我陪她喝。」項少辰伸手喊道：「這裡，五杯『龍舌蘭蹦』。」

雲天宇還想阻止，劉愛妮搖搖頭，柔聲宣布：「今天妮姐請客，要喝多少就喝多少。」

調酒師將酒送過來，劉愛妮跟他說：「純威士忌，謝謝。」

調酒師點頭，轉頭將威士忌倒入杯中，然後將酒杯用力一推，酒杯彷彿坐著傳輸帶、一路平順的滑進劉愛妮手中。

舉起威士忌，劉愛妮輕啜一口。

方心渝與項少辰像是互相比拚似的，一杯接著一杯，雲天宇看不下去，奪走項少辰的酒杯，仰頭飲盡。

項少辰滿臉通紅的罵道：「幹嘛搶我的酒？吐出來，吐出來還給我。」還沒講完，嘴裡忽然吐出一堆穢物，噴的雲天宇滿頭滿臉、西裝上全是尚未消化完全的食物殘渣。

化身為人體噴泉的項少辰，雙眼一黑，趴在食物殘渣上。

劉愛妮凝視默默喝著第五杯「龍舌蘭蹦」的方心渝，只見她絲毫沒有醉酒的模樣。

雲天宇抱住項少辰，朝劉愛妮點頭，急忙帶走醉倒的項少辰。

等他們離開之後，劉愛妮舉起酒杯啜了口酒。

此刻，方心渝拿起第六杯「龍舌蘭蹦」，「碰」完之後，喝了半杯。
「沒想到妳的酒量這麼好，妮姐佩服。」
方心渝沒有接話，逕自把剩下的半杯酒飲盡。
劉愛妮默默舉起酒杯，緩緩啜著酒。
在這個吵雜的酒吧裡，方心渝整個人彷彿置身在另個空間，安靜的猶如鬼魅。
熱熱暈暈的迷茫感受，驅趕通體寒冷的夢境。整個身子像是起火一般灼熱，這股熱氣卻怎麼樣都攻不進內心那塊冰封之處。
那是無始惡夢的開端。
一條童軍繩繞過男人的頸項，血紅色的雙眼、吐露的紫色舌頭、屎尿自雙腳滴落地面形成一灘黃色水窪，「臭」是死亡的氣味，「恐懼」是死亡氛圍的蔓延，「絕望」是死亡的代名詞。
她無法接受丈夫終於尋死成功的結果，無法面對這一切，二話不說的離家遠去。聲聲懺悔，哀求諒解，心軟的我終究無法責怪她，放開手任她而去。
每晚，我呆坐在曾經是一灘黃色水窪處向上望，不停的問：為什麼？為什麼要這樣做呢？
不論我如何發問，始終沒有回答。
招魂、觀落陰、碟仙、通靈板，都無法找到你。我真的很想知道你為什麼這樣決絕的離去，狠心的拆散一個完整的家？

無盡的黑夜，無法醒來的惡夢，漸漸分不清何者是現實？何者是夢境？蕭司德的「咯、咯」笑聲與晃動的童軍繩變為日常生活的一部分。

走在法醫室中，眼角餘光總是能瞥見蕭司德的身影，如果，我說如果，你可以告訴我答案，或許，我能從這個惡夢中醒過來。這麼多年來，我始終盼不到你，我想你，我好想你。我求求你告訴我答案，我想知道你為什麼要自殺，為什麼！

「妮姐，其實妳的子彈不該只穿過我的右胸。」方心渝雙手握著酒杯，平靜的說：「應該穿過我的心臟，結束所有的一切。」

劉愛妮閉眼咬牙，嘆口氣問：「妳到現在依舊每晚都做惡夢嗎？」

「十九年來，我從沒有停止過這個惡夢，只是現在的惡夢裡多了一個角色。」方心渝平靜的說：「妮姐，再給我五杯『龍舌蘭蹦』。」

劉愛妮呆愣片刻，隨即心疼的皺緊雙眉，揚手喊：「五杯『龍舌蘭蹦』，謝謝。」

調酒師動作迅速的調製好五杯酒，送到劉愛妮面前。

將酒杯推至方心渝面前，聲音無比溫柔：「安心的喝醉吧，妮姐會一直在妳身邊。」

方心渝似乎沒聽見劉愛妮說的話，毫不猶豫的將酒一杯杯舉起，似乎今晚醉死也無所謂般瘋狂的往嘴裡「灌」酒。

劉愛妮看在眼裡，雙眉更加緊蹙，舉起酒杯，緩緩啜飲。

四、灼見瑜伽教室

前一晚瘋狂的飲酒，導致隔天早上清醒時，壓根不知道自己從何處醒來。仔細張望四周，終於認得是自己的房間。

突然一陣天旋地轉、從胃部翻騰而上的噁心感，讓項少辰拉開棉被、顧不得絆倒又爬起的往前衝，雙眼彷彿具有透視力般的盯著廁所，直到雙腿跪倒在地，雙手緊緊握住馬桶兩側，掏心掏肺的狂嘔，酸澀且回甘的滋味在口中一波接一波噴出，全身虛脫後才告一段落。

用手撐地緩緩站起，轉開水龍頭，捧著水洗臉，細看鏡中的自己，布滿血絲的雙眼，伸手揉揉太陽穴，無意識的摸摸身上，驚覺自己全身赤裸，急忙搜尋記憶裡的最後一件事情：呃，好像是吐了雲天宇一身！

想起這件事，項少辰步伐不穩的衝回臥房，趕緊拿起放在枕頭旁的手機查看時間，驚覺有多則未讀訊息，急忙點開查看，一連三則都是雲天宇傳來：

「早啊項弟，看到自己的裸體有沒有嚇到啊？唉唷，別害臊，大哥十分仔細的幫你全身洗香香，連縫隙都沒有省略喔，但我什麼都沒看見。」

「對了，今天的假幫你請了。垃圾桶裡的嘔吐殘渣，記得下午一點去追垃圾車丟掉喔。沒有丟掉的話，等我回家把那些殘渣和著鮮果打成果汁給你喝下去。」

「宿醉不好受，記得多喝水，瓦斯爐上的熱水已經煮好，你床頭櫃上頭那顆藥是維他命，吃下去可以幫助醒酒，有空多睡覺，明天乖乖上班。」

項少辰嘟嘴看完訊息，深深嘆氣，沮喪的坐回床上：「昨天連怎麼回家都不記得了，真是太丟臉。以後怎麼面對心渝？啊！對了，心渝拜託我的事情，得趕緊去查，這樣不就可以『將功贖罪』？」看了手機一眼：「媽啊，得快點，垃圾車快來了。」

一個彈跳起身，神情慌忙的亂拿衣服、褲子，用手指充當梳子、爬梳頭髮，動作匆忙的準備出門。

❖

雲天宇被江河山叫進辦公室，在辦公室裡還有另一位陌生人，雲天宇客套的朝對方點頭：「局長，有事交代？」

在蕭法醫案件中因轎車剎車被人破壞，造成車禍導致腿部骨折的江河山，儘管斷裂的骨頭已經癒合，但是，後續的筋骨復健仍舊持續，所以目前辦公時還是拄著拐杖協助行走。人緣奇佳的他，哪怕腿傷不便，飯局邀約仍不間斷，「公關局長」果真不是浪得虛名。

「天宇，」江河山取過拐杖站起身，朝陌生人走去，邊說：「我給你介紹介紹，這位叫做賀湘成，他父親是我在警大的同班同學賀卓見，可惜我同學英年早逝，湘成是他的獨生兒子，也是我從小看到大的孩子。他很努力，很優秀，我想請你跟少辰帶他一段時間。」說著，拍拍一旁身高相當的賀湘成肩膀。

雲天宇朝他微笑：「太好了，我們又多了一位優秀的同事，恭喜局長。」

江河山開心的點頭微笑。

賀湘成伸出右手，一臉嚴肅：「還請學長多多指教。」

「客氣了。」雲天宇伸手握住，緩緩搖動一下：「你可以喊我天宇哥。」

「天宇哥。」賀湘成伸出雙手，情緒激動的回握雲天宇。

本該收回的手，卻在賀湘成雙手熱情的緊握中抽不出來。

「真的很感謝江叔叔讓我在天宇哥手下學習。我的同學對這件事情很感興趣，一定要我替他們做個深入訪談。」

雲天宇看了江河山一眼，江河山眨眨眼、露出無辜表情示意自己不知情。

繼續想辦法抽出自己的手，賀湘成則是罔顧周遭一切，自顧自的說：「這件事情就是去年令天宇哥大大出名的連續殺人案。天宇哥犧牲自己肛門捉到殺人兇手這件事情，傳遍全校，真是讓我太敬佩您了。不過這個創傷記憶會不會讓你在夜裡感到害怕？」接著自來熟的往雲天宇右肩靠去，親暱的摟住：「我不缺膽子，若是天宇哥真的想找人聊聊，湘成絕對是一位很好的聆聽者，大小事都可以找湘成幫忙。希望天宇哥能夠抽點時間告訴我那個案件的破案細節，這樣，我便可以寫成一篇文章，印成冊子留給我的直屬學弟們傳閱。」

這人的腦子有病吧！剛認識就開始套關係、裝熟？上次那個案子，被捅屁眼的我應該算是受害者吧？之所以鬧上新聞，是因為時下閱眾的關係，我根本不想讓人知道自己的狀況啊！這小子竟然還要寫成文章，到處傳閱？

我是個男人，受到這樣的「職業傷害」，要說沒有創傷，根本不可能。但，要找人說話聊聊心裡事，我幹嘛不找項弟，找個根本不熟的人說什麼？

幫忙？難道你能跟項弟比？晚上讓我上床抱著睡覺？只怕這個舉動會嚇死你啦。

江河山開口勸阻：「湘成，這種事情之後再討論，先跟著天宇學習比較重要。連續殺人案的案情細節，不是誰都可以知道的事，了解嗎？」

賀湘成狹長的雙眼大睜，表情肅穆：「是，我會請教天宇哥何者可以寫，何者必須避過。」摟在雲天宇肩上的手、緊握的手，全然沒有放下的意思。

江河山尷尬的笑：「嗯，天宇，就麻煩你看著辦。」

當著局長面不便嘲諷眼前這個新手，想想日後多的是機會「教訓」他，不必急於眼前一時。於是輕咳一聲，想順便將手鬆開收回，不料，賀湘成鬆開摟肩的手，雙手緊握：「天宇哥日後請多多照顧，湘成若有冒犯，請多多見諒。」邊說，邊上下搖動雲天宇的右手。

雲天宇露出僵硬微笑，心想：

你這麼白目，我是真的「該」好好「照顧」你。現在礙於江局的面子，這個場讓你過關，之後，有的是機會「好好照顧你」。

看出雲天宇笑中帶著濃濃敵意，解圍的辦法便是支開賀湘成。

「湘成，禮數到了就好。我跟天宇有事要談，你先出去看看你的裝備還有座位，有什麼問題跟天宇說。」

賀湘成識相的鬆開雙手，態度謙恭有禮的對面前兩位前輩彎腰鞠躬：「是的，局長，湘成先告辭。天宇哥，請多指教。」

雲天宇在心底暗暗舒口氣。

「去吧，好好做。」江河山語氣勉勵。

賀湘成畢恭畢敬的轉身離開，順手將門關上。

江河山、雲天宇互視許久，兩人會心一笑。

「來，坐吧。」江河山指著辦公室裡的沙發，拄著拐杖走過來。

雲天宇急忙上前攙扶，江河山搖手阻止：「坐吧。」

視江河山為父親的雲天宇憂心問道：「什麼時候再去復健，我陪你去。」

「業務很多，夠你忙了。我好很多，年紀大，筋骨硬，要有耐心毅力堅持下去，遲早都要丟掉這根拐杖。何況，我跟林衍約好，退休之後要到處遊玩。」江河山坐在沙發上笑說。

「不要逞強，你還要等我生小孩，抱孫子。」雲天宇坐進沙發，低聲說。

江河山笑得開懷：「就等你說這話。來，跟我說實話，你是不是喜歡方心渝？」

雲天宇不發一語的搖頭，雙眼看著自己雙手。

江河山凝視眼前人，嘆息說：「你太重視情義，小心把自己輸掉。」

雲天宇低頭苦笑：「這個世界本來就不公平，我才沒有義務去維持世界和平。」

江河山想想，許久才說：「半年前，我跟何方琪通過電話，她已經轉行經營餐廳，我不方便送花籃致意，幸好她不介意。等我的腿傷好到一個段落，應該要登門拜訪。」

雲天宇點頭贊成。

「當初要不是蕭司德的案子，也不會知道何方琪與劉愛妮這兩位奇女子。她們雖然經營酒店，但本質上也是古道熱腸的人，這就是當初我會請她們協助處理受到嚴重打擊，導致精神失常的方心渝的原因。推個小毛頭給你、登門拜訪何方琪這些都是小事，」江河山表情漸漸嚴肅起來，聲音低啞威嚴：「何方琪跟我提了一件我認為中肯的事情。」

雲天宇好奇的擡起頭看向江河山。

「我認為方心渝應該辭去法醫的職務，如果她不辭，我想下公文暫停她的工作。」江河山態度堅決的說。

「江局，您這是怕她因為執行法醫工作，會再次受到精神創傷嗎？您要不要先請她去評估一下精神狀態，再依報告來做決定？離開這裡，她的精神狀態會更好嗎？」

「天宇，」江河山神態嚴肅：「你能告訴我，你見到的方心渝精神狀態沒有問題嗎？」

「『掉書袋方』的工作態度依舊十分嚴謹，她不會在工作上出錯，絕對不會的。」

「天宇，你知道她離開工作崗位之後的狀態嗎？」江河山問道。

「這屬於私領域，我們不應該知道。」

「身為朋友呢？你至少應該為了她救你一命的恩惠，多關心她一點。」

「局長，關於這點，必須要方心渝願意讓我們關心她，不是嗎？」

「當初，我請求何方琪照顧心渝的時候，那時，跟心渝接觸最多的就是劉愛妮。」江河山態度稍稍放軟：「何方琪說，劉愛妮很擔心方心渝的精神狀態，有意思邀請心渝一起同住。」

「妮姐這樣做，豈不是在監視方心渝？」雲天宇撇撇嘴：「該不會是妮姐因為照顧她、日久生情的喜歡上心渝吧？這是自私的表現。」

「不管這些情愛的事情，」江河山雙手握著拐杖：「根據我私下了解，方心渝的工作態度確實十分良好，不過，同事們也說，她愈來愈沉默了，常常被其他同事喊她的聲音嚇到。」

「這不能代表心渝的精神出了問題，局長，我請求你謹慎處理此事。我跟項弟會更加關心她，精神狀態有沒有問題的事情，請容許我深入了解之後再跟您報告。」

江河山沉思許久，點頭：「其實要這麼做，我也頗有顧慮，既然你願意替我多多費心，那我就等你的消息。今天，方心渝請了事假，你去關心一下。」

昨天我帶項弟回家的時候，心渝還在喝酒，難不成醉倒在家？妮姐沒送她回家嗎？啊，該不會帶她回家溫存了？嗯，等等問問妮姐。

雲天宇心裡轉著事情，邊站起身說：「好，我馬上去辦。」

江河山撐著拐杖，雲天宇急忙上前攙扶，等他站穩之後才說：「局長，天宇先離開，局長放心，事情交給我。」

「去吧。」江河山揮手微笑。

「是。」雲天宇點頭示意，轉身離開辦公室。

江河山望著關上的門，欣慰的微笑，隨即又蒙上一臉擔憂。

❖

喉嚨乾的像被火燒似的，頭痛的像是被繩索緊緊綑綁在太陽穴、左右收緊勒住。昨晚的熱火從周身消失，一股惡寒從骨骼中竄出，驚訝的是身體沒有顫抖，而是大面積散發著溫度的物體緊貼著背部至薦椎處，持續的輸送恰到好處的溫暖到全身，正是這個溫度中和了體內的惡寒，停止全身無意識的發顫。

緩緩張開雙眼，映入眼簾的是一副簡單的風景畫：藍天、綠地、朝陽、懸崖、海水，這幅畫讓人心靈平靜，畫的下方放置了一個木製櫃子，共有八個抽屜，應該是收納些小物品或是裝飾品的收納櫃，櫃子上頭擺放了一盆吊蘭。這是一種專門擺放在室內的觀賞性植物，葉片纖細且長，葉子色澤柔和，而且四季常綠，只需微弱光線便可以進行光合作用並在二十四小時內釋放氧氣，能吸收空氣之中百分之九十五的一氧化碳及百分之八十五的甲醛，外觀優雅，兼具實用與欣賞價值。

頭上枕著色彩極淡的藍色枕頭，一整套床單與被套，突然有了躺在度假勝地的錯覺。藍天、海風，紫外線超標的太陽光，還有，一望無際的海平線，四周只有大小石礫的無人沙灘。

赤裸的身軀僅罩件寬鬆襯衫，內褲還在，內衣不知在何方，身上的衣服已經不是昨晚應邀去餐廳的那套。

一隻手橫放在腰側，脂粉濃烈的熟悉香水味刺激著嗅覺神經。不討厭這個味道，只是不習慣，照理說應該習慣的味道，卻不知道為什麼總是得勉強自己去習慣。

感受著身後陣陣沉穩的呼吸，輕輕挪開腰側那隻手，不料，帶著慵懶的悅耳聲音在耳邊響起：「頭痛嗎？妳一定口渴了。床頭櫃上的保溫杯有溫水，先喝幾口。」橫放腰際的手擡了起來，方心渝緩緩撐起身子伸手拿保溫杯，按開瓶蓋，往嘴裡送了溫水，滋潤乾裂的喉頭。

床墊好似起了無感地震般的搖動，被褥圍在身前，一雙手環繞身子，柔潤無骨般的身軀靠過來，那股恰到好處的溫暖再度傳遍全身，帶著疑問的悅耳聲問道：「冷嗎？」

身體無法反應的同時，腦海遍尋這個熟悉感受，語氣平靜的彷彿沒有情感的機器人般：「這種感覺是依偎在媽媽懷裡的感覺嗎？」

一句問話，使得從方心渝身後摟住她的劉愛妮瞬間被拉回現實，怔然半晌，夢囈似的回答：「我，我不知道。」

「我不冷，謝謝。」冷淡至極的話語，令劉愛妮嗅到一股不尋常的氣息。

「還記得嗎？那段時間妳情緒不穩，常常在夜半尖叫驚醒，」嘗試使用兩人共同經歷的「革命情感」喚回方心渝對她的依賴：「妮姐就是這樣哄妳入睡，記得嗎？」

「記得。我昨晚有尖叫嗎？」

「有。妳還記得為什麼尖叫？」劉愛妮試探的問。

「我不記得。」

看著背對自己動也不動的方心渝，內心湧起一股深沉的遺憾：「心渝，請妳不要抗拒妮姐對妳的關心，好嗎？妮姐曾經看過一個跟妳有著相同境遇的女孩，獨自面對內心的恐懼，最終選擇走上絕路。我不希望妳跟她一樣，可以答應妮姐的請求嗎？搬來跟妮姐一起住，讓妮姐陪妳一段，好嗎？」

方心渝默默不語，彷彿在思考，又或是在發呆。

「心渝？」劉愛妮輕聲呼喚。

「那個女孩是誰？妳的朋友嗎？」

「她，」劉愛妮眼神中流露出哀傷：「她，」

這段過去，除了琪姐知道外，再也沒有跟任何人提起過。那是一個悲痛的人生，亟欲埋葬的人生。

而今，竟在多年後，必須親手揭開這段塵封的記憶。傷口已經結痂掉落，剩下醜陋的疤痕嵌在心上，可是，為了心渝，勢必得毫不留情的將這個疤痕再次用手撕開，讓血帶走心渝的傷痛，平撫刻印在我心上的悔恨。

下定決心之後，劉愛妮感傷說道：「這個故事有點長，願意聽嗎？」

「只要不妨礙我的工作。」

「心渝，我替妳請假了。」

似乎等待方心渝轉頭痛斥她一頓。

只可惜，方心渝動也不動，沉默許久後說：「這樣也好，我可以有點自己的時間。妮姐，妳可以說了。」

原本醞釀著類似告白的心態訴說自己的故事，卻被方心渝的冷漠態度給澆了冷水，瞬間意興闌珊的試探問道：「既然妳有事情要忙，還是等下次有空再聊？」

怎料方心渝緩緩挪移雙腿下了床，四處搜尋自己的衣物與提包。

劉愛妮身穿一件綢緞蕾絲背心連衣裙，輕移腳步至臥房中的單座沙發，取過襯衫、牛仔褲，塗抹蔻丹的嬌嫩雙腳踩在原木色彩的地毯上，停在方心渝身後將衣物繞過她的肩，方心渝接過衣物，停頓一會兒。

「昨晚扶妳回來的時候，妳的衣服沾滿嘔吐物。這些衣服妳先拿去穿，等妳的衣服洗乾淨之後，我再送去給妳？」

「那些衣服不用勞煩妮姐，直接丟了吧。這套衣服，我會請天宇交給您。麻煩您轉身？」

緩緩轉身背對方心渝，面對這樣的冷漠與距離感，一股不祥的預感籠罩心頭，眼前浮現劉如如那雙空洞的眼。

「謝謝妮姐的好意，我有些事情要處理，所以沒辦法跟妳一起住，請見諒。」方心渝語氣平靜的說。

難道這就是所謂的「死亡預告」？看來有必要找天宇好好聊聊。

劉愛妮轉過身撐起一抹微笑：「沒關係，妳忙。妮姐家的大門，永遠為妳而開。」走上前接過方心渝手中的衣服：「我帶妳出去，等我一下，我披件大衣。」

「妮姐請留步，我自行出去就好。」方心渝面無表情的說。

劉愛妮沒有理會她的拒絕，走至床頭櫃取了感應鎖，隨手在衣櫃中拉件棉布長外套，步伐輕盈的走了過來，朝方心渝眨眼、俏皮微笑：「妳想走樓梯下去嗎？這裡可是八樓啊。妮姐送妳進電梯，按個數字鈕，不占據妳太多時間。」說完逕自往大門走。

方心渝無奈的尾隨其後，靜靜等待劉愛妮將提包遞過來，現在的她，只想趕緊離開。

出了大門，等待電梯的時刻，劉愛妮沒再多說什麼，兩人並肩等待電梯到來。「噹」一聲，電梯門左右打開，方心渝入內，劉愛妮手壓著電梯門，「嗶」一聲感應，伸手按了樓層鍵，隨即站到電梯外，朝方心渝微笑擺手。

方心渝低頭示意，等到電梯門關上，她始終沒有擡起頭。

❖

「灼見瑜伽教室」位在信義路上的黃金地段，從敦化北路搭公車過來，不必花費太多時間便可到達。位在龍吟大廈三樓的瑜伽教室從外觀上看不出來是否有營業，在人行道徘迴許久，最後，方心渝決定直接詢問管理員。

「瑜伽教室喔，今天下午休息，明天才會開。」

「我可以上去看一下嗎？」

「可以啊，去啊。」管理員揮手示意。

昨夜的宿醉，使人昏昏沉沉、思緒不清，電梯門打開後，方心渝將身上棗紅色絲質襯衫的領口解開，一陣噁心感湧上喉頭，強忍住不舒服的感覺，走出電梯，一整片玻璃牆映入眼中，儘管裡頭一片漆黑，卻隱約顯露出一股強而有力的氣勢，彷彿黑暗之中另有什麼人在窺探似的。

眼前冒出金星，方心渝扶著牆壁跪坐在地，雙手摀住嘴，強忍嘔吐的慾望。

突然一雙手輕輕碰觸她的肩頭：「妳還好嗎？」

方心渝緩緩搖頭。

「妳昨晚喝酒？」

「嗯，」正準備搖手請那人離去的當下，整個身子突然被拉起來，左手繞過某人頸項，腰部被人箝制，雙腳無法控制的被拖著往前走。

被淚水模糊視線的雙眼，喉際傳來陣陣酸味、灼熱感，耳朵聽見大門開啟、門把轉動，一股芳香氣味傳入鼻內，掀蓋聲響起，身子突然被放下，方心渝自動用雙手捧著馬桶邊緣乾嘔，全身痙攣的拱背、彷彿用盡全身力氣想把五臟六腑全掏出來似的，直到再也沒有力氣嘔吐，只好將頭靠著癱在馬桶邊緣的右手臂上，心想：「這種醉酒的折磨，沒有下次了。」

「妳是記者？」

方心渝很想擡頭看清楚面前這人，但是胃部翻攪不已，使她無法仰起頭。

「還是八卦雜誌的狗仔？」

聲音清脆，稍稍刺耳，聲線應該是中高音？

「私家偵探？」

不知道我是誰？怎麼敢把我帶進家門？

「我替妳叫救護車吧？喝酒喝到胃發炎，不會喝酒，不要學別人喝酒。」

力氣盡失的左手臂無力的朝空中揚起，搖手後垂癱地上。

腳步聲悄悄遠去。

瀕死感受？這種感受能讓惡夢暫時離開，撇開宿醉加上胃發炎，那茫茫然的微醺，斷了理智、遠離感性、純粹的暈眩、離開社會道德制約，果真令人回味。

「如果妳不去醫院，這裡有胃藥，拿去吃吧。」

對不起，再讓我歇一會兒，否則只怕還沒站起身又得開始嘔吐。

腳步聲再度悄悄走近，兩臂腋下被一雙手臂穿過使勁往上拉，一陣噁心促使方心渝忙伸手摀住嘴。

「不用怕，妳已經沒什麼能吐了。」清脆聲音的主人，語氣輕鬆的說：「喝點溫水、吃包藥，休息一下，就能緩和。」

經歷太多命案，方心渝不禁想起：這人怎麼能對陌生人絲毫沒有戒心，還能產生善意？不過，國內外許多連續殺人犯一開始也是釋出善意對待被害者，主要是讓他們放下戒心，進而達成殺戮的快感。

想到這裡，內心深處忍不住顫慄，隨即坦然的嘲笑自己：死又何懼？或許是種解脫。

對方將自己放在皮沙發上，身體不爭氣的躺進沙發，試著張開眼，映入眼簾的那張臉蛋，精巧細緻、姣好面容堪比外頭廣告的模特兒。粗眉下的靈動大眼，鼻梁直挺，明顯的人中下標準的唇形，大捲長髮遮蓋她那張嬌小的臉蛋，此刻正伸出雙手，將只杯子、一包藥粉舉在半空中，等人接過。

面無表情，雙眼直視，但她若是一笑，肯定能擄獲不少男男女女的心。方心渝瞬間忘卻自己還想嘔吐的感覺，定睛凝視眼前這位女子。

「要我餵妳吃嗎？」

如果她是蔡怡君本人，光靠她的姿色，應該有許多男人拜倒在她裙下，喔，對了，還有女人也是。這樣的人為何要殺段柔丹？有何理由需要殺人？爭風吃醋？憑她的姿色，壓根不必跟其他人爭風吃醋。

心理學的研究報告指出，人們會偏向對美貌英俊之人產生好感，畢竟那是種為了繁衍後代而根植在基因中的生物本能，這是有實際的研究數據驗證的結果。所以，假如她是蔡怡君，她不需要為了錢而殺人，而是有許多人會把錢有條件的送給她，比如說：想一親芳澤、同床共寢。

腦海中閃過這些訊息，方心渝無意識的站起身，朝面前女子點頭，拿起提包，急忙離開。

女子一臉不解的說：「想走了嗎？等等。」說完拿著水杯與藥：「跟我來。」領著方心渝朝大門走去。

想嘔吐的感受被眼前女子與內心一連串的問號沖散，儘管每踏一步，胃部的灼熱與不適感讓方心渝冷汗直冒，不過，那種想盡快離開的念頭催促著她，尾隨這位女子，待她開了門，方心渝話也沒說，便逕自往電梯走去，按了下樓鍵，不敢往後看，也不去想女子會用什麼眼光看著她離去。

「慢走。」女子說完便輕輕關上門。

方心渝揪緊的心，坐進電梯之後才稍稍放鬆，離開大廈，招來計程車，十萬火急的趕往離這裡最近的醫院。

五、愛情來的不是時候

「奇怪，『掉書袋方』的手機不通？難道還真的得專程打電話問妮姐她的去處？」腦筋運作的同時，手指卻已經撥號出去。

妮姐接起電話的瞬間，雲天宇看見穿著馬球衫、牛仔褲的項少辰，表情異常認真的坐在辦公桌前敲鍵盤。

「妮姐，吵到您睡覺了嗎？」

「沒有，有事找我？」

妮姐從來不會在下午二點以前起床，怎麼今天例外？因為經營餐廳的關係嗎？

「呃，妮姐，是這樣的，」雲天宇站在自己的辦公桌旁，雙眼緊盯項少辰：「我有點擔心方心渝，」

「我替她請了事假，不過她剛剛起床後就從我這裡離開，沒交代去哪裡。」

雲天宇聽見劉愛妮的回答，半晌沒說話，暗自忖思：

妮姐的聲音聽起來，有點像含著炸彈講話。

話裡的含意，頗有被人甩掉的「淡淡哀傷」？

不會吧！

這樣太有想像空間了。

妮姐之所以這麼早起，該不會是昨晚到現在壓根沒有睡覺？

我的腦袋不由自主浮現的畫面，該不會是真實情況的重現？

方心渝昨晚喝醉之後，妮姐把她帶回家「睡了」！結果方心渝起床後，看見自己光溜溜的身體，又看見妮姐一絲不掛的躺在她身邊，氣得跳腳，所以失去理智的賞了妮姐幾巴掌，接著得知妮姐擅自作主的替她請假，更氣，再賞了妮姐幾巴掌，接著，連給妮姐解釋的時間都沒有，也就是說，妮姐連告白機會都沒有，衣衫不整的方心渝頭也不回衝出大門，這一幕讓見過世面的琪姐都訝異半天，連阻止的話都來不及說，兩人就這樣眼睜睜的看她離開。

不對，妮姐現在沒跟琪姐住在一起，所以，整個畫面要倒帶重來一次。

腦海轉著諸多情色畫面的雲天宇，表情不自覺的顯露出色瞇瞇的模樣。

昨晚只是開玩笑，沒想到竟然戳中妮姐的心事。她跟在琪姐身邊這麼多年，還以為妮姐跟琪姐的關係不尋常，這下子真是嚇掉我的大門牙！沒想到妮姐竟然跟項弟搶女人，呵呵呵，這個三角，我開始期待後續的發展了。哼，哼，哼。

沒聽見回答，劉愛妮開口問道：「還有事嗎？」

「沒事，沒事，我得趕緊找到心渝才行。」雲天宇故作正經還帶了些焦急的口吻說道，說完，忍住笑聲，表情卻已經笑到扭曲變形。

「什麼急事必須找她？難道又發生命案？」劉愛妮提高警覺的發問。

「嗯，」臉笑到變形，眼角流下眼淚，雲天宇半晌沒有回應。

「我不問了，找到她請你轉告她，打個電話給我。」

「好。」雲天宇清清喉嚨：「妮姐請休息，我一定會轉告。」語氣誠懇又正經，邊伸手擦去眼角的淚珠。

「麻煩你。」似乎還想說什麼，停頓許久，才掛掉電話。

確定電話已經掛掉，雲天宇握住手機，摀著肚子無聲的狂笑，笑了幾分鐘，赫然發現專注查資料的項少辰竟然沒有分神看自己一眼！

整整衣服，收拾好情緒，雲天宇走過去查看項少辰的電腦螢幕，看著看著，心生疑竇的開口問：「項弟，你查這個女人做啥？啊，該不會撇下對心渝的感情，改朝你『追到世界第一名女模』的偉大目標前進？還是現在改為只要追到標緻美女就好？」

項少辰壓根不想理會一旁語帶嘲諷的人，心無旁騖的查資料邊列印下來。

雲天宇扁扁嘴、自討沒趣的說：「標準的見色忘友，哼。幫你請假，還來上班？什麼時候變得這麼認真？」

「別吵，我在忙。」

雲天宇索性蹲下身，雙手手肘擺在桌沿，凝視項少辰認真的神情。

「『掉書袋方』今天請事假，局長要我去找她。你要一起來嗎？」

項少辰停下找資料的動作，滿臉疑惑：「心渝為什麼請事假？」

雲天宇露出邪氣笑容：「要不要等等找到人，你自己親自問她？」

項少辰看看手邊資料，想了想：「什麼啊，算了，我正好有東西要交給她。」把列印出來的資料整理一下，隨即站起，將資料捲成一個圓筒，插進牛仔褲後方口袋，撇頭示意：「走吧，趕緊去找心渝。」

雲天宇無奈的站起，心想：「要怎麼說他？每次都是色慾攻心。女孩子不是這樣追的，算了，懶得說下去，省得等等又是一頓爭吵。」

尾隨項少辰，雲天宇自顧自的悠哉走著。

❖

依照段柔丹的診斷報告，很難指證有外力介入。

右腳大拇指及右膝蓋有明顯的瘀血，左膝蓋也有大片瘀血，左手指甲除大拇指外，其他的指甲都有程度不一的剝離，尤其以中指最嚴重，整片指甲已經不見蹤影。

從這樣來判斷，段柔丹應該是從浴缸出來，右手拿手機準備走出浴室，右腳極有可能是踩到門檻打滑，以右膝跪姿著地，左手去抓浴室門的時候，重心不穩，左膝著地之後，身體翻轉，最後以仰臥、後腦著地的方式撞擊地面。

依照習慣而言，使用右手持手機說話，此人應該屬於左撇子。右撇子則較常使用左手拿手機，而在洗澡時接手機，除非通話內容十分重要，不然為何選在放鬆的時刻做這種耗神的事情呢？

這個謎案，整體來說，沒有實證足以斷定段柔丹滑倒的意外是因為外力干擾，加上段柔丹本身有「未被檢查出來」的血管動脈瘤，若是這種情況，保險公司極有可能不會理賠這張保單，這樣一來，身為妻子的蔡怡君，根本沒有犯罪的理由。

假設真的是蔡怡君下的手，她該如何「操作」這起意外？

有瑕疵的保單不能拿到理賠金，她也無法繼承死去妻子的企業，如果是為了錢，依段柔丹的情況，她可是一毛錢都拿不到，卻會因此賠上名聲。

一個聰明的殺人犯，應該不會犯下這種錯誤，尤其是這個錯誤將有可能導致警方進行深入調查。

看起來完全沒問題的案件，為什麼我覺得怪，整個事件令我無法釋懷。

方心渝今天再度請了一天事假。

儘管前一天因為喝酒引起胃發炎在家休息一整天，卻因為內心有著無法解釋的焦慮感，讓她控制不住情緒，再度來到「灼見瑜伽教室」樓下，站在瑜伽教室的宣傳海報前想著心事。

路邊人來人往，唯獨方心渝站在海報前，彷彿人形看板似的，足足發呆半小時有餘。

「想上瑜伽課嗎？」聲音約為中高音質，清脆悅耳，獨有的沉靜感，聽進耳裡頗有催眠效果。方心渝轉過頭看向站在她左側的女子，赫然驚覺這人便是那天絲毫沒有戒心便把陌生人帶進家裡的女子。方心渝急忙轉身，朝眼前女子行禮：「您好，那天蒙您照顧，請問您是？」

「我以為不必自我介紹了。」

方心渝直起身子疑惑的看著她，而這女子手指向海報的模特兒，雙眼看向她：「這樣認得了嗎？」

方心渝這時才認真的細細查看海報上的女人。

啊，我身邊這位女子真的就是蔡怡君，跟海報上的人一模一樣。

「失禮失禮，蔡怡君老師，失禮。」方心渝連忙道歉。

「最近這幾天有些事情要處理，所以沒辦法開課。這樣吧，妳把姓名電話留下，等開課的時候，我再用電話通知妳。」

面對這樣的提議，方心渝猶豫許久。

蔡怡君挑眉說：「妳生病跑來看場地、病好了又來看海報，我還以為妳想上團體課。是不是覺得費用上有問題？還是課程時間不能配合？還是，妳有其他問題？」

「我，我還沒有準備好學習。」

蔡怡君身穿緊身上衣與褲子，外罩一件色彩鮮艷的薄外套，一頭黑色長直髮綁成高馬尾，青春俏麗的模樣，還以為她是高中生。

「第一次學瑜伽？」蔡怡君露出海報上的微笑：「如果妳從來沒接觸過瑜伽，可以上一堂體驗課，體驗之後再看看要不要參加課程。另外，我也有特別為學生量身訂作一對一課程。」

「聽起來不錯，可是我不知道上瑜伽課需要什麼樣的工具，還有要去哪裡購買？」

「教室裡會提供，如果妳真的想學瑜伽的話，我可以免費借妳。」

就在此刻，手機響起，方心渝凝神思考之際，完全沒聽見手機鈴聲。

蔡怡君靜靜看著眼前人，出聲問道：「妳不接電話嗎？」

方心渝回神尷尬的笑笑，急忙拿起手機看了看，隨即又將手機放回提包中，微笑搖頭：「我晚點再回電。」

蔡怡君凝視她許久，隨後說道：「我們去喝點東西吧，樓下這家餐廳的咖啡很好喝。」

「嗯，我現在還不能喝咖啡。」方心渝可以感受到胃部正在消化早餐吃的清粥。

蔡怡君伸手拉起方心渝的手，揚起嘴角：「除了咖啡，這家店還有別的。」二話不說的往咖啡廳裡走去。

方心渝面對蔡怡君突如其來的熟稔動作，瞬間無法回應，只好順著她，腳步略有遲疑的往前走。

蔡怡君似乎常來這家店，熟門熟路的推開大門走進去，挑選了能看見外頭馬路的吧檯座位，朝桌面丟了單肩包，對方心渝說：「幫我看一下，我去點餐，喔，對了，妳的胃炎還沒有好，我點一些妳可以吃的，坐吧。」

方心渝來不及回話，蔡怡君已經走到吧檯對著裡頭的服務生說話。

「一般人對陌生人會絲毫沒有戒心嗎？她根本不認識我，竟然一點戒心都沒有，難道是樂天派嗎？她不怕我是壞人嗎？還是她為人坦蕩？還是，她比壞人更壞？」思考之餘，方心渝身體不自覺的坐在高腳椅上朝蔡怡君看去。

身處被調查的階段，還被妻子的前女友提告，照一般人的心態而言，此刻理應處於低潮期。可是，看她的樣子，除了暫停瑜伽教室課程外，似乎感覺不到她有任何心情不佳之處。照理說，新婚不到二年，正處於熱戀期，妻子意外傷重昏迷，她卻一點也看不出來心情不好！

難道是因為她可以得到保險理賠，所以心情大好？難道我的直覺沒錯，她本身就是一位黑寡婦？專門做這種謀財害命的事情？

她在吧檯跟服務生點餐，有說有笑的樣子，還有待我沒有距離感的熱情，這些行為說明了什麼？陷入深思，方心渝看向窗外稀疏的車流，不斷梳理著各種可能性。

「來，不加冰的純蘋果汁，對胃很好。」一杯略帶點深褐色的飲料被放置在眼前。

蔡怡君握著咖啡杯柄輕輕躍坐進高腳椅，看著窗外啜了口熱咖啡。

「啊，請問多少錢？」方心渝看著眼前的飲料半晌才回過神，急忙從提包中拿出皮夾，準備付錢。

靜靜看著窗外，舉著咖啡杯，彷彿看見什麼引人入勝的情景，蔡怡君瞬間動也不動的凝視窗外，整個人與咖啡廳融合在一起，像一幅充滿仙氣的女性畫像，美麗的令人屏息。

看著她的側臉，方心渝不禁暗自揣測她的心思。

「同類」眼就可以認出來，對嗎？」彷彿畫中人物的蔡怡君突然開口說話，說著說著，又喝口咖啡。

「同類？」突如其來的問題，令方心渝忘記付錢的事情，皺眉發問：「您是指動物之間還是人與人之間？」

蔡怡君轉過頭緊盯方心渝，雙眸晶亮閃爍，嘴角微揚：「喝幾口吧。」

「我現在不渴。」

「雖然住過澳洲，但我放不下從小長大的臺灣，所以，我回來了。我想在這個地方生活，想好好體會這個地方。妳知道嗎？」蔡怡君驕傲的說：「這間房子原本是我跟男朋友結婚之後要住的地方，可惜他酒駕死了，過了這麼久，我想通了，不再四處躲藏，乾脆回來面對這一切，所以把這整層樓當成落腳的地方，另外也將樓層的部分區域打造成瑜伽教室。」

「男朋友？男朋友！所以，妳？」方心渝一時詞窮，不知道該選擇哪些字詞發問才是最洽當的用詞。

「感情是一種流動的慾望，愛，其實不分性別，只講究感受。愛上一個人，心裡知道就好，我沒必要跟其他人解釋太多。」蔡怡君邊說，邊伏在桌上，看著咖啡杯發呆。

好文青的說話方式！

文青？

這應該是現代廣告中的用詞。

這種文青感是屬於某種創造性的氛圍，怎麼感覺她很擅長營造這種魔幻的氣氛？

「很多人覺得愛情需要謹守某種限制。比如說，從一般人的邏輯思考，我和男朋友分手之後，下一段感情也必須要跟男生在一起，這樣才是『同理可證』。如果突然發現自己愛上一個女人，身為女性的我跟同性的女人在一起後，『你』這個人，就會被某些人用特殊眼光檢視、甚至被批判。因為其他人不知道該怎麼將『你』歸類，所以，過去跟男朋友一起認識的共同朋友，就要劃清界線，彼此不相往來，因為他們跟我的話題只停留在『我和男朋友之間』。若是我跟女人在一起後，跟男朋友一起認識的共同朋友也無法了解我的心情，只能漸離漸遠，這票朋友跟我的友情在我跟女朋友分手之後，更無法理解我為何一下子愛男人、一下子愛女人。由於人類腦袋與道德感的限制性，造成這群『朋友們』產生了對我辨識上、根本態度上、愛情傾向上的錯亂感，他們想盡辦法要跟我有相同話題，最後，還是失敗了。就因為這樣，我很難有朋友，知心朋友更不必說了。畢竟，我是無法被歸類的人。沒有刻板印象，沒有黑白分明，一般人很難跟我親近。」說到這裡，蔡怡君懶洋洋的從桌面撐起身子對方心渝露出苦笑。

看著面貌姣好卻流露出哀傷神情的蔡怡君，方心渝原本不停轉動的大腦霎那間停止運作，腦海一片空白，她被蔡怡君拋出成串自白式的自說自話給嚇呆了。

❖

「什麼啊，又沒接！給我劉愛妮的電話，快！」項少辰坐在車裡咆哮。

「項弟，幹嘛發脾氣？」雲天宇轉動方向盤準備靠邊停車。

「你告訴我，她昨天回家了，我去她家沒找到人。今天呢，從早上打她手機全都不接，現在都下午幾點了？再忙，也得出來撒泡尿、喝口水，不是嗎？」

停好車，雲天宇從褲子口袋拿出手機，找到劉愛妮的號碼，撥了過去。

「妮姐，打擾您了嗎？」

「沒，最近我們還挺常連繫的，嗯？」

「真是抱歉了，請問心渝在您那裡嗎？」

手機那端停頓半晌，才說：「沒有，她從昨天到今天都沒跟我聯絡，我不知道她人在哪裡。你沒找到她嗎？」

「妮姐，昨天我跟項弟找了老半天，也沒找著人。她今天也請假，沒上班。認識她以來，很少見她連請兩天事假。」

「這樣吧，我請人幫忙找。你們有消息知會我一聲，我有消息馬上通知你。」

「感謝妮姐，希望等等就有消息。」

「嗯，保持聯絡。」劉愛妮掛掉電話。

「妮姐說幫忙找人，這下子不著急了吧？」雲天宇無奈的斜睨一旁滿臉落寞的項少辰。

項少辰失神的看著手機，喃喃說：「心渝是不是覺得我配不上她？」

雲天宇心中百感交集，強撐起微笑，安慰道：「我們項弟一表人才，除了有點恐女症之外，英俊瀟灑又勇敢，心思細膩，絕對是個好老公代表。」

「我的恐女症好了，心渝替我治好的。」

「那這樣更好了啊，選擇更多了。」

項少辰從褲子口袋裡把折疊成手掌大小、列印好的資料拿出來，若有所思：「心渝想找的資料，我都找好了。現在只差交給她，怎麼知道她竟然請了兩天事假！」

「項弟放心，妮姐一定很快就會找到心渝，我們繼續工作吧。」

項少辰無精打采的點頭。

雲天宇打了方向燈，轉動方向盤繼續上路。

「對了，項弟，心渝要你找什麼資料？」

項少辰看著手裡的紙張，半晌沒出聲，似乎不願意透露。

雲天宇耐住性子不催促，專心開車。

「就是查段柔丹妻子蔡怡君有關保險理賠的資料，心渝想知道要保人和被保險人是誰。」

「可是，段柔丹是自己摔傷的，她妻子也有不在場證明，壓根沒有嫌疑，心渝幹嘛去調查人家？」

「反正局長把案子交給我們，順手查查，又不會怎麼樣。」

雲天宇眼睛骨碌碌轉動了一會兒，挑釁的笑說：「還真想知道心渝的看法，得趕緊找到她才行。」

「總覺得她在躲我。」項少辰沮喪的說。

「想太多。喔，對了，昨天局長丟了個新人給我們，你打算什麼時候開始讓他跟著？」

「隨便，你覺得方便帶他，明天也可以。」

「這樣，明天就排定去查看段柔丹病情的最新近況，項弟，警告你喔，別對新人亂發脾氣，知道嗎？」

「什麼啊？我對新人都是很有耐性的好嗎？反倒是你，別老是吃我豆腐，以免新人看了覺得你我關係不尋常。還有，不要拿出對心渝的態度，心渝剛進來的時候，你對她的態度好像殺人嫌犯。不可以這樣對待新人！」

「是！項弟教訓的是。」

「欸，沒想到我們也要帶新人了。蕭法醫那個案子才過去一年，想想心渝那時候也是暫代蕭法醫職位的新人啊。」項少辰感慨的說。

雲天宇本想接話，卻在瞬間靈光一閃，立即開口：「項弟，你剛剛說是心渝要你找蔡怡君的資料？」

「是啊，怎麼了嗎？」項少辰情緒失落的問。

雲天宇賊賊一笑：「那位蔡怡君的家在哪裡？」

項少辰隨意拿起手中資料翻看：「就在信義路上的龍吟大廈，怎麼了，為什麼突然問這個？」

雲天宇露出壞壞的笑容說：「直覺，一種屬於男人的直覺。」

「什麼啊？『男人的直覺』？我也是男人啊，我怎麼沒有直覺呢？」項少辰疑惑的問道。

「我的男人直覺跟你的不一樣。你是戀愛中的男人，我呢，還沒有陷入太深，所以直覺比你強多了。不說了，我們趕過去看看。」

「是這樣來分辨直覺的嗎？戀愛中的男人就沒有直覺了嗎？」

「別想了。」雲天宇轉動方向盤，想著項少辰滿臉困擾發暈的表情，忍俊不住的笑說：「等等到了之後，就知道我的直覺準不準了。如果準，下次，該輪到你請我吃大餐囉。」

「那有什麼問題！」項少辰回答道：「就去上次那家餐廳，反正我跟你還有心渝去都不用花錢。」

「啊，小氣鬼。」雲天宇嘟嘴抱怨：「一點誠意都沒有。」

「我們不能辜負琪姐的好意啊，有空就去吃飯，不過，絕對不去喝酒了，絕對！」

雲天宇無奈的笑笑，心想：有自知之明，最好不過！上次真是辛苦我了。在酒店當著大家的面，吐了我滿臉，餐廳制服的上衣都毀了，就算清理過，臭味還是能熏死人，害我花錢賠了一套制服。還有，半夜攔了好幾部計程車，總算有一輛願意載我們，惡夢啊！以後你還是乖乖喝啤酒，知道嗎？項弟。

公務車循著正常速度，往信義路開去。

「蘋果汁都氧化了，快喝掉。」蔡怡君伸手將杯子往方心渝面前推去，順手將一旁的吸管拆開，放進果汁裡。

❖

方心渝靦腆笑說：「謝謝妳，我自己來就好。」

蔡怡君露出迷人的笑容看著方心渝。

方心渝就著吸管喝蘋果汁，騰出雙眼盯著蔡怡君仔細觀察。

陽光從走廊斜照進來，映襯出她頎長且穠纖合度的身形輪廓閃閃發亮，彷彿仙女下凡。

她用左手支著左臉頰、長髮披在肩後，一雙眼睛像兩條小金魚掛在臉部三分之一處，挺鼻占據了臉中央的三分之一，明顯的人中與嘴角揚起的雙唇、飽滿略帶尖削的下頷則是位居臉下三分之一處，十足美人胚子模樣。

凝視那雙靈動的雙眸，彷彿被捲入某種幻境，所有感官連帶靈魂皆浸泡在充滿多巴胺與高劑量血清素中。歡愉、滿足、幸福等等諸多愉快的情緒滿溢，令人不覺時光逝去，光陰匆匆，這剎那猶如時光停駐，歡欣快樂的感受驅趕內心寒冷，飄飄然飛仙高升。彷彿將所有二級毒品安非他命、大麻、快樂丸、方糖全部吞進肚裡，儘管知道這樣做會死，但，還是寧願享受這瞬間爆開的欣快與滿足感。

周身被極樂快感所包圍，精神早已飄升至天堂，視線不忍離開那雙充滿魔力的眼眸，如果可以，寧願被這樣凝視，直到永遠，永遠忘卻無止盡的惡夢。

「我再幫妳叫杯蘋果汁？」悅耳聲音傳來。

現在突然討厭起各式各樣的聲音，十分不願從幻境中醒來。可惜，這句無情問話，令人不得不從幻境回到現實世界。

看著捧在掌中的空杯，赫然發現在不自覺間已把整杯果汁喝完！食道沒感受到果汁下嚥、嘴唇也沒有吸吮的動作。不可以喝，不能再喝她拿來的飲料！

可是，為什麼不能喝她拿來的飲料？

方心渝，妳很清楚的知道為什麼！

「謝謝您，我喝溫水就好。」方心渝說著，滑下高腳椅，自顧自的走去吧檯。

蔡怡君轉過頭，目光凝視落地窗外的街景。

站在吧檯前等待服務生將溫水倒進杯中的同時，方心渝感受到自己的嗅覺似乎漸漸恢復。嗅吸滿室的咖啡香味，傳入耳中的是藍調音樂，口腔裡尚留存蘋果殘渣與香味。

怎麼了？太不尋常。

我很確定胃發炎已經控制住，不會影響我與他人交談。那麼剛剛發生什麼事？在什麼情況下會讓人喝完一杯飲料而毫無知覺？難道是她對我施予催眠術？還是她會精神控制術？

太危險了。

我太輕忽這人，還是趕緊離開為上策。

服務生將水杯放在吧檯，方心渝取過後，打定主意跟蔡怡君告辭。

端著水杯疾步走回窗邊椅旁，只見蔡怡君低頭看手機，渾然不覺身旁有人。

這樣專注的看著手機，使方心渝忍不住湊上前想看看她在看什麼？另一方面，方心渝基於某種專業的心理分析，跳脫當下情境，以旁觀者的態度在觀看自己的行為。

我什麼時候變得這麼八卦？

我何時開始對蔡怡君的事情如此關心？

太不對勁了，太奇怪了。

應該不是她會什麼控制術，而是我最近太累，該讓自己把全副心思放在工作上，對，應該這樣做。

方心渝呆立在蔡怡君右後方思索時，咖啡廳大門突然打開，有人像是在追捕通緝犯的模樣，霸道的衝了進來。

「心渝，心渝，妳怎麼在這裡？這女人是誰？」

「項弟小聲點，小聲點。」

雲天宇跟在衝進咖啡廳的項少辰後頭，伸手想抓住因愛失控的男人的手臂。

方心渝驚見這一刻自己關心的不是大聲嚷嚷衝進咖啡廳的項少辰，而是專注看手機的蔡怡君，內心還生出一股「害怕她因為自己的事情而受到驚嚇」的內疚感。

項少辰神情慌張的看著望向陌生女人背影的方心渝，情緒激動的伸手拉扯她的右手臂，這個舉動使方心渝手中的水杯滑落地面，「哐啷」一響，摔碎杯子的同時，尷尬的氣氛逐漸擴散在四人間。

方心渝先看向地上水杯的碎片，然後目光再次移至緩緩轉過頭來的蔡怡君。

項少辰不好意思的蹲下身子，開始撿拾碎片。

雲天宇像拎小雞似的從頸項將項少辰自蹲姿一把拉起，等項少辰站直身子，眼角餘光才看著似乎只在意眼前這位陌生女子的方心渝。

心渝為何這麼在意這位女子？她們是什麼時候認識的？兩人又是什麼關係？我跟項弟怎麼不知道心渝跟這個女人的事？

將注意力從手機轉至身後紛擾的蔡怡君，露出一臉高深莫測的笑容問：「妳男朋友？」

方心渝無語，若有所思的低頭看著杯子碎片。

蔡怡君目光移至項少辰與雲天宇，語氣誠懇：「他們應該有急事找妳，杯子的事情我來處理就好，走吧。」

這女人話一說完，方心渝立刻上前拿過桌上的提包，二話不說便往咖啡廳外頭走去。

這一幕，看得雲天宇和項少辰震驚不已。

由於太過震驚，兩個大男人身體忘記動作、呆立在咖啡廳中，以眼珠轉動目送方心渝離去。

「走啊，人都離開了。」

經人提點，項少辰猛然回神，匆忙跑出咖啡廳。

雲天宇則是離去前，還回看陌生女子一眼，只見她杵著左臉頰，慵懶的看著落地窗外的街景。

滿腹疑惑，雲天宇急忙離去之際，暗自在心裡記上一筆。

❖

方心渝背對咖啡廳站立。項少辰追了出來，儘管知道自己闖禍，但丟臉比起思念與擔憂根本算不上什麼，所以他厚著臉皮走上前從後面拍拍她的肩膀。

「心渝，剛剛真的很對不起，我不是故意的。因為找不到妳，太過心急，所以，啊，對了，妳要的資料我找齊了。」

方心渝面朝馬路，沒有回應，不知道有沒有聽見項少辰說的話。

雲天宇追出來，看見這種場面，不忘回頭望了咖啡廳一眼，心底暗暗思考半晌，邁開腳步往前走到方心渝面前。

「有什麼事情，我們車上說，如何？」雲天宇右手擺向暫停路邊紅線處的轎車。

方心渝看了眼雲天宇，隨即走向他示意的公務轎車。

雲天宇走至項少辰身邊，推推他的左手臂：「走啦，欠我一頓大餐。」

「什麼啊，這種時候只記得吃，真是。」項少辰邊說，邊快步走向轎車。

「唉，好心沒好報就是說我這種情況。」雲天宇拿起車鑰匙，解開車鎖，緩緩走去。

這股魅惑力還真的不容小覷，過陣子得約妮姐好好聊聊。

雲天宇心中轉著念頭，坐進駕駛座，啟動引擎，開車上路。

「欸，項弟，答應我的大餐，現在兌現吧，反正都是琪姐請客。」

坐在副駕駛座的項少辰正愁著不知該如何跟後座一語不發的方心渝說話，聽見雲天宇的請求，皺眉說：「什麼啊，誇張耶，前天才吃過，今天又要吃？」

「你們是怎麼找到我的？」

一聽見方心渝說話，項少辰不等雲天宇開口，立刻搶著回答：「我昨天雖然請假，不過我還是去把妳要的資料找齊了。打電話給妳都找不到人，妳也不接電話，沒想到今天妳又請假，天宇問妳查什麼資料，我說是蔡怡君的資料，所以就找到妳了。」

項少辰獨特的敘事方式，習慣之後，大約懂得他想表達的意思。

「剛剛那位就是蔡怡君。」

「什麼啊，妳找到她了？」

方心渝沒有接話。

雲天宇看著後照鏡中反映出的沉思表情。

「辛苦你了，可以給我資料嗎？」

「找妳就是要給妳資料的，啊，都在這裡。」項少辰急忙從褲子後方的口袋將摺疊成四折的列印資料往後座送去。

「心渝，為何對蔡怡君這麼有興趣，可以說出來跟我們分享一下嗎？」

方心渝右手緊握資料，勉強擠出微笑回答：「最近壓力比較大，想找地方運動，網路上評語推薦『灼見瑜伽教室』，我想了解一下蔡怡君這個人如何，順便替你們查查她。」

「心渝想討論案子，儘管來找我就好，我們可以去琪姐開的餐廳，邊吃邊討論。」

「項弟，太過分囉。欠我的大餐，不立刻兌現。跟心渝就可以馬上約在琪姐的餐廳，真是見色忘友的最佳典範。」

「什麼啊，心渝花時間替我們找案子的突破點，請她吃飯，有什麼不對？不然，你也一起來啊。」

「哼，我傻啊？去當電燈泡？還不如回去加班。」

「你自己放棄的唷，不要再跟我討大餐吃。」

「欸，『掉書袋方』，改天換我請妳吃大餐。」

「我說雲天宇，你這是什麼意思？」

「我？什麼意思？哼，見色忘友的最佳示範。」

方心渝拿起手機回撥號碼，電話很快接通：「妮姐，找我嗎？」

聲音雖小，但駕駛座與副駕駛座吵嘴的兩人瞬間安靜下來，凝神細聽。

「抱歉，我去醫院急診，所以沒辦法回電……沒事，急性胃炎，今天下午剛出院……謝謝妮姐關心……我現在過去妮姐家，不知道您方便嗎？……感謝妮姐。」

雲天宇擔憂的看向項少辰。

項少辰哀怨的看著雲天宇。

方心渝收起手機放進提包中，靜坐不語。

車內只剩排氣管的排氣聲與冷氣的嗖嗖聲。

靜默造成的尷尬感蔓延在車內的每個縫隙。

「心渝，等等可以請妳幫我個忙嗎？」

「請說。」

「妮姐要我幫她買個鴨肉便當，我現在去買，等等請妳拿給她，好嗎？」

「好。」

「項弟，大餐改天找你要。現在先解決妮姐的需求，等等我們去吃鹹酥雞加啤酒。」

「明天要帶新人，不要喝酒了。」

「是，項弟說的對。現在就出發！」

❖

送走雲天宇，劉愛妮提著鴨肉便當，還有幾個小菜，外加一碗清粥，緩緩走進屋內的餐廳。

方心渝靜靜站在客廳中央，背對大門，從背影看過去，似乎陷入沉思。

剛剛通話，得知心渝離開之後的行蹤，儘管心疼，但也不好說嘴。天宇送來的餐點中，還貼心的準備清粥，足見他對心渝頗為用心。

連續撥了這麼多通電話，這一天一夜之間，她不可能不看手機，為何只回一通？其中頗有蹊蹺。昨天下午離去，一整晚沒有音訊，直到今天下午天宇找到她人才回電，然後便立刻轉到我這裡。心渝最近的行徑頗為乖張，得加緊注意才是。

不知道她今晚來意為何？

「妮姐，打擾您了。」心渝轉過身看著她：「想請教您一些事情。」

將餐點放在餐桌上，劉愛妮走到客廳，內心好奇，但不動聲色的坐進沙發，左手臂靠放沙發背上：「問吧。」

方心渝凝視劉愛妮許久，似乎在思考什麼，沒多久便低著頭疾走至劉愛妮身旁，接著一屁股坐下，把身子挨近她懷裡。

被這突如其來的舉動困擾的劉愛妮，儘管不知道方心渝的動機為何，但有股激動的情緒襲上心頭，剎那間紅了眼眶，左手輕輕拍著心渝肩頭，溫柔的安撫。

方心渝動也不動的蜷縮在劉愛妮懷中許久，輕聲問道：「妮姐，我有個不禮貌的請求，不知道您會不會生氣？」

「只要是心渝說得出口的事情，我都不會生氣。」

「您可以用對待酒客的口吻，跟我說話嗎？」

好奇怪的要求，她究竟想做什麼？

「妳希望我用什麼口吻對妳說話呢？」

「嗯，可以用最迷幻、勾引對方的那種口吻嗎？」

「妳希望我勾引妳？」

「對，就是用話語勾引我。」

「我得想想，因為我還沒有對女性做過這種事情。」

「妮姐別當我是女人，這樣應該比較容易。」

「我試試，等我一下。」

方心渝繼續蜷縮在劉愛妮懷裡，平穩的呼吸。

「心渝，今天晚上要不要睡在妮姐這裡？妮姐很擔心妳的安全，不論如何，有任何煩惱心事，一定要跟妮姐說，知道嗎？」

「嗯。」

「妳要記得，再怎麼難過，妮姐都會在妳身邊陪妳，在妳最煎熬的時刻，妮姐都會排除萬難的陪伴妳，心渝。」

「謝謝妮姐。」

「別客氣，這些都是妮姐的真心話。」

「嗯。」

「謝謝妮姐，我知道了。」方心渝緩緩坐起，轉頭看著劉愛妮：「不好意思打擾妮姐休息，我想，我該回家了。」

「有得到妳想要的嗎？」

「嗯，謝謝妮姐。」

「心渝，真的不要跟我客氣。吃碗清粥，妮姐再叫車送妳離開，好嗎？」

劉愛妮眼神透露出請求。

方心渝凝視劉愛妮許久，一改冷漠態度，乾脆的說：「好，謝謝妮姐。」

劉愛妮鬆口氣的露出微笑站起身，摟著方心渝的肩膀說：「走，去餐廳吃。」

神色凝重的方心渝被輕輕的推著往前走。

六、殺人筆記　趙德斯

趙德斯追我的時候，我忘了問他的婚姻狀況。

應該說是我不想知道他到底結婚了沒有，因為我只想跟這位英俊的男士談一場轟轟烈烈的愛情。

儘管他已經四十七歲，從事著無聊的會計工作，但他熱愛健身，充滿著冰塊肌，還有他迷人的絡腮鬍，他的一切真是太令人陶醉。

被這種男人追求的時候，哪裡還能有理智去思考他結婚了沒？他有沒有小孩？就算有，如果他真的愛我，我需要在乎這些嗎？

他替我租了一層在中和景平路上的短租公寓，要住多久？我不知道。

這裡沒有人認得我，我也不想認識其他人。萍水相逢，何必讓人記得？

會到這裡租公寓的大多是海外歸國探親的人。這些歸鄉之人，長期沒有跟父母住在一起，為了探訪老人家專程從遠方回來，若是住父母家，長久未住同屋簷下，生活習慣難免有所差異，反而失去探親的歡樂感。因此有些在國外已有家庭的孩子，首選旅館，再來便選擇此種短租公寓，有時還可邀請父母過來作客。擁有了彼此的空間，少了探訪親人的齟齬，皆大歡喜。這裡的房客來來去去，大多都是如此。

又或者有些夫妻因故離婚，房屋若是登記在其中一方，另一方便無處可去，只能孤身帶著孩子住進這種短租公寓，待離婚後的住所確認之後，便離開此處。

像我這樣把短租公寓當成住處的單身女子，十分少見，而這裡則是他金屋藏嬌的理想之處。

這樣的便利讓我跟德斯之間的情感快速爆發，我跟他膩在這個短租公寓中，愛的不可分離。但是他很少在這裡過夜，精明人不必猜測也知道他肯定有女朋友或者是老婆。

我在乎？

我不在乎？

趙德斯是個有錢人，這種男人為了追求女人，一定會砸下大錢。但是聰明的女人絕對不會讓自己的籌碼在一開始就全部掏出來，破壞了自己的「行情」。我拒絕他用錢來補償我，但是我告訴他一個不讓他覺得花費很大的投資，那就是替我買個保險，這樣一來，他投保買保險，受益人寫上我的名字，他這麼年輕，這麼熱愛運動，一定想不到我會利用他這些特點來殺害他。

這種花心大蘿蔔一定要好好教訓才是。

住在這種地方，有個男人當作生活調劑品頗有情趣，身為女人要很清楚的知道這種男人是永遠得不到他的心，想留住他的愛，簡直不可能，如果愛可以物質化，那就唯有錢才能取代。

當我對他偶爾的陪伴漸漸感到厭煩之後，便開始計劃拿到那筆保險理賠金。

要能夠使他猝死，「心肌梗塞」屬於不錯的死法。

為了達成目的，我開始每天不定時的打電話給他，造成他處於情緒繃緊的狀態，之後我跟他玩起躲貓貓，不讓他有辦法隨時隨地找到我。

欲擒故縱的手法，能激起他對我又愛又怕又恨的情緒。

這種手法的缺點就是不能使用太久。因為，沒有耐心是人的天性。玩弄他一段時間，於是我想了又想，是時候該好好處理。

那天，我跟他有個甜蜜的燭光晚餐，然後，我偷放了些降血糖的藥物在他的酒裡，晚餐不是重點，進行一場激烈的性愛，才是最後的紀念。

一次次翻雲覆雨、極致歡愉，就是要他忘了時間回去他該回去的地方。

我暗忖著完美的計劃就是當他趕著回家、卻在駕駛座上猝死，最終引發慘烈的車禍，這樣，我不只可以避免嫌疑，還能夠拿到獎金。

有誰會拒絕領取那份保險理賠金呢？

哼。

對付一個家有嬌妻的出軌老公，我這樣做算是替他老婆出口氣了。

七、各懷鬼胎

「真是太榮幸了，能坐在我崇拜的兩位學長車上學習，湘成太光榮了。江叔叔知道我對兩位學長的崇敬，特意安排我跟兩位學習，湘成萬分期待能跟兩位學長學到在其他單位學不到的辦案技巧，相信有朝一日，湘成必定能夠因此順利晉升職位。」

「天啊！這個狗屁精的嘴巴肌肉痠不痠啊？從車子啟動開始，話就沒停過，還要講多久？吵死了。對了，該找妮姐問的事情有點急，我想放項弟去帶新人，我趁這時間去找妮姐聊聊。」

「什麼啊！要學習，不是應該好好聽我說話？怎麼會是不斷重複講這些話？煩死人了。公關局長到哪裡找來這個奇葩？好煩。那天沒跟心渝把話說清楚，得找時間問個明白。不知道她還要不要找資料？今天到醫院來看段柔丹，應該先問過她有沒有興趣過來看看傷者，說不定她有興趣耶，這樣就有機會跟她把話說清楚，唉，沒問她，真是太可惜了。」

雲天宇、項少辰各自想著心事，醫學院附屬醫院已經近在眼前。

❖

病房中的生理監視器顯示出心跳、血壓、呼吸、血氧飽和濃度，鼻胃管、呼吸器、點滴注射幫浦，放眼看得見的儀器都是家屬為了能夠將病患從深度昏迷的狀態中喚醒而允諾醫生放置。

病床上的段柔丹依舊沒有意識，但坐在陪病椅痴痴看著躺在病床上病患的那位女性，雙手緊握段柔丹的右手，連雲天宇三人走進病房時，都毫無察覺般凝視昏迷的病人。

雲天宇走進病房往旁一站，沒有出聲。

項少辰走進病房，眼睛在房內的儀器與陳設間轉動，仔細觀察。

瞧見兩位學長都沒有出聲，賀湘成覺得這是自己展現才能的好時機，於是跨一大步走到病床尾端、對坐在椅上的女性，大聲道明來意：「段柔丹的家屬您好，我是偵辦此次案件的員警，可以請教您幾個問題嗎？」

雲天宇、項少辰互相看了一眼，眼神中各自顯露出極度不耐煩的神采。

這位女性轉過頭看向賀湘成，面露微笑：「您好，請說。」

她不就是蔡怡君嗎？那天和方心渝在咖啡廳的女人，就是她。嗯，我幹嘛吃驚？她在這裡守著她昏迷的妻子，也沒什麼好奇怪，不是嗎？

雲天宇對於自己的大驚小怪，暗暗自嘲。

項少辰則是睜大雙眼的自問：「她是蔡怡君耶，她怎麼會在這裡？」

賀湘成尚未再次出聲發問時，蔡怡君盯著項少辰回答道：「我看顧自己的老婆，難道不應該嗎？」

項少辰嘟嘴，尷尬的微笑。

賀湘成陪上笑臉：「應該的，應該的。不知道您的妻子目前狀況如何？咦，您沒有請看護嗎？」

「我讓看護外出買點東西。柔丹現在的昏迷指數依舊停留在三，不知道什麼時候才會醒過來。」

「她腦部的血管瘤控制住了嗎？」項少辰順口問。

蔡怡君淺笑答：「我不知道，專業的問題還是請教醫生吧。另一位警官，有問題要問嗎？」

雲天宇板著臉，禮貌性的搖頭。

「請問您現在不用上班嗎？經濟來源為何？」賀湘成邊問、邊從褲子口袋取出筆記本紀錄。

蔡怡君面對賀湘成用著貌似客套，實則像在問案似的態度，沒有絲毫不快，帶著苦笑：「自己親愛的老婆變成這樣，我實在沒有心情繼續開辦瑜伽教室。我先前有些積蓄，所以目前暫時不用為生活煩惱，只希望柔丹能夠快點醒過來。」

「那麼，在妳妻子密友許芳婷的強烈制止下，妳依舊不畏懼流言的堅守在妻子身邊，對於許女士的言行，請問您有何看法？」

「我並沒有做出傷害柔丹的行為，這點，警方可以作證。有關我與許小姐之間的事情，目前已經交由法院處理。」

「可是，段柔丹小姐的醫藥費、住院費用、還有看護費用，全是許芳婷小姐負擔，有關這點，您有何意見？」

「我不想對此事多做解釋，目前首要的事情，就是希望柔丹能夠快點醒過來。」

原本應該是帶領新人調查案件，詢問家屬的「學長」，現在竟被晾在一旁「欣賞」學弟辦案，哼，真是諷刺。

雲天宇無奈的聽著賀湘成與蔡怡君對話，但他內心有股直覺：蔡怡君的言行頗令人感到不對勁，至於何處不對勁，一時間無法用言語表達。

項少辰則是覺得眼前這個新人很愛現。

老在面前說要跟學長學習，結果到了現場，哪裡還有學長的存在？壓根就是個人秀，自由發揮去了，我們這些學長根本就是空氣。

「許芳婷小姐常來探訪您的妻子嗎？」

「嗯，幾乎天天都來，我只能在她不來的時候來看柔丹。」

房中突然「嗶、嗶」聲大作，蔡怡君急忙按下呼叫護理站的按鈕，沒多久護士跑進來這間昂貴的單人病房，嘴裡低聲嘟囔：「每次都這樣，只要她在就會出事。」

雲天宇耳尖聽見這位護士說的話，右眉挑動，沒作聲。

項少辰上前拍拍賀湘成的肩膀：「讓護理人員救人，我們改天再來。」

賀湘成識相的收起筆記本：「是的，學長。抱歉，打擾了，我們先走一步。」

斜眼看了下昏迷的段柔丹，蔡怡君走向賀湘成，伸出手：「不客氣，我是蔡怡君，請問您是？」

賀湘成見到蔡怡君如此尊敬他，笑得合不攏嘴的伸手握住眼前美女的手，上下搖動：「蔡小姐您好，我是賀湘成警員。」

「這樣吧，」蔡怡君將瑜伽教室名片遞給賀湘成，另外拿起手機：「賀警官的手機號碼？日後有任何問題，歡迎隨時跟我聯絡。」

「我的手機號碼就是……」賀湘成喜孜孜的與蔡怡君互相留下手機號碼，表情興奮的像極了超級業務員。業績有了著落，哪裡還有學長學弟之分？

雲天宇看了眼項少辰，項少辰鄙夷的看看賀湘成，兩人默契十足的走出病房。

等待賀湘成與蔡怡君「交流完畢」之際，兩人站在護理站旁，各自想著心事。

「項弟，我想到有事情要去辦，這個新人給你帶。」

「好，知道了。」

過往這種時刻，項弟肯定會打破砂鍋問到底，然後吵著一定要跟著去。現在不知道是帶了個新人在身邊，還是絞盡腦汁想方設法的要跟方心渝表白？所以放我獨自一人去辦事？唉，項弟長大了！真的令人失落啊。

望著沉思的項少辰，雲天宇雙手插在褲子口袋中，轉身悄然離去。

❖

「妮姐，很難想像琪姐沒跟妳一起住的感受，我想她應該不習慣吧？」

「我總不能老是打擾琪姐的生活吧？琪姐有自己的人生要過。」

雲天宇看著屋內陳設，「嘖、嘖」稱奇，讚嘆不已。

「哇，妮姐，這次重新裝潢的很奢華啊！反正我手上有妳家鑰匙，找機會過來住住，享受享受，不介意吧？不過，琪姐沒有妳『打擾』，安全嗎？不無聊嗎？」

劉愛妮舉起右手的手錶：「我們是換個形式緊緊相連，這樣你滿意了嗎？」

雲天宇瞄了眼手錶，皺眉問：「區區一只手錶，怎樣能夠緊緊相連？我才不信。」

「你啊，該好好了解科技的新趨勢，這樣才能夠與項弟緊緊相連。」

「呿！我跟他有啥好相連？話說回來，妮姐幹嘛不用這個新趨勢去跟蹤方心渝啊？還要苦苦的打電話聯絡不上她人？」

半晌沒人接話，唯有大門在身後關上的聲音。雲天宇轉過身看見劉愛妮若有所思的身影，驚覺自己出言不遜，連忙跑過去扶她的手臂，語氣輕柔：「妮姐，對不起，都怪我說話沒多想，抱歉。」

「換上拖鞋，有事，進去說。」

劉愛妮脫下便鞋，踏上客廳地板，穿上一雙材質舒適的木質拖鞋，逕自走到廚房。

雲天宇暗暗吁口氣，這下子再也不敢亂說話，急忙踩著碎步，換上拖鞋，乖乖去客廳沙發坐下。

左手拎著一瓶酒、右手夾了兩個高腳酒杯，面無表情的走過來，坐在單座沙發裡，將兩只酒杯放在前方的矮桌上，斟了八分滿的酒，自顧自的拿起其中一杯，啜了口。

「摩澤爾伊慕酒莊的冰酒，喝吧。」

「謝謝妮姐。」

雲天宇戰戰兢兢的拿起酒杯，緩緩啜了口酒。

兩人各自想著心事，沉默蔓延在這二十五坪的屋內，寂靜的令人耳鳴。

沒想到「掉書袋方」對妮姐竟然這麼重要？真是始料未及啊！

以前怎麼開妮姐玩笑都不至於讓她氣成這樣，怎知道才開了有關「掉書袋方」的玩笑，她竟然連話都不跟我說，還拿了冰酒請我喝！她應該知道我不愛喝甜酒，唉，活該啊我，亂說話的結果。

不對啊，我今天就是專程來問她這件事，就算再丟臉，也得要開口，豁出去，說就說，有些事情悶在心裡會壞事的！

「有事找我？」

「妮姐，」

怎料，劉愛妮杯中酒已經喝完，準備再斟酒的當下，竟與雲天宇同時開口。

劉愛妮停止說話，自顧自的斟了杯滿滿的酒。

「妮姐，妳先說。」

劉愛妮喝了口酒：「來者是客，請說。」語氣冰冷的像是面對陌生人。

雲天宇將酒杯放在矮桌上，不客氣的直接問道：「妮姐，妳對方心渝真的有感情嗎？妳是不是愛上她了？妳儘管說，我對這種事情完全不介意。」

聽見這番問話，劉愛妮斜睨了眼，將杯中酒喝完一半，咬咬牙開口：「我對心渝確實有感情，不過，跟你想的愛情完全不是一回事。」

「有感情就是有感情，為何不是愛情？」

劉愛妮若有所思的搖著酒杯，語氣沉重：「天宇，我們認識很久了，而你見義勇為救我一命的事情，我永遠刻在心裡。只是，我有些私人的事情，沒有機會跟你聊，你誤會我對心渝的情感，在所難免，我們今天就開誠布公的說吧。」

「好，開誠布公，該說的就得說開，以免有誤會。」

「等事情說完，我也有事要問你。」

「沒問題，妮姐，請說。」

「先從你問的問題說起。我確實很愛心渝，只是，這種愛，並非男女間的情愛，只是單純的手足之情。心渝，她讓我想起我妹妹。」

「妮姐，妳有妹妹？」

「是的，不過，她已經過世很多年。如果她沒有死，今年應該是足三十五歲。」

「妮姐跟妹妹差五歲啊。」

似乎看見三十五歲的劉屾屾站在面前笑著揮手，而這個影像漸漸置換為方心渝。劉愛妮搖著酒杯：

「是啊，我會進酒店工作，就是為了賺取妹妹的醫藥費用。」

雲天宇皺眉疑惑的看著劉愛妮。

劉愛妮則是仰頭飲盡杯中餘酒，接著拿起冰酒，再度斟滿酒杯。

「我的父親劉玄武是大學哲學系教授，小父親五歲的母親何佩瑜則是在同所大學中文系就任副教授。原本幸福美滿的家庭，在父親為了找尋『人從何而來、死又何去』的哲學命題後，變了一個樣。父親瘋狂的追求信仰，信仰本身沒有錯，但是形式有問題。那個被人尊崇的女壇主，只要有人質疑她，便要求信眾互相責打，直到彼此認錯為止。」

「這是什麼奇怪的信仰啊？」

「父親聰明一世，糊塗一時。母親為了維持完整的家庭，心不甘、情不願的接受了這個信仰，但她希望父親放過妹妹。我想那時的父親已經瘋狂了！母親為了阻止瘋狂的父親犯錯，結果被活生生打死，屾屾親身經歷且目睹這一切經過，精神錯亂，而這更導致父親對屾屾施加暴力。那年我二十六歲，剛在國外得到女子射擊世界錦標賽三百米步槍三種姿勢的冠軍，載譽歸國當下，才剛出關就被警察帶走，而我風光回國的同時還得面對破碎的家庭。」

雲天宇沒說話，默默拿起酒杯，喝了一半的酒。

「父親堅信自己沒有錯，他在被依殺人罪嫌逮捕入獄服刑沒多久便在監獄中撞牆自殺以明志。屾姍那年大學都還沒有畢業，而我則是從碩士班肄業，全心照顧接受治療的姍姍。」

雲天宇拿起酒瓶，往酒杯裡倒了半杯酒，緩緩啜飲。

劉愛妮一口氣喝掉半杯酒，神情淒然：「父母親留下的財產不多，我工作之餘又得留時間照顧姍姍，最後，不得已只好進酒店陪酒。在酒店的事情，多謝你的幫忙。」

「妮姐，客氣了。妹妹後來發生什麼事？」

劉愛妮拿著酒杯靜默許久，眼神看著遠方，陷入深深的回憶中。

雲天宇凝視她，安靜的啜飲杯中酒。

劉愛妮突然間語調激動、高亢：「都怪我。都是我的錯！」禁不住淚水滾落臉頰：「如果那段時間我選擇臺北的大學，就好了！可惜，我考上位在臺中的私立大學，離家一百六十幾公里遠，加上我熱愛射擊，常常因為射擊課沒有回家。姍姍十八歲的時候，經常在夜半凌晨時偷偷打手機給我，但只用顫抖的語氣問候我，沒多說什麼。我打電話回家問母親，她要我不要擔心家裡，一切她都會打點好。怪我太相信母親，母親要我別擔心，我就這樣不擔心？真傻！我真傻。當時我沉迷於射擊之中，一心想得到國際比賽的殊榮，誰知道，我太大意了。姍姍午夜的電話就是警訊，我竟然愚昧無知，最後釀成這樣的大錯。都怪我，我太熱衷追求自己的嗜好，專注過頭，結果忽略姍姍那幾通深夜來電，她不會在深夜、躲在被窩中、用顫抖的語氣打手機給我，她是個乖巧懂事的妹妹，她或許有點害羞、天真，但她絕對不是個怕事的孩子。那個時候我應該要發現事情有點怪，我應該知道姍姍深夜的來電，絕對不會只是問候我過得好不好，我應該知道她當時是冒著生命危險想通知我，媽媽有生命危險。如果當時我懂得姍姍隱晦的求救訊息，是不是能夠阻止瘋狂的父親，挽救母親及姍姍的生命？」

雲天宇搖頭：「事情都過去了，誰對誰錯，都已成定局，不是嗎？」

止不住的淚水滴落在衣襟，劉愛妮繼續往下說：「我應該早點發現，姍姍的眼神不對，她那個眼神彷彿告訴我：時間到了，姊姊，我受不了了。我早該察覺不對勁，或許我早就知道會發生這種事情，也許我在等待這一天的到來。誰知道呢？我的血液裡極有可能藏著瘋狂的因子，隨時隨地都等待發狂的一天，好比劉玄武害死妻子、迫害女兒，最後還嚷著自己在追求終極真理。」

從沒見過妮姐哭泣，這是我第一次看見她飆淚，這是第一次，我認識她後的第一次。

「人生若是能夠重來，我想回到考上大學那年。早知道會發生這種事情，我肯定會重考一年，重考二年，直到考上臺北的大學為止。如果能夠重來一次，我離開療養院病房的時候，一定會將姍姍束綁在床上才走。我也會讀懂她茫然眼神中尋死的念頭，就像被蕭司德禁錮的方心渝那樣，成功的將她從死神手中搶過來，我不能再輕忽看待這件事情，我不想再一次失去，不能，更不可以！」

劉愛妮最後一句話，幾乎是用盡力氣吶喊出來。

此刻再也無法放任劉愛妮無助的哭泣，雲天宇將酒杯放在矮桌上，站起身，走到單座沙發椅背，坐下，張開雙臂將劉愛妮擁入懷裡，右手輕輕撫著她的背脊，任她安心放肆的大哭。

淚水是上天給人類的禮物，它能洗滌心靈的苦痛、解放禁錮心靈的幽暗，能夠哭出來，好好發洩，這是多麼好的禮物。所以，放心的大哭吧，讓淚水帶走恐懼、無助，讓淚水洗滌一切的苦難吧。

「灿灿，」劉愛妮嚎哭了一陣，啜泣的說：「灿灿從小到大的夢想只有一個：『穿上美麗的婚紗，有個美的窒息的婚禮。』」

雲天宇用著單字「嗯」，回應著。

「以灿灿的聰穎，大學一定能夠順利畢業，有一份穩定的工作，然後遇見她的白馬王子，白首到老。我肯定是她的伴娘，在母親精心挑選的禮服、婚宴場所，她是最美的新娘，在父親的牽引下，我亦步亦趨的跟著她的腳步，見證她夢想實現的那一刻，永恆的一刻。接著，兩年後，她生下一個男孩，就算工作再忙，我也會撥點時間出來陪伴我的外甥。等外甥長大，我會教他射擊，會把他當成自己孩子一樣疼愛，讓外甥跟我的孩子互相陪伴長大，成為彼此最堅強的靠山。我和她一輩子都會相親相愛，互相陪伴，直到老去。或許過程中會爭吵打架，但我和她是永遠無法分割的血緣姐妹，劉灿灿，我可憐的妹妹。這一切都不可能實現了，我已經沒有親人了，在這個世界上，我沒有血親，我是一個人了。」

話說至此，劉愛妮已然泣不成聲。

「妮姐，」雲天宇緊緊抱住劉愛妮，堅定說道：「妮姐，妳還有我，還有琪姐，沒有血親又怎麼樣？我跟琪姐是妳永遠的靠山，別怕，我們都在這裡。」

劉愛妮將蜷縮在胸口的雙手顫巍巍的伸展，緊緊抱住雲天宇，再度放聲大哭。

雲天宇紅了眼眶，喉頭被酸楚哽住，再也無法出聲。

❖

開車離開醫學院附屬醫院一段路程後，項少辰轉動方向盤將車子靠向路邊。

「你會開車嗎？」

「項學長，湘成會開。」

「很好。」語畢，項少辰解開安全帶，打開車門下車，回過頭將雙手橫放在車窗：「我去辦點事情，你開車回去，有查到什麼，再通知我跟天宇，你有我們的手機號碼，對吧？」

坐在副駕駛座的賀湘成一頭霧水：「學長，湘成不能跟你一起去嗎？」

「分開查案比較有效率，有問題，」項少辰比了個手勢，大拇指向上、三指彎曲、小拇指朝下：「你知道怎麼處理，加油。」

項少辰站起，毫無猶豫的轉身朝路邊招了一輛計程車，動作迅速的上車，遠去。

賀湘成看著沒熄火的車子，望著遠去的計程車，嘴裡喃喃念著：「所以，我這個新人被丟包了嗎？先是天宇哥在醫院就不告而別，接著，項學長也這樣？」

呆愣許久，賀湘成再回神時，突然手機響起：「您好，我是賀湘成。蔡怡君小姐？哦？有事找我？嗯，等等，我記下資料，好，好，」

掛掉電話，賀湘成急忙下車坐進駕駛座，看著筆記本，繫好安全帶，搖上車窗，油門一踩，驅車向前，趕赴約好的地點。

❖

靜待劉愛妮從廁所出來，雲天宇坐在沙發許久，腦海浮現蔡怡君在咖啡廳的神采，比對記憶裡曾遇過的姊妹們，皺眉搖頭再搖頭，最後終於放棄思考，單純坐在沙發上。

「抱歉，讓你久等。」換上一襲深藍色剪裁合身的連身長禮服式的高領休閒洋裝，踩著拖鞋走過來，原本沒上妝的臉色益加蒼白，坐進單座沙發：「失態，見笑了。」說完，準備將瓶中最後一些冰酒倒進酒杯。

「妮姐，還好嗎？」

「沒事，只是，」拿起酒杯輕啜一口：「喝太急了。」

雲天宇點頭表情凝重：「妮姐，可不可以請教妳如何施展魅惑術？」

劉愛妮端著酒杯、打量雲天宇半晌，不禁失笑：「你還需要請教我？你的魅惑術比我還強，連身為女人的我都甘拜下風。」

這番話讓雲天宇笑不出來，表情嚴肅說道：「妮姐，我直說吧。一般人是不是不經訓練也可以擁有魅惑術呢？」

「我是見過幾個。怎麼，為何問這種問題？」

「心渝這陣子在追蹤一個女人，這個女人擁有一股會令人不自覺的陷入她話術、注視的能力。」

「心渝在追蹤？那人是誰？」劉愛妮興致高了起來。

「上頭交辦的一個案子，一位女企業家在浴室摔倒昏迷的案子，心渝不知道為什麼特別關心那個企業家的老婆蔡怡君。」

「喔，」劉愛妮沉吟許久，放下交疊的雙腿，將酒杯擺在矮桌上：「昨天心渝來找我的時候，要我用對待酒客的口吻跟她說話，難道她的想法跟你一樣？」

雲天宇驚訝的看著嘴角上揚的劉愛妮：「心渝真的這樣對妳說？妮姐，妳不生氣？」

「心渝不會無聊到特地來汙辱我，所以我為何要生氣？」劉愛妮帶著一抹微笑。

雲天宇看見劉愛妮臉上漾著笑容，心中起了一陣嫉妒：「妮姐，妳確定對心渝的愛只是姊妹之愛？不是愛人之間的愛情？」

「這點我分不清的話，還有誰分得清？」劉愛妮睨了雲天宇。

「哼！感覺壓根不是親情，分明就是愛情。不然那抹甜進心坎的笑容，怎麼出現的啊？解釋解釋。」

「你啊，愛妒忌，心眼小得跟女孩兒一樣。」

「我哪有？妮姐，我才沒有。」

「好了，別耍賴。依你看，心渝為何跟蹤那個女人？」

「唉，別說了。這陣子，心瑜跟我們都沒有話說，怎麼問啊？」

劉愛妮贊成雲天宇的說法，不禁擔心的點頭。

「照顧她的那一整年，為了怕她跟灿灿一樣恍神墜樓，我們幾乎都相處在一起。吃飯、睡覺、外出，沒有一刻分開。那段時間，」劉愛妮停頓半晌，表情柔和的回憶著：「心渝比如如堅強，意志力也強，她全心全意的依賴著我，總是妮姐長、妮姐短的叫我。反而是我好幾次把她喊成如如，讓她受到驚嚇。幸好，她最後還是清醒了。不過，這幾天相處，覺得她變了個人，我彷彿在她身上看見如如臨死前的模樣。」

「心渝確實變得讓人覺得陌生。」

「那天我把喝醉的她帶回家裡，她睡著之後沒多久，便開始做惡夢、放聲尖叫，身子還一度僵直導致呼吸困難，不得已，我只好抱著她睡。看來，這個工作確實不適合她，那個地方會讓她記起之前受過的心理創傷。」

「法醫工作適不適合她，這等之後再討論。現在該怎麼處理？乾脆把她抓到這裡拷問拷問？」

「天宇，以暴力方式對待心渝，不是加深她的創傷感嗎？我想，我們用個適當的距離跟蹤她，看看她到底在做什麼？」

「不然這樣，妮姐約她出來聊聊，我去她住處搜查一番，直接了當的知道她在做什麼，如何？」

「這樣做，心渝難道會不知道嗎？要是她發現，對我們起了戒心，到時候說什麼都沒有意義。」

「喔！難道我們就安安靜靜的等出事嗎？到底會出什麼事情？煩啊。」

「現在只有耐心等待，我相信心渝。」

劉愛妮拿過酒杯舉起，雲天宇愁容滿臉的看著她。

「喝吧，面對未知，我們使不上力。」

雲天宇無奈的搖頭，拿起酒杯敲了劉愛妮的酒杯，仰頭一飲而盡。

劉愛妮緩緩喝完杯中酒，深不可測的雙眸，凝視著遠方。

❖

「感謝妳邀請我過來，不知道怡君小姐要聊什麼？」賀湘成邊說話，眼睛緊緊盯著這間簡樸的豪宅。

「坐下再說。」

蔡怡君坐在沙發上，嘴角微揚的看著東張西望的賀湘成。

「好，好。」

賀湘成坐在蔡怡君對面。

手指著矮桌上的幾張影印紙，漆黑深邃的雙眸緊盯眼前男人，態度從容、左手將黑色長髮撩往身後。

「前天有個女人到我家門前，接著腳軟坐在地上，我好心扶她進來休息，這些上頭有資料的紙就是她留下的。」

賀湘成一聽，趕緊從口袋取出紙筆，準備記錄。

「那女人看起來多大年紀？頭髮什麼顏色？大約多高？長相如何？」

「警官，我又不是偵探，怎麼會記得這麼多？不過，她昨天又來了。我還以為她想上瑜伽課，可惜，我現在為了照顧老婆，沒辦法開業。」

「蔡小姐，我冒昧的問一下，這件事情剛剛在病房的時候怎麼不提出來？」

「唉，我老婆昏迷不醒，又得擔心許芳婷會突然出現，她每次出現就會跟我大吵大鬧，我不想讓我昏迷的老婆無法靜養。剛剛護士進來急救，我走出病房才想到這件事情，想找你們說這件事，你們全都不見了。幸好，你跟我互留手機號碼，而你又熱心的想替我解決問題，所以只好麻煩警官你跑一趟。」

「這就麻煩了！蔡小姐不知道她的長相，我該如何查起？」

「警官先生，你不必煩惱。這個女人幾乎天天在我家附近出沒，說不定，」蔡怡君邊說邊站起身，走到落地窗邊朝樓下望去：「果然不出意料，她又來了。」

賀湘成聽見，急忙起身跑至蔡怡君身邊，朝她手指的方向看去，果然見到一名女子在人行道上站立，接著，令賀湘成意外的是女子身旁那位男士，竟然是學長項少辰。

項少辰態度急切的想跟那名女子說話，但女子不太搭理他，項少辰拉她手臂，女子甩開他，這舉動重複好幾次。

「項學長怎麼會在這裡？」

「我擔心這名女子對我的生命會有威脅，她有可能是跟蹤狂吧。自從柔丹昏迷之後，這樣的事情我也見怪不怪。只是有些人是真的想上瑜伽課，有些呢，來路不明，我也不知道該怎麼處理。交給你了，警官先生。」

「蔡小姐放心，包在我身上。」

收起筆記本，賀湘成走到矮桌邊將紙張拿起來，折了四折，放進上衣口袋。

「蔡小姐，我先走了，有任何事情，請直接跟我聯絡。」

不等蔡怡君回應，賀湘成歸心似箭般匆忙離開。

用眼角餘光打量離去的賀湘成，看著樓下的女子，蔡怡君面無表情，雙手交叉擺在胸前，身子斜倚著落地窗。

❖

心渝什麼時候跟我變得這麼陌生？她為什麼天天跑到蔡怡君家樓下發呆？

項少辰呆站在原地，內心不斷自問。

只是問她還需不需要蔡怡君的其他資料，想約她喝個下午茶，想跟她說早上去看段柔丹的情況，還以為她會有興趣，怎麼知道她竟然推託說要回去上班，她只有請半天假，心渝怎麼了，是不是故意要避開我？她該不會想拒絕我的……不，我都還沒有正式說出口，不會的，都是我自己在亂想。

「幹嘛啦！」項少辰突然一個大吼，甩動右肩膀，整個人側過身怒瞪一直拍他肩膀的人。

只見身穿制服的高中生站在他身旁，臉色嚇得慘白，右手直發抖，左手舉在半空中，嘴唇稍稍發顫。

見到這位高中男生被嚇成這樣，項少辰怒氣沖沖的表情想在瞬間變為笑臉，著實不是容易的事情，勉強裝出笑臉的結果反而造成臉頰肉不停抽搐，更增添他面部表情的凶惡感。

高中生嚥下口水，顫聲道：「有位小姐要我把紙條和鑰匙拿給你。」

項少辰一聽，急忙接過紙條與鑰匙。

被人交託的事情已經完成，高中生迫不及待的快步跑走。

攤開紙條，看了眼鑰匙。

「到這裡來見我。」後面是一串地址。

難道是心渝反悔了？

喔，有可能是害羞內向的關係。剛剛不好意思在眾人面前跟我講事情，特意在離開之後，找人拿地址與鑰匙給我。

啊，幹嘛這麼不好意思呢？我們都這麼熟了。

所以她是先回去辦理請假手續，然後回家跟我見面！對啊，我跟天宇都沒去過她家。而她竟然給我家裡鑰匙？可見，我不是一點希望都沒有！

好，心渝等我，我馬上過去見妳。等等就有機會把一切都說清楚，太好了。

項少辰心花怒放的握緊紙條，將鑰匙放進上衣口袋，滿臉急切的跑向馬路邊招了一輛計程車，彎身坐進車裡，關上車門，計程車緩緩開上馬路。

❖

雲天宇回到局裡，眼光四處搜尋項少辰的同時，賀湘成突然神祕兮兮的跑過來，站在他面前欲言又止的睜大雙眼。

「有什麼事？」

「是這樣的，天宇哥，剛剛我送項學長去信義路，遇到一位女性，項學長似乎是專程去找那位女士，兩人交談之際，似乎有點不愉快。不知道天宇哥認不認識那位女士？」

雲天宇撇撇嘴想：項弟果真死心眼，怎麼這樣纏著「掉書袋方」？追愛，要像我看齊，得留點空間讓彼此喘息，欲擒故縱的方式乃是最上等、最高明的招術。不跟雲哥哥我學著點，老是得閒跑去糾纏「掉書袋方」，哪怕她心裡有點意思，經過這樣糾纏，情思接著就灰飛煙滅了。「掉書袋方」，辛苦妳了。等我找到項弟，一定會好好訓誡他。奇怪的是，「掉書袋方」為什麼又跑去蔡怡君家呢？她怎麼有那麼多時間往那裡跑？她究竟想研究蔡怡君什麼呢？這案子跟她沒有關係，她有必要這麼勤快的往那裡跑嗎？還是，她看上蔡怡君？哼，她連我都看不上眼，怎麼會看上那個怪女人？想這麼多幹嘛？乾脆約她出來談談，不答應邀約，乾脆殺到她辦公室堵她，然後強押她到妮姐家，對，這種事情，拉妮姐一起談比較妥當。對，大家坦誠布公的講清楚，不過，項弟可以不用通知。

「天宇哥，請問你知道那位女士是誰嗎？」

「這種事為何問我？直接去問項學長就好。」

「項學長可能還在那裡跟對方談判，」賀湘成表情尷尬：「我怕打電話給他，他會不高興。」

「那位女士是方心渝，方法醫，之前跟我們一起辦理蕭司德法醫案件的同事。」

賀湘成雙眼發亮，滿臉驚訝的站在雲天宇面前。

「怎麼？該不會連你也對方心渝有興趣吧？」

賀湘成嚥下口水，表情倏地改變，堆砌滿臉笑容，腳步緩緩往後退：「天宇哥說笑了，沒這回事，哪有可能？我連她是誰都不知道啊。怎麼可能對一個完全不認識的人有興趣？」

「我看你臉上寫著：我有興趣。」

「天宇哥說笑，說笑。」

「項弟呢？你沒帶他回來？」

雲天宇瞥見賀湘成眼神閃爍，瞬間陪著苦笑：「項學長要我先回來，所以我就先回局裡。」

「他人呢？」

「嗯，應該還在那裡跟她談事情吧？」賀湘成說的有點心虛。

「車鑰匙在你身上？」

賀湘成神態慌張的撈撈褲子口袋，拿出一串鑰匙，恭敬的交給雲天宇：「天宇哥，在這裡。」

雲天宇接過鑰匙，拋下一抹微笑，轉過身：「有事情打電話給我，我去找項弟。」

「遵命，天宇哥。」賀湘成邊說，邊注視著雲天宇遠去的身影，表情從恭敬逐漸轉為驕傲。

「我真是太厲害了！江叔叔才領我進局裡，馬上就辦成一個大案件。我看這兩人還挺混的，我得加緊腳步蒐證，事不宜遲，我要明天的新聞頭條都播放我查到的案子。」

賀湘成走回座位，開始調查方心渝的資料。

❖

雲天宇甩上車門，龍吟大廈的人行道上已經沒有項少辰及方心渝的行蹤。

「掉書袋方」到底怎麼了？為何不停的來這裡？蔡怡君究竟有什麼好查，值得她頻頻到這裡罰站？今天早上，不用上班嗎？還是又請假外出？

妮姐的擔心或許有道理，江局也認同妮姐的看法。如果「掉書袋方」的心真的生病了，我或許該放下對她的堅持，讓她休息。不是同事，但革命情感還在，有空就去看她，以免妮姐的擔憂成了事實。我想，要是她真的出事，對我、對項弟、對妮姐、對江局都是一個巨大的打擊。

攤開來談吧，我需要一個解釋。

雲天宇獨自站在人行道仰頭往三樓的「灼見瑜伽教室」望去。

蔡怡君站在窗簾後方，凝視站在人行道上往樓上看的雲天宇，嘴角露出一抹意味深遠的淺笑。

八、殺人筆記　雷莎莉

選擇在桃園做為畢業後的一個出發點，其實只想換個環境。

從澳洲回臺灣，補齊了大學學歷，很想喘口氣、休息一下，所以選個離臺北不遠、卻不是北北基範圍內的地方重新生活，有一技之長隨身，不用擔心生活費用，我這種喜歡隨遇而安的性格，任何形式的生活都難不倒我。

唯一的難題，就是桃花不斷的生活型態。

很多人憑藉著我亮麗的外表跟我套交情、追求我，我需要愛情滋潤，但愛情卻非我生命中的唯一。只可惜那些人像黏上腐肉的蒼蠅般驅趕不走，感慨無奈之餘，只好學習如何禮貌性的婉拒，一來不會因此斷絕自己的學生來源，二來也不會為自己樹立敵人。

要在陌生地方開展自己的事業，並非輕鬆容易。開了班級沒有學生，白白浪費教室租金，重點是剛拿到大學文憑的我，身上積蓄不算多，尚未有收入，便開始浪費這些老本，怎麼樣都不划算。

不如先從有需求的可能族群上推廣。

我可是擁有國際瑜伽聯盟認證的瑜伽師資證照，而且我在澳洲時就已經展開我的教學生涯，相信這一點，應該有足夠資格可以擊退一票競爭者。

好吧，我就是這麼驕傲。

為什麼要退卻呢？努力得到的成果，需要委屈自己、不好意思拿出來說？這不是我的風格。

光明正大的說出自己擁有什麼，很困難嗎？難道在臺灣亮出自己血汗努力得到的證明，會得罪誰呢？我並非特立獨行，我只是想做我自己。

正因為如此，我贏得了一紙合約：連鎖健身房的特約瑜伽老師。

所以，生活對我而言一點都不難。

只是，絡繹不絕的追求者等待我以智慧的態度面對。以敵制敵，儘管現代人可以死會活標，但若是死會，多少抵擋得住一些流言蜚語，還有無謂的死纏爛打。

雷莎莉正好是這樣一位雀屏中選的人。

她是位擁有加拿大國籍的臺灣人，當年的她是五十六歲。曾經擁有平面模特兒、社會運動工作者、作家、慈善家等多重身分，先生在她五十二歲的時候過世，因此她回到出生地，從事保險員的工作。

五十六歲的她，身材保養有道，穠纖合度，儘管已經當了祖母的她，外表看上去依舊是四十歲出頭的模樣。

選擇她當戀愛對象，自然引起很多學員譁然，不過，我需要在乎這麼多嗎？愛情只要你情我願，愛上就愛上，性別為何是阻礙？

離開臺北的日子有段愛情生活，有人陪伴，頗有情趣。我也從將她當成我的擋箭牌的想法，慢慢轉成真的愛情。

她提出要替我買張保險做為她對我愛的表現，我覺得有何不可？但是，我不希望她將保險額度調高，否則別人會以為我貪圖她的錢財。

這是我第一次面對女性的愛情。誰能料到女性的愛情與男性的愛情在本質上沒有太大差別，把我的心抓在手上之後，雷莎莉憑藉她的外貌與雄厚財力，便將我的愛拋在一邊，太可惡了。

雷莎莉根本就是愛情騙子，回臺灣真正目的便是欺騙更多男男女女的感情。我怎麼能夠容許這種人繼續惡搞下去？不知道我是這場愛情遊戲中第幾個被犧牲的人？而我有責任義務阻止她的惡劣行為，有點後悔當初降低她買的保單額度，懲罰她的最好方法就是讓這張保單發揮作用。

我精心打扮自己，讓所有人都認不出我是誰。我跟蹤她，當她走上斑馬線的時候，我快步走到她身前轉身面對她，怒目瞪視、並說一句：妳會為妳的行為付出代價，妳去死吧！對愛情不誠實的爛人。

發洩完怒氣，我轉身就走。

再怎麼也沒想到，這幾句話竟然讓她呆站路中央被酒駕司機撞成重傷，最後死在醫院。

她的死，讓我出了一口惡氣，保險理賠金拿到手後，我立刻離開這個傷心地。健身房的違約金，就用這筆理賠金去償還。

被愛情傷害的心，用錢來縫補吧。

九、項少辰失蹤

「江叔叔，經過我的調查，這份紙張的內容應該來自法醫方心渝。」賀湘成獨自在江河山辦公室內報告。

「你跟天宇談過沒有？」

「沒有。」

「先跟他談過之後，再來跟我匯報。」

賀湘成直視低頭思考的江河山，態度絲毫不讓，頗有理直氣壯的模樣。

「江叔叔，可否讓我說些有可能得罪學長及您的話？」

擡起頭看著賀湘成，皺眉、點頭。

「說吧。」

賀湘成左手放在腰後，右手則是在身前，食指伸出像在指點什麼似的，前後搖動，身子則左右走動。

「我仔細研究過江叔叔、項學長、天宇哥和方心渝之間的革命感情，繼上次鬼影幢幢的蕭法醫案件後，方心渝正式接任了蕭司德法醫的職務，也因為辦案過程遭遇生命危險，休假長達一年之久，其後復職繼續擔任法醫。方心渝對於蕭法醫一案，擔任著具有關鍵性的破案功勞。」

「嗯，所以呢？」

「雖然報告沒有詳細寫出整個過程，但從『遭遇生命危險，休假長達一年之久』的字面意思看來，方心渝不論在身體或是心靈上，應該受到相當大程度的創傷，可是報告中沒有附加方心渝的精神鑑定報告。既然她是蕭司德法醫的得意門生，我合理的懷疑，方心渝在某種程度上被蕭司德影響，因此才會有這份白紙黑字的內容。」

「合理懷疑？」

「是的。方心渝是女性，剛接觸法醫一職，很難避免在精神上受到命案現場的影響。另外，基於對蕭司德的孺慕之情，導致兩人之間頗有曖昧，此乃人之常情，在所難免。我首先要先表達十分佩服方心渝可以大義滅親的舉報蕭司德，但，蕭司德在傳授知識的同時，卻極有可能灌輸方心渝不正確的思想，進而使她寫出這些內容，或許她在某種程度上後悔舉報蕭司德，又或許她開始步上蕭司德的後路。」

「這些全是你個人的推論，對吧？」

「是。」

「所以你建議怎麼做？」

「將方心渝停職，進行調查，等精神報告確定之後，再依情況讓她復職。」

「進行什麼調查？依什麼情況復職？」

賀湘成停下腳步，站到江河山辦公桌前，雙手擺在身側，表情嚴肅的立正站好。

「申請搜索令，進入方心渝家中搜查是否有其他的殺人筆記，若是有這種情況，必須在警方陪同下，進行精神鑑定。」

「所以你只憑這份不知道是不是她親自打字列印的紙張內容，就想申請搜索票？」

「報告江叔叔，這份紙張上頭有酒保、方心渝、蔡怡君的指紋，紙張雖是一般影印店便可索得，碳粉也是隨處可取，但內容必須是熟識項學長之人，才有可能計劃的預謀犯案。酒保與蔡怡君都不認識項學長，有何種理由書寫謀殺項學長的計劃書呢？再則，我親眼看見項學長與方心渝在街上爭吵且互相拉扯，代表兩人之間有著某種無法言說的歧異，致使方心渝在紙上規劃如何殺害項學長。如果紙張的內容屬實，我還希望江叔叔可以將項學長列入保護，直到查清楚方心渝是否有殺人的動機為止。」

「你拿到這份資料幾天了？」

「第二天。」

「這幾天有沒有見到雲天宇和項少辰？」

「沒有。」

江河山用手指掐掐眉頭，閉眼沉思許久。

就在此時，敲門聲響起。江河山用手示意賀湘成先離開，賀湘成充滿期待的表情，變成不滿，腳步緩慢的往後退。

「進來。」

只見門被急速打開，雲天宇神情焦急的走進來，看見賀湘成，略略遲疑了會兒，站在門框中沒有立即進入辦公室內。

江河山見雲天宇有所遲疑，露出和藹的笑容，朝賀湘成擺擺手，示意他出去。

原本還期待江河山首肯自己想法而站立在一旁等候的賀湘成，這下子臉色鐵青的朝門走去，雲天宇側身讓出一條路，見他離去，才輕輕將門關上。

「發生什麼事？」

雲天宇走到江河山辦公桌前，雙眉緊皺，滿臉憂慮。

「項弟已經兩天沒回家了，電話怎麼打都沒有人接，我想他失蹤了。」

「方心渝呢？她有上班嗎？」

「我問過心渝，她說她沒有見到項弟。」

「心渝的態度很冷靜嗎？還是有幫忙一起找人？」

「她的態度很冷靜，只說會幫忙打電話。江局，怎麼問起心渝的態度？」

江河山神情倏地一沉，撐著桌子站起。

「你去幫我喊賀湘成，叫他進來。」

雲天宇張口想發問，但見江河山臉色鐵青，想了想，便立刻轉身去找人。不料，門才一開，便見賀湘成擋在門外，立正站好，神采奕奕。

「局長找你。」

「是，天宇哥。」

看著賀湘成小跑步進入辦公室，雲天宇滿頭霧水、一臉狐疑的皺著眉。

「湘成，項少辰失蹤了。你現在立刻拿著搜索票去調查方心渝！雲天宇，立刻前去逮捕方心渝。」

雲天宇睜大雙眼，不可置信的看著江河山。

「這是怎麼回事？」

賀湘成喜孜孜的立正行禮：「是，局長。」隨即轉身衝出辦公室。

「江局，這是怎麼回事？」雲天宇瞄了眼賀湘成的背影，急忙發問。

江河山將桌上裝在證據袋中的紙張舉起：「都怪我沒接受何方琪的意見，劉愛妮的想法是對的，方心渝竟然敢做出這種事情。」

雲天宇整顆心一揪，緩緩的走上前，接過證據袋、穿上手套拿出紙張看完後，沉住氣將紙張放回證據袋，立刻轉身跑出辦公室。

❖

頭好痛啊，我在哪裡？

心渝呢？

這裡不是心渝的家嗎？

雙眼朦朧看不清楚周遭事物，有人站在門邊看著他。由於視線模糊、頭暈，儘管瞇著眼想看清楚，卻依舊無法辨識那人的模樣。依稀覺得這人的穿著很神似方心渝。

心渝，妳是心渝嗎？

為什麼我會沒有力氣？

為什麼我會躺在地上？

站起來，站起來！

心渝，幫我站起來，心渝！

耳朵聽見陣陣嗚嗚聲，而那人走過來，在距離約有兩人並排橫躺的位置處停下腳步，彎下身放了兩瓶水和一個應該是便當的盒子，話也沒說，轉身就走。

心渝怎麼會這樣對我？

心渝為什麼要監禁我？是不是怪我纏著她？

如果是嫌我煩，直接告訴我就好，不要用這種違法的方式，到時候會惹禍上身啊。

心渝，放我離開啊，心渝。

用盡全身氣力，始終無法將腦海中的想法說出口，嗚嗚啊啊的聲音迴響在耳旁，最後，用僅剩的力氣想辦法去拿水，好不容易勾到瓶裝水，不料水倒了，灑滿一地。

力氣全失的情況下，艱困的張開口，吐出舌頭，舔舐閃著晶瑩亮光的水灘，沒多久，他覺得自己可以站起身，走到方心渝面前，請求她的原諒。

瓶裝水汩汩流在塑膠木狀地磚上，一個額際帶有乾涸血漬的男性，躺在整個房間靠窗的地方，一動也不動的彷彿死去般寂靜。

十、羈押方心渝

項少辰不斷打擾我清靜的生活，最好的方式就是讓他直接消失在我面前。

最好的辦法是什麼呢？

少辰太過衝動，蠻橫的幹勁，急切的心情，根本不聽人勸的性格，用說的有用嗎？

那天我在咖啡廳裡跟人談事情，少辰衝進來二話不說，絲毫不介意在公共場合失態，拉住我的手臂，害我手中的水杯就這樣掉在地上。

天啊，好尷尬。

我算是他女朋友了嗎？

我們對外正式公開我們之間的關係了嗎？

有嗎？

有嗎？

而他竟然在公眾場合害我丟臉，讓我在眾人面前差點挖地洞鑽進去。

好丟人啊！

他有權利這樣對我嗎？

沒有，根本沒有！

再不處理掉他，我之後是不是要被他跟監直到我發瘋為止？

跟一個不講道理的人講理，不是對牛彈琴嗎？老師蕭司德只是用比較極端的做法，報復了整個體制。

是的，他違法，他殺人，但這一切也是逼不得已的事情。

跟少辰講道理，他聽得進去嗎？我婉拒他的追求，難道他看不出來嗎？

我有工作，我要私人空間。假如他天天這樣跟監我，無法溝通之餘，只好學習老師的方法，以暴制暴，道理說不聽，那就來點暴力。

我先將這個為愛昏頭的莽漢丟到一間短租公寓裡關起來，然後，佯裝一切都不知情的模樣，讓少辰在裡頭吃點苦，餓他一陣子。我是法醫，有什麼藥物我拿不到手？用藥弄暈他，讓他關一陣子，等我開心再放他出來。

用藥的劑量範圍只要計算精準，不會要一個成年男人的性命，定時定量供他喝水，一天供他吃個一餐，關他一個月也沒關係。

老師教過我，要阻斷他人的干擾，不一定要殺掉他，折磨也算是一種方式。

老師總是嫌我太過心軟，做大事的人定要行非常之手段。

少辰是個只會干擾我的大麻煩，我不這樣處理他，我要怎麼辦呢？

大男孩要追求我，到底是經過我點頭，還是我有承諾過什麼？

這件事情必須要謹慎為之，否則，一個警察失蹤，同事們說不定會聯想到我身上。

最好的方式，就是託個路人讓少辰自己去準備囚禁他的短租公寓，然後我有空就去送送加藥水、便當，讓他虛脫沒力氣再來打擾我。

我也有個人生活，好嗎？

根絕恐怖情人或者是驚悚情人的最好方法，就是隔離他。

如果他不小心死了，不妨學學蔡怡君小姐的做法，想個置身事外的好計策，既可以得到理賠金，還可以全身而退。

這才是最好的處理方式！

假如他死在短租公寓中，而那個地方又是以他的名義租下，死在自己租的地方，有誰會想到我的頭上？

這種殺人於無形的方式，真是高明，高明啊。

❖

雲天宇回想著江河山給他看的內容，一時之間，百感交集。首先是無以名之的氣憤造成全身肌肉脫力，寒氣從小腿衝向心臟，讓開車的他頓時失神，差點朝分隔島撞去，幸好及時回神，急忙握緊方向盤，但悲憤的情緒讓他不斷在內心大聲吶喊。

「『掉書袋方』，方心渝，真的是妳做的嗎？妳真的想殺項弟嗎？為什麼？為什麼？」

急怒之下，雲天宇用手搥打方向盤，使得車子的喇叭大聲作響。

「冷靜，冷靜！這件事肯定不單純。我想，還是靜觀事情發展，先打給妮姐，以免她怪我沒有第一時間通知她。」

戴上耳機，雲天宇踩油門加速趕往方心渝的法醫辦公室。

「妮姐，冷靜聽我說，我現在去逮捕方心渝，詳細情形，妳很快就會從新聞上了解。嗯，晚上我過去，我們再好好詳談。」

掛上電話，法醫辦公室已在眼前。

❖

進入方心渝位於新北市新店中正路三樓的家中，賀湘成領著二人進門搜索。

唉，我們雖然還沒有正式認識，沒想到妳竟然是我立功的關鍵。為了避免妳過多的損失，我帶了鎖匠來開鎖之後才進去搜查，其實，我想過要用破門而入的方式，感覺比較刺激，但是，妳算是值得尊敬的同事，所以最後選擇了比較溫和的方法。

至於搜查造成的混亂，請妳見諒。

二六二號三樓的門開了，摸索著牆壁，打開日光燈，映入眼簾的是間小而簡約的客廳，素雅的白色牆壁上全是收納櫃，有些放置人體模型，另外最多的則是書籍。

客廳旁一張設計感十足的白色桌子上頭除了照明燈外，擺滿紙張，賀湘成無視入內要脫鞋的可能，直接穿著鞋子踩進屋內，並指示兩位同仁去搜查其他房間。

來到桌前，賀湘成仔細看著擺滿桌上的紙張內容。

被紙張約略蓋住的活頁簿，上面最聳動的字樣便是：「殺人筆記」。

賀湘成雙眼一亮，掃開紛亂的紙張，拉開椅子坐下仔細翻閱並研究內容。

「殺人筆記三　雷莎莉，」

「她提出要替我買張保險作為她對我愛的表現，我覺得有何不可？但是，我不希望她將保險額度調高，否則別人會以為我貪圖她的錢財。」

「她的死，讓我出了一口惡氣，保險理賠金拿到手後，我立刻離開這個傷心地。健身房的違約金，就用這筆理賠金去償還。」

賀湘成看完後，深吸口氣，目光更加篤定，他拿起一旁的活頁夾，打開後看見幾頁紙，於是繼續翻看內容。

「殺人筆記二　趙穗斯，」

「身為女人要很清楚的知道這種男人是永遠得不到他的心，想留住他的愛，簡直不可能，如果愛可以物質化，那就唯有錢才能取代。」

「要能夠使他猝死，『心肌梗塞』屬於不錯的死法。」

「我盼著完美的計劃就是當他趕著回家、卻在駕駛座上猝死，最終引發慘烈的車禍，這樣，我不只可以避免嫌疑，還能夠拿到獎金。」

「殺人筆記一　陵柔丹，」

「蟄伏在內心的『悸動』便等待著另一次催化激情的瞬間，再次進入『熱戀』，再次談一場『促進多巴胺、血清素分泌』的激情。」

「反而是許芳婷，這個手拿一切的女人，該死的人應該是妳！」

賀湘成像發現巨大寶藏般雙頰緋紅，呼吸急促，呆愣許久，才動手將面前的活頁紙收起，連同活頁夾、活頁簿一起放進蒐證袋。

接著視線移至桌上擺放的那本影印膠裝成冊的書，書名為《論精神控制術的可能與方法》，賀湘成歪頭想了半晌，接著將書也一起放進蒐證袋中。

「沒有任何人的蹤影。」

「沒有夾層之類的暗室。」

其他二人走過來說道。

賀湘成站起，滿臉傲氣：「沒關係，我找到關鍵的證據，走吧。」說完隨即昂首挺胸的往門外走。二名員警互看彼此，聳肩搖頭，尾隨其離開，臨走前還順手將鐵門關起。

❖

雲天宇枯坐車內，頭頂著方向盤，臉朝下對大腿吼叫。

「方心渝，上班不上班，妳又請假去哪兒啦？把項弟還給我，把項弟交出來！」

深吸幾口氣之後，雙眼露出血絲，雲天宇凝視前方：「冷靜，冷靜。想想她有可能去哪裡？」突然靈光一閃：「媽的，想嫁禍給蔡怡君，她一定會去那裡。」

趕緊發動引擎，轉動方向盤，急踩油門，車胎發出尖銳的磨地聲，捲起一層灰，車子飆速上路。

❖

好像夢遊一樣，為何我會一直一直走到這裡？

我吃不下、睡不好，彷彿有個無法解釋的直覺引領著我不斷來到這裡。

到底要找什麼？我究竟再找什麼？爸爸不停自殺的時候，他看到了什麼？媽媽為何要跟我說抱歉？是因為她沒有阻止爸爸自殺？還是她覺得對不起我？

蕭司德既然知道精神控制術也使用這個方法殺了這麼多人，為何單單不對我使用控制術？喔，對了，他希望我成為他的擋箭牌，可是，利用精神控制術讓我成為他的殺手，不是更好嗎？由我當他的代罪羔羊，這樣他便可以全身而退，便可以活下去，對啊，他為何不用這個方法呢？

為什麼我覺得蔡怡君也懂得精神控制術呢？還是她天生就有這種天賦懂得蠱惑別人？

「方心渝，妳有權保持緘默，並可以請求律師在場，如果妳沒有錢，國家可以提供妳免費律師。妳現在所說的一切將成為呈堂證供。」

方心渝轉過身看著表情嚴肅的雲天宇，滿臉疑惑：「你為何要抓我？發生什麼事情了？」

「心渝，妳是不是對項弟做了什麼？」雲天宇冷漠的看著她。

「我能對他做什麼？少辰怎麼了？」

雲天宇凝視方心渝焦急等待解釋的表情，內心覺得她似乎真的不知道出了什麼事。

「他失蹤了。」

「怎麼可能？一個好好的人，為何會失蹤？」

看她的表現，分明不知道發生什麼事情。

那份殺人筆記真的是她寫下的嗎？

「方心渝，妳不要再裝了。妳親手打字記錄如何殺掉項弟的計劃書，已經被我們當作證據。計劃書裡面妳還提到要模仿蔡怡君的手法，所以，妳不要再騙我了。」

方心渝靜靜聽完這番話，焦急的神情瞬間變得冷靜，她走到雲天宇面前，舉起雙手：「要銬上手銬嗎？」

驚見方心渝冷漠的表情，雲天宇心頭一揪，內心覺得有點奇怪，但她這樣的行為證明項弟的失蹤跟她絕對有關係！念頭至此，一股惱火從心底升起。顧念之前的革命感情，不忍心看她上手銬，於是說道：「不用上手銬，妳自己上車。」

方心渝點頭，邁開腳步前，她回頭望了三樓一眼，然後才隨著雲天宇走向車子。

坐進駕駛座之後，雲天宇怒斥方心渝：「我承認項弟太心急了，造成妳的困擾，可是妳有必要因為這樣動殺人的念頭嗎？妳快點帶我去項弟被關的地方，快！」

「少辰失蹤幾天了？」

「妳還在裝蒜？」

「看來，我現在如何解釋都沒有意義。天宇，我有幾件事情想請你幫忙。」

雲天宇咬牙看著擋風玻璃。

「答應妳，妳就願意放項弟一條生路嗎？」

「這幾件事情完成，少辰應該可以逃過死亡。」

「好，妳說。」

「答應我，我被抓的事情一定要上頭條新聞。另外，我還親手寫了殺人筆記一至三，這三份殺人筆記，請你一定要在新聞上大肆播報，最好連內容也公布出來。」

聽到這裡，雲天宇忍不住內心的憤慨，一個轉身，幾乎是同時間伸出右手重重甩了方心渝一巴掌，急速起伏的胸膛顯示他的情緒全然失控，他的右手緊緊握拳，強忍再甩幾巴掌的衝動。

方心渝摀住左臉左耳，低頭半晌：「我知道你現在的心情，你打我出氣，我不會記恨。但是，我說的這些事情攸關少辰的生死，等到少辰平安之後，你想對我做什麼，我都接受。」

「他媽的，妳還寫殺人筆記？幹，妳跟蕭司德一樣變態。事情都到這種地步，妳還想上頭條新聞出名？無恥！」雲天宇怒目瞪著方心渝。

長髮遮住左半臉，始終低著頭的方心渝，語氣冷淡的說：「念在過去一同辦案的分上，你可以告訴我，我是怎麼寫少辰的殺人筆記？」

轉過頭，發動引擎，狂踩油門，等車子急馳在馬路上時，雲天宇才罵道：「妳自己寫的竟然忘了？回局裡，自然有人會拿給妳看。媽的！」

方心渝不再出聲，左手摀住左臉，低著頭，一語不發。

一心掛念項少辰生死的雲天宇，控制不住內心的憤怒，接連罵了多句髒話，若非礙於大家曾經有過辦案的革命情感，否則管她是不是方心渝、不論男女，現在都已經被他以拒捕的藉口踹的半死不活。

❖

「本臺最新消息，引起社會關注的『法醫因不耐男警追求，繼而起了殺機』一案，目前方姓女法醫已遭逮捕，經過連夜的訊問，法官裁定收押。因其行使緘默權，故而無從得知項姓男警目前被方姓女法醫囚禁何處。」

「這名方姓女法醫於去年與警方合作偵破一起蕭姓法醫的連續殺人案，蕭姓男法醫與方姓女法醫為師生關係，如今，方姓女法醫步上其師的後塵，葬送大好前程，真是令人唏噓。」

「警方在方姓女法醫的家中搜出多本『殺人筆記』，上面詳細書寫下日前段姓女企業家在浴室摔倒意外的事件，方姓女法醫使用其妻蔡女的角度描寫如何作案，栩栩如真，另外還詳細書寫下蔡女領得的兩筆保險理賠金的過程，方姓女法醫寫下這些細節，究竟是真實的犯案過程，還是假借蔡女的故事，準備如法炮製的殺人手法？一切都得等到方姓女法醫開口。」

「今晚最新，方姓女法醫經法官認定，目前裁定收押，但可交保候傳。」

劉愛妮看著新聞，臉色凝重的自言自語：「心渝到底在想什麼？難道真的被蕭司德影響了？還是那次受創後的精神狀態惡化？天宇怎麼還不來？情況到底如何？」

電鈴響起，劉愛妮顧不得形象，從沙發上一躍，衝到大門，門一開，只見雲天宇滿臉倦容隻身站在門外。

「進來，快進來。」

雲天宇踩著沉重的步伐走進屋裡，直到劉愛妮將門關上，他都呆立著完全沒有動作。

劉愛妮拍拍肩，雲天宇默默轉頭看著劉愛妮，眼神充滿迷惑，滿臉憂愁，完全失去平日調皮的模樣。

「妮姐準備好晚餐，先進來吃吧。」
「我不餓。」
「酒在桌上，想喝多少，自己倒。」
劉愛妮逕自走進客廳。
矮桌上全是下酒菜，兩雙筷子、兩個鬱金香杯，一瓶雪莉炸彈。
坐進沙發，拿起已斟酒的酒杯啜飲起來，手握著電視遙控器，頻頻轉臺，等著雲天宇開口說話。
遙望電視新聞，看見方心渝從車上被送往警局的畫面，雲天宇的雙眼冒出火光，有種巴不得衝上前殺人的神態，脫了鞋，直接走向沙發坐下。
看著雲天宇一語不發的喝酒，儘管心裡著急的想知道方心渝的狀況，也只能耐心等待適合的時機開口。
電視新聞持續報導：「方姓女法醫親手寫下殺人筆記一至三，那麼項姓警察的殺人筆記，尚未列入編號，她究竟是先寫下項姓男警的殺人筆記，或是最後才書寫的？目前警方將針對此細節進行了解。」
「再怎麼問，也不可能有任何答案。」雲天宇仰頭飲盡杯中酒。
「怎麼說？」
雲天宇伸手拿過雪莉炸彈，往杯中斟滿酒，恨恨的重放威士忌酒瓶。

「妳知道我在哪裡抓到她的嗎？在蔡怡君家樓下。她這幾天都請假去她家站崗，瘋了吧！方心渝有病。她承認自己寫了殺人筆記，問她把項弟關在哪裡，她竟然敢問我項弟失蹤幾天？她以為我第一天當刑警？一聽到項弟失蹤，馬上認罪，難不成她有共犯？她還要我特別讓新聞報導她寫殺人筆記的事情，我看她根本是想昭告天下，炫耀她自己有多厲害，現在新聞播報了，她還是沒交代項弟人被關在哪裡，只說項弟可以避免一死，狗屁，媽的，都是狗屁。」

劉愛妮專心聆聽，沒有插嘴。

「上次蕭法醫的案件有她幫忙，而她也差點喪命，對了，她還救我一命，可是，她不能因為這樣，就以為我會輕輕放過她，給她一巴掌算是對她客氣了。我應該多給她點苦頭吃，看她肯不肯開口說話。」

「你打她？」劉愛妮眉頭一皺，雙手交叉胸前，左手握著酒杯。

「不能打嗎？項弟還有沒有命都不知道，我為什麼不能打她？」雲天宇怨恨的瞪著劉愛妮。

「當局者迷。心渝現在可以交保候傳，你等等陪我過去，我拿錢去保她出來。」

「保她幹嘛？讓她在裡面冷靜冷靜。」

「你說她一直去蔡怡君家樓下站崗，事有蹊蹺，有些事情必須要她好好說清楚再商議，你這麼衝動有什麼意義？」

「妮姐，妳為何這麼袒護方心渝？難道妳真的愛上她了？」

「我確實很關心她，但我並沒有袒護她。只是，她這陣子的行徑，真的很奇怪，而且事情要問清楚再說。事關人命，少辰與心渝都是一條生命，難道在你眼裡，只有項少辰的命才是命嗎？」

「妳這麼關心方心渝，她呢？她對妳不是也怪裡怪氣，不搭理妳嗎？」

「那麼要是少辰對你怪裡怪氣的，你也會對他置之不理嗎？」

雲天宇沒有接話。

「如果心渝想步入蕭司德的後塵，以她的能力，絕對不可能只是囚禁項少辰，也不會用這麼粗糙的手法被人發現。依我看，肯定是有人陷害她。」

雲天宇不予置評的冷笑：「妮姐，看來妳可以改行當警察了。」

「我看你跟少辰之間的情感，實在是太好了，好到連真相都看不見。」

「妮姐，妳不要半斤笑八兩。」

「陪我去保她出來？」

「去就去，如果有事，我保護妳。」

劉愛妮放下酒杯，到廚房拿了餐罩將桌上的下酒菜罩住，拎起小皮包，往大門走去。

「走吧。」

「不把菜收起來嗎？」雲天宇邊起身邊問。

「說不定等等會聊到天亮，這點菜可能還不夠我們吃。」

「妮姐設想的真周到。」

「開我的車吧。」劉愛妮將車鑰握在手掌心中。

「嗯。」

劉愛妮已經迫不及待的想去保釋方心渝，雲天宇撇撇嘴，滿臉不情願的跟在後頭。

❖

從沒待過那種地方，經過二天一夜的羈押，在內心留下許多第一次的印象。舍房廁所、在一個小角落的浴室，房內有上下舖床位，裡頭有所方發放的墊被，雖然沒有彈簧床舒服，但可免去睡硬床板造成的身體痠痛之苦。

方心渝被關進看守所後蜷縮在墊被上，動也不動，除了上廁所之外，她幾乎不言不語。當她被帶出看守所的時候，她以為是自己認識的人來保釋她，有可能是多年未見的母親，有可能是妮姐，但她絕對沒想到竟然是她來保釋自己。

和她同坐在一輛計程車內，兩人沒有交談。直到計程車停在龍吟大廈的人行道旁，她付了錢：「下車。」

方心渝在車內搖手說：「我搭車回家就好。」

她彎身拉住搖動的手，往車外扯：「有話問妳，下來。」

此時方心渝的內心突然升起一陣恐懼，儘管蔡怡君表情友善的說著話，但從她拉住手的肌膚隱約傳了電流過來，直接造成全身上下起了雞皮疙瘩。

「好，放開我，我下去就是。」

遲疑了幾秒，蔡怡君鬆開手，站在車門外等她。

方心渝挪動臀部下車，這一小段的路程裡她漸漸明白，這幾天以來，她循著直覺追蹤的是什麼，就是她，蔡怡君。

下車後，呆呆望著計程車走遠，直到蔡怡君再次用她柔嫩的手掌握住她的手腕，二話不說的拉著往三樓走去，方心渝趕緊回神，跟上她的腳步。

第二次來到她的家中，簡約的陳設，上次躺坐的皮沙發，寬敞的室內空間。牆邊的瑜伽墊、瑜伽球，浴室和臥房不知道在屋內的哪個角落。

「自己一個人住，比較隨便，過來，帶妳去浴室洗澡。」

方心渝這才驚覺自己全身都是汗臭味，下意識的對蔡怡君客套的說：「不好意思，打擾了。」

蔡怡君凝視她，沒有接話，轉身便朝客廳的右側走去。

走過客廳，見到一個有她租處兩倍大的空間，裡頭擺放著一個橢圓形獨立浴缸，左手邊是一大片鏡子，兩個洗手檯，更深處則是一整片玻璃牆隔開的馬桶。

方心渝忍不住開口自問：「這是浴室？」

「浴巾和衣服我等等給妳拿過來，去洗澡。要泡澡嗎？」

「我洗澡就好，很快就好。」

蔡怡君點頭，轉身走出浴室，順手帶上門。

方心渝還呆站在浴缸旁，望著使用原木色調地磚營造出的豪宅浴室，洗手檯、牆面皆採用一致的色系。

「比我租的房間還大。」

驚嘆完後，走到用玻璃牆與馬桶隔開的淋浴間，轉動水龍頭調整熱水溫度。適宜皮膚的水溫從頭頂灑落，方心渝稍稍的放鬆，盡情感受溫度帶給她的安全感。

「我把衣服放在洗手檯上。」

方心渝陡然驚醒，忙用雙手遮住自己身體的重要部位，神情慌張的看著玻璃門外上下打量她的蔡怡君。

頭一次在洗澡的時候被人注視，這使得方心渝臉色瞬間漲紅。

「妳有的，我也有好嗎？有什麼好害羞。」

蔡怡君話一說完，挑挑雙眉，轉身走出去，順手關上門。

方心渝眼睛緊盯著她的身影，直到她離開浴室，接著動作迅速的洗好澡，關上水龍頭，衝去拿起浴巾，隨意擦拭身體與頭髮，再穿上連身浴袍，左手肘掛著浴巾，忙不迭的離開浴室。

坐在客廳沙發中發呆的蔡怡君，見到方心渝走出浴室，立刻站起往另一側走去。

與方心渝擦身而過，打開浴室旁的木門，一堵玻璃牆隔開了門與床的距離，蔡怡君站在門旁說：

「時間不早了，今天妳就在我家休息一晚，其他的事情，明天再說。」

「不可以，已經麻煩妳夠多了，我想先回家一趟。」

蔡怡君不言不語的走到方心渝背後，伸手用力推她一把，並將連身浴袍扯下，丟在地上，方心渝腳步踉蹌的往前跌撞走去。見她進了房間之後，順手將門反鎖，露出獵人看見獵物般的眼神。

還來不及反應身上浴袍不見的事實，方心渝反身看見蔡怡君的表情，忍不住打從心底升起一股強烈的恐懼感，裸露的雙腳不斷向後退，直到沒有浴巾遮蓋的背部抵住冰涼的玻璃牆，驚覺無路可退之際，拿著浴巾的雙手下意識的舉至胸前防禦。

蔡怡君走過來，扯掉浴巾，用身體壓在方心渝身上，邪氣的笑容顯露無遺，接著她的右手亮出一把鋒利的蝴蝶刀，刀鋒放在方心渝的頸動脈上，只需用點力氣，方心渝的頸動脈便如同薄紙般瞬間被割斷。

「妳對我很有興趣？」

這樣的問話，該怎麼回答比較洽當？

方心渝直勾勾的看著露出邪氣笑容的蔡怡君，從她臉上讀取到的是一種嗜血的喜悅。

這種恐懼的表情，真令人銷魂。

「妳從什麼時候開始對我有興趣？我很好奇。」

該怎麼回答才能讓她把刀拿走呢？脖子上冰涼的刀鋒逐漸被體溫同化，頸部被擠壓的感覺及一股熱流沿著鎖骨往下流動，刀鋒漸漸深入皮膚之內，唉，賭一把試試，連同少辰的一起。

「看到新聞播報段柔丹昏迷的時候開始。」

蔡怡君挑動右眉，滿意的點頭，把蝴蝶刀從方心渝脖子移開，用舌頭將刀鋒上的血液舔舐乾淨後，才甩動刀子收起。

「我想也是。」

方心渝面無表情的看著眼前直視自己的蔡怡君，內心彷彿像是通過測試般大大鬆口氣，下一秒鐘，又倒抽口冷氣，吃驚的連動也不敢動。

蔡怡君伸出舌頭從鎖骨順著血流下的方向往上舔，舔到刀鋒割出的傷口位置，竟將嘴靠上吸吮著緩緩流出的血液，並且吞嚥下肚。

血液的腥味透過蔡怡君的呼吸傳進鼻腔，忍住作噁的感受，方心渝閉上眼想辦法轉移注意力。

「反社會型人格障礙症」患者的外表與一般人沒有太大差異，這類型的人常會顯得魅力十足且具吸引力。這種人欠缺同理心，不懂得後悔與羞恥的感受，其專注在獲得自身利益造成不顧後果的行為模式，讓他們更添危險因素。

他們擅長偽裝與欺騙，能夠輕易操弄人際關係。他們那種不在乎社會體制與教條約束的態度，使其更具魅力與吸引力。

深入研究此類人的過去，常會發現有生活紊亂與反社會行為的經歷，例如：愛說謊、翹家逃課等違反法律的行為。

反社會型人格障礙症患者，約十五歲前後，便會呈現廣泛性漠視及侵犯他人權益的行為思考模式，甚至也有思覺失調症與雙相情緒障礙症的得病可能。

「沒有流血了。晚上一起睡？」身子壓住方心渝裸露的身體，臉埋在她的肩頸上。

「好，給我一床棉被枕頭，我睡客廳沙發。」

「不是問妳話，就這麼決定。衣服，我放在床上，穿好，出來吃飯。」

方心渝感受到身體正面的壓力逐漸減輕，蔡怡君站直身子，甩動蝴蝶刀，邊走出臥房，邊將門關上。

等她出去許久，方心渝才緩緩伸起右手摸摸左側脖子，刺痛的感覺傳遍全身，恐懼感不間斷的蔓延。

「我應該高興的，對嗎，爸爸。」無意識的問著自己，方心渝擡起麻痺的左右腳，像具喪屍似的往臥房內的床鋪走去。

❖

「回我那裡去吧，酒菜都還在，我們好好分析一下現在的狀況。」

妮姐心急如焚的前來保釋方心渝，怎料她竟然被人先一步保走了？

五萬元的保釋金，金額說大不大，說小不小，對妮姐來說，這是筆小錢，對蔡怡君而言，這筆金額有可能極大，也有可能渺小得不足以談論。但是，有誰會去保釋一位誣陷自己、壓根不熟悉的陌生人？

除非，她與她早就熟識，聯手起來準備大搞一場，賺點別人賺不到的錢。

一定是這樣，哼，一定是這樣。

「妮姐，還要分析什麼？妳可不可以直接承認方心渝跟蕭司德一樣走偏了？她瘋了，她有病，說不定那個蔡怡君跟她有什麼陰謀計劃也不一定。恐怕，項弟的家人已經接到電話要贖金了！」雲天宇憤怒的朝副駕駛座前方收納抽屜上頭搥了好幾下洩憤。

天宇這樣，沒什麼奇怪。兄弟情深啊，旁人無法理解，我倒是不驚訝。上次蕭司德為了報復天宇，用三角錐捅進他的直腸裡，項少辰也是憤恨不平的想抓傷害天宇的人狠狠揍一頓。一生能得此知己，真也無憾。

只可惜，現在的他認定心渝有罪，怎麼可能冷靜的分析整起蹊蹺的事件？

蔡怡君為何去保釋心渝，真是怪事，天宇現在已經無法冷靜，我只得自己去找出其中的蹊蹺之處，等等去找琪姐商量。

「今天真夠折騰，辛苦你陪我走一趟。想去哪兒？妮姐送你過去。」

雲天宇坐在車內呆視前方許久，半晌才說：「謝謝妮姐，我下車走走，醒醒腦，不陪妳喝酒了。」

劉愛妮點頭，替他將車門開了。

「好好休息。」

雲天宇別開視線，逕自下車：「別送我。」

「好。」

雲天宇甩上車門，疾步走了開。

劉愛妮很清楚他會去哪裡，只怕，保釋出來的心渝此刻不在家吧。心渝不在家的事情，只會增加他內心即將滿溢出來的恨意。按照天宇的習慣，肯定會待在辦公室一整晚不回家。

「我現在的心情，跟天宇焦急的心情又何嘗不同？只是，心渝究竟想釣出什麼大魚呢？她為什麼要暗中調查蔡怡君的事情？為何要揭露這個私密的殺人筆記？用意何在？心渝的生命會不會有危險？」劉愛妮自言自語之際，發動引擎，轉動方向盤往何方琪家開去。

❖

酷熱的夏季、空調的房內，這件白色棉質長袖襯衫、搭配合身的灰色棉質長褲，坐在床上發呆的方心渝納悶的忖思。

她的身材比我瘦多了，為何能拿給我這麼合身的衣服？話說回來，我跟她完全不熟啊，她根本不可能知道我的身形胖瘦。現在最合理的推論，便是她衣櫃裡頭擺有她妻子段柔丹的衣服，方便她前來探訪留宿時更換用。這樣說來，段柔丹沒有昏迷前的身形頗適中，應該是保養得宜。

由此看來，段柔丹仰躺摔倒，除非是血管動脈瘤先爆裂導致她跌倒，否則，她泡完澡出來摔個跤就鬧出昏迷指數三，怎麼想都覺得奇怪。若非巧合，就是人工造成的昏迷。

曾去造訪段柔丹的病房，只可惜怎麼打聽，醫護人員都暗指許芳婷不准段柔丹的醫治報告外流，因為事前已經跟醫院簽下保密協定，若有發現段柔丹的診斷資料外流，醫院將負擔段柔丹全部的醫療費用。

許芳婷擺明是針對蔡怡君，段柔丹真的沒辦法醒過來了？我很懷疑。

到底蔡怡君做了什麼？讓許芳婷非用這種絕對的手段對付她呢？真是好奇。

「出來吃點東西吧。」

蔡怡君依在房門對臥房內說道，讓沉思的方心渝嚇得彈跳下床，腳底踏在冰涼的地磚上才發現自己沒有拖鞋可穿，左右張望著。

「這地板我天天擦，放心光腳出來。」

蔡怡君同樣沒穿鞋的走了出去。

方心渝下意識的摸摸脖子左側傷口，刀鋒切入皮膚與皮下組織間，像是輕輕挑了一塊皮膚起來，血已經止住，這種傷口猶如蔡怡君刻意留在自己身上的標誌。

這個標誌提醒方心渝，眼前這人，必須謹慎應付，否則少辰與自己的生命，極有可能分秒疾逝。

小心翼翼的踏著腳步走出臥房，方心渝在內心暗暗給自己加油打氣。

「沒事，我們有必要聯絡嗎？恭喜你，我什麼都不需要，就這樣。」

方心渝緩緩走到客廳，蔡怡君掛上電話，接著把手機關掉。

「手機這種東西好用，不過，挺吵人。沒事，我根本不用。坐下，隨便吃。」

客廳矮桌上擺放著三菜一湯：薑燒豬肉加高麗菜絲、壽喜燒白菜豬肉捲、蓮藕菱角燒雞、鮭魚龍葵味增湯。

這也太豐盛了吧？哪裡是「隨便吃」？我平時的大餐就是水餃加酸辣湯，不然就是排骨便當。

「蔡小姐不吃嗎？」

蔡怡君用著某種意味深長的眼神看著方心渝：「妳吃吧，我吃的比較少。」

「我一個人吃不下這麼多，」方心渝站在沙發旁客氣的說。

「坐下，快吃。」窩在單座沙發裡，右手托腮笑笑。

方心渝看著蔡怡君，不再多話的拿起盛好飯的碗與筷子，夾了幾片豬肉、蓮藕、菱角，坐進沙發慢慢地咀嚼。

「妳寫的殺人筆記一至三，我全看過了。寫的不錯，思考細膩，角色的掌握十分洽當。只是，妳用的心情，不是我真正的感受。所以，妳這些殺人筆記充其量，只是一本小說草稿。」

「妳怎麼能全部都看過？」

蔡怡君手指著右邊太陽穴，邪氣的笑：「保釋妳的時候，跟警察聊了一下，順便看了妳寫的，記在腦袋裡。」

不知道是哪位員警跟她配合，還把這些作為證據的資料給這個外人看？真不只是「聊了一下」啊。

方心渝邊吃飯邊問：「可否請蔡小姐指導一下呢？」

「叫我怡君，我們沒那麼生疏。來，開口說。」

「怡君，我有哪裡寫得不好呢？」

蔡怡君「哼、哼」的嬌笑：「我很愛雷莎莉，根本不恨她，所以可以說我沒有殺她的動機。她的死，純粹就是一起車禍意外，她買保險讓我當她的受益人，純粹是因為她上了我，而且耽溺於這樣的肉體性愛關係。」

方心渝停下咀嚼的動作，看了蔡怡君一眼，接著又繼續吃，

「我之所以選擇去桃園生活，並不是剛從澳洲回來的關係，而是我要離開臺北療情傷。這間房子是我第一任男友買給我的，當他死的時候，我太傷心難過，所以沒辦法住在這裡，只好選擇逃避。」

「原來是這樣。」

「我很佩服妳。不知道妳從哪裡得來的資料，竟然能拼湊出我的性格。妳第三篇雷莎莉的殺人筆記中有一段寫到『隨遇而安的性格，任何形式的生活都難不倒我』，寫得真好。不過，雷莎莉不是我

選擇的戀愛對象，而是她找上我，說我像她暗戀過的一位國中女同學。她之所以答應父親移民加拿大，正是因為她無法面對愛上女生的事實，所以夾著尾巴留學國外，嫁給男人，等老公過世，她才回臺灣找那個女同學，沒想到她暗戀的對象已經得癌症過世多年，她告訴我，當她看到我的時候，她整個人又活了過來。」

「老套的釣人手法。」

「嗯，妳說的對，我也這麼覺得。當她纏著我想盡辦法跟我攀關係、博取我的關注時，我本來覺得很煩。但妳知道的，我沒辦法拒絕愛情，一個人死皮賴臉、糾纏不清，只渴求能得到一親芳澤的激情，她的愛打動了我，於是，我們上床，她滿足了她對於女性愛情的渴求，我則是填補了男友死去的苦悶。」

「各取所需，因為得到滿足，所以買一份保險送妳，這挺大方的。」

「對我來說，能不能得到理賠金，倒是無所謂。只要她願意用生命來愛我，錢，我並不稀罕，我要的是全心全意的愛情，就像我對所長的愛，毫無保留，願意為她生、為她死，這種愛情，妳懂嗎？」

她充滿情感朦朧的雙眸，看向遠方，眼前似乎投射出她說的那位「所長」。這種時候，面對她的問話，一定要點頭表示認同。

「跟所長在一起生活的日子，是我人生中最快樂的時光。她去上班，我在家乖乖寫作業等她下班，考上大學，她帶我去慶祝，她的笑在眼睛尾部弄出了一堆魚尾紋，但我覺得她一點都不老，她很美，她是這個世界上最好看的女人。雖然我也愛雷莎莉，但是所長的存在，贏過了所有的男朋友、女朋友。

所長是獨一無二的存在，我真的好愛她，只可惜她最後還是跟了她的女朋友。」蔡怡君突如其來的暴怒，一把橫掃掉桌上所有的菜盤與湯碗。

方心渝端著碗、拿著筷子，冷眼看著眼前的人演獨角戲。

蔡怡君撲倒在地，痛苦的翻滾，雙眼淚水順著頭部流淌：「第一任男友買了這間房子給我，說他很愛我，當我們上了床，一次、二次、三次之後，他膩了，找了別的女人，最後酒駕死於車禍。第二任女友雷莎莉，她說她愛我，等我們上了床，一次、二次、三次，竟然說我很黏人，讓她窒息，結果她在過馬路的時候，精神不集中被車撞死了。趙德斯，我不管他是否有老婆、孩子，只要他一心一意的愛我，我當他永遠的小三都可以，可是，他因為要應付老婆，心力交瘁，最後導致心臟病發作死在車裡。沒想到，愛我到願意娶我的柔丹，竟然在浴室摔跤，昏迷不醒。我的愛情是不是被詛咒了？難道是所長不希望我愛上別人，也不希望別人愛上我，所以對我下了詛咒，讓我一輩子只能愛她一個人？」

方心渝不知道此刻的蔡怡君是否在演戲，但看見一個人如此痛苦，哪裡還有辦法繼續吃飯？於是，彎下身將碗筷擺在桌上，她想過去扶起癱躺在地的蔡怡君。

怎料，一走過去，蔡怡君猛地站起身，張開雙手抱住站在身邊的方心渝，將頭埋在她的頸項中，痛哭失聲。

「我好想念所長，我好想她，好想，好想啊。」

被人無預警的抱入懷裡，方心渝一時之間像具機器人似的，無法動彈，隨著耳邊放肆的哭泣聲，看著自己停在半空中的雙手，最後，只能想盡辦法融入她的傷心中，抱住她，像母親哄孩子般輕撫蔡怡君的背部。

❖

「琪姐，抱歉，這麼晚來打擾您。」劉愛妮恭敬的對前來開門的何方琪彎腰鞠躬。

「進來吧。」何方琪帶著一種看透世間事的淡然，又不失雍容華貴的氣度，表情親切的說。

劉愛妮急忙進門：「謝謝琪姐。」

「客氣什麼？」何方琪關上門責備道。

「詩妍不在家嗎？」

何方琪緩緩走到客廳坐在沙發上，流露出慈愛的笑容：「自從千佑過世之後，詩妍一肩扛起所有的業務，晚回家是很正常的事情。」

劉愛妮望著這間以巴洛克式的奢華設計出的歐式風格的家，頗為懷念。

「如何？心渝願意跟妳住在一起了嗎？」

劉愛妮站在客廳中央，苦笑搖頭。

「這孩子太堅強，受盡委屈也寧願自己扛。我看了新聞，她受苦了。」何方琪坐在歐式皮沙發上，眼神充滿心疼的神采。

劉愛妮坐在何方琪身旁，低頭嘆氣。

「琪姐，心渝目前正在孤軍作戰，我想暗中幫助她。」

「妳希望我怎麼幫忙？」

「我準備消失一陣子，直到心渝解決了這些問題。」

「意思就是不能告訴任何人妳的行蹤，包括天宇在內。」

「謝謝琪姐。」

「妳自己小心，我這邊的事情，妳不用擔心。詩妍替我安排了一切，我等妳回來。」

劉愛妮紅了眼眶：「感謝琪姐。」

何方琪張開雙手抱住劉愛妮：「傻瓜，我把妳當成女兒一樣對待，謝什麼？我等妳回來替我管事，萬事小心。」

劉愛妮回抱何方琪：「好，知道了。」

何方琪微笑的閉著眼，藉由擁抱把內心的祝福以及勇氣全給了劉愛妮。

十一、致命的愛戀

頭好痛，這裡是哪裡？

床？

怎麼會睡在床上？

我不是在客廳吃飯嗎？為何會睡在床上？

身邊有人？是妮姐嗎？

方心渝倏地驚醒，從床墊上彈跳坐起，側過身竟然看見穿著棉製粉紅直條紋短袖襯衫、長褲，像個嬰兒般蜷縮在身旁熟睡的蔡怡君。

急忙摸摸自己身上的衣物，幸好一切都還在，突然想起什麼，猛然低頭看看衣服，依舊是白色棉質長袖襯衫、灰色棉質長褲，這才暗暗鬆口氣，坐在床上發呆一下，隨後躡手躡腳的下床，盡可能讓腳步無聲，連開臥房門把都用上分解動作。

在這個屋內待太久，分不清當下這個時刻究竟是黑夜還是白天，唯有走到窗邊看看戶外的情況，才能確定。

走出臥房，一陣清香飄來，原來是屋內的精油擴香機正在發揮作用，只是這樣的香味不知道是何種精油所散發出來，讓人心情感到十分放鬆。

那一桌噴灑在客廳四處的食物，被處理的一乾二淨，完全看不到任何殘渣，甚至連氣味都沒有留下。

屋內整齊清潔，有條有理，連桌腳、椅子都完美的對齊地磚上的直角，猶如精心計算好的方位，一點誤差都看不出來。

撩開絲質窗簾，窗外炎陽高照，路上行人步伐緩慢，應該是過了上班時間。如此推斷，從被抓、羈押到被保釋出來，估算起來距離少辰失蹤已經第五天，希望他能夠順利被救出，希望他沒有生命危險。

望著窗外發呆的同時，門鈴聲響起，驚醒沉思的方心渝，正在猶豫是否去開門時，臥房門忽然打開，穿著睡衣的蔡怡君打了哈欠，手指著門，命令道：「開門啊。」

不能適應蔡怡君把自己當成熟人似的呼來喚去，方心渝眼睛直視用手指順順長直髮、神態慵懶的蔡怡君。

「找妳的，幹嘛不去開門？」雙手交叉胸前，蔡怡君神情篤定、挑眉帶抹邪氣的笑說。

方心渝納悶的放下窗簾，好奇的走去開門，不料，開一門，外面站了一位帥氣的女性。

門內、門外的兩人互相發愣的看著彼此，彷彿是熟悉的陌生人，又像是昨天才剛分開、今日相聚首的老朋友，思念又情怯，這個時候所有的語言竟然無法表達彼此心中的感受。

此時此刻，誇飾的字詞、浮濫的語言，盡化成簡潔單純的疑問句。

「妳怎麼會來這裡？」

「我打妳手機，妳女朋友告訴我，妳在她家，所以我特別過來看妳。」

「十七年了，怎麼會還在今天想來看我？而且，她不是我女朋友。」

「妳的事情鬧得全世界都知道，我想，我有責任與義務來看妳。」

「妳們要在門口聊天嗎？進來再說。我親愛的老婆，還有丈母娘。」蔡怡君從後方走來動作親暱的摟住方心渝肩膀，笑著對門外的女性說。

方心渝臉色鐵青呆滯的咬著牙根，全身僵直不動。

儘管十多年沒見到方心渝，但看她這副模樣，再看一旁甜笑的蔡怡君，根據多年問診心得加上研究，懂得眼前情景並非表面上理解的樣貌，於是禮貌性的笑說：「是啊，進去再說。」

「我不想見妳，妳走吧。」回過神的方心渝神情凝重的說。

「我有話一定要告訴妳，再不說，我怕，我真的會失去我唯一的親生女兒，心渝，原諒媽媽，讓媽媽幫妳。」

「妳發什麼神經？過了這麼久才想起有我這個女兒？妳走，快點走，我不想見妳。」方心渝用著不近人情的態度怒斥眼前的人。

「除非妳現在跟我一起走，否則，妳說什麼我都不可能轉身離開。」

「我說媽媽啊，心渝跟我住在這裡，妳們母女相認何必大熱天的跑出去到處找地方談心？來，進來，妳們這麼久沒見面，我家這麼大，多的是房間可以讓妳們不被打擾的好好聊聊。」蔡怡君開口勸說。

方心渝目光凌厲的瞪著這位自稱是方心渝母親的女性，兩人互視，門外的人絲毫沒有離去的意思。

一把推開摟住的方心渝，不管她是否站的穩當，逕自走上前拉起門外女性的手走進屋內，隨即將門關上，靠著門說：「這樣不就好了？我帶妳們去我的書房，妳們在那裡好好聊聊，我去換衣服，準備茶跟飲料。」留下兩人在大門前對峙，蔡怡君先一步朝浴室旁的木門走去。

不等方心渝跟上，那位女性就這樣直率的跟著蔡怡君後頭走。

差點撞上大門旁的牆壁，好不容易才站穩腳步的方心渝，轉頭看著遠去的背影，耐住性子，深吸口氣，用手壓住左胸口緩緩情緒，迫於無奈的只能尾隨她們而去。

❖

趴在辦公桌上睡著的雲天宇，被人大力搖醒。

「不要吵，我還要睡……」猛然驚醒，瞬間直起上半身，睡眼矇矓的左右查看：「項弟！」

「起床，天宇哥，走，我找到項學長了。」賀湘成一臉驕傲模樣。

「怎麼找到的？他人在哪裡？」雲天宇激動的起身，無視賀湘成傲慢的態度。

「我安排的線人給了線索，你要去嗎？還是想繼續趴在桌上睡覺？」

「走，一起去。」雲天宇趕緊用雙手抹去滿臉的疲憊。

「好，跟我來。」賀湘成趾高氣昂的走在前面。

項弟，我馬上就過去，再忍忍，我馬上趕去救你出來。

雲天宇跨大步想走在賀湘成前面，怎知，被一手橫在胸前擋住，賀湘成指揮其他弟兄，邊悄聲說：「天宇哥，我知道你心急，先讓其他弟兄衝前鋒，別把自己性命當兒戲。」說完，搶先走在雲天宇前頭，一副指揮若定的模樣。

雲天宇鐵青著臉，忍住胸中怒火，壓制想毆人的衝動，把指揮的位置拱手交給這個幾天前才由江局交代給自己的新人賀湘成，雲天宇目眥欲裂的咬牙、握拳，跟在趾高氣昂的賀湘成身後緩緩走著。

❖

母女兩人站在書房內四處張望，原木色調地磚構成的地面、同色系的壁色，深咖啡色的訂製檜木書櫃，上頭擺放著各式瑜伽書籍，寬敞的空間，兩張墨綠色單座沙發、深咖啡色木桌，略顯幽暗的房內在白色日光燈照射下，呈現出知性的氛圍。

方心渝靜靜凝視眼前這位中年婦女：短髮披肩、黑色粗框眼鏡、短袖駝色圓領衫搭配一條黑色彈力亮皮西裝褲、短筒深咖啡色皮靴，一只小型斜背包。儘管她穿著帥氣，眼角魚尾紋與略失彈性的肌膚，將她的年紀毫不保留的洩露出來。

爸爸自殺後二年，我十五歲，她將我交到奶奶手中，除了每個月固定匯過來的生活費外，便再也沒有見過她。

爸爸在我十一歲那年，便開始嘗試自殺，或許死的意志並非堅決，因此第一次自殺並沒有成功。其後每年都嘗試自殺很多次，最後在我十三歲的時候自殺成功。

媽媽對爸爸的死，似乎不太關心，但對我不間斷的質問爸爸的死因而感到不耐煩。我十四歲那年，她經常性的不回家，留我獨自一人守著空寂的屋子。

我還記得自己一個人坐在爸爸上吊自殺的位置下方，不停的期待爸爸的靈魂能夠現身見我一面。只可惜，我只是枯坐在那攤曾經被屎尿浸潤、留下汙漬的地板上，獨自感受那種寂寞無助的恐懼茫然。

媽媽將我帶到爺爺奶奶面前，在我們最後的交談裡，我依舊問她：爸爸為什麼自殺？頂多，再加了兩個問題：為何妳不要我了？為什麼妳要離開我？

關於諸多提問，她沒有回答我，只跟我說：有些事情不需要了解，也不必了解，等準備好之後，自然會來說清楚。

於是，我抱著期待，等了十七年。

在蕭司德事件中發狂的我，想必琪姐與妮姐一定找過爸爸的同學──我的媽媽──精神科醫師柳妍芝教授來救治我，但當我清醒之後，得知醫治我的並不是她時，我想，媽媽還沒有準備好面對我。

或許，我跟媽媽再見面的時候，將是爺爺奶奶的葬禮上，又或是我的墓碑前？

我常常在想我們再見面的時候，開口的第一句話、第一個動作是什麼？

其實，在我的幻想中，我跟她會激動的相擁而泣，我會邊哭邊喊她媽媽，而她會緊緊的抱住我，跟我說對不起。這是個符合人性的瑰麗幻想，卻不是現實會發生的情境。

所以，想像終歸是想像，實際上，我們見面的第一句話就是：「妳怎麼會來這裡？」、「我打妳手機，妳女朋友告訴我妳在她家，所以我特別過來看妳。」

真是太好笑了。

我們多少年沒有見面、沒有說話，她怎麼可能有我的手機號碼？她是怎麼得到我的手機號碼？

而我也不可能去找她。儘管網路上就可以查到她研究室的電話，就算我知道聯絡她的方式，我也不可能主動去找她。

而我的手機從被保釋出來後，就不見蹤影，是誰告訴她我有女朋友？是誰替我接手機的來電？

媽媽，站在我的面前，我該上前抱她？還是繼續站在這裡看著她？我該怎麼做？

蔡怡君換上一套連身無袖粉綠洋裝，端著盤子，上頭擺著手工餅乾、一壺熱茶、兩只杯子，手中握只手機，腳步輕盈的走過來。

「坐啊，別客氣，快坐。」

在深咖啡色木桌放好盤子後，蔡怡君將方心渝的手拉過來，動作親暱地把手機放在她的掌中心，雙手緊緊握住：「心渝，手機給妳，替妳接電話都接煩了，之後的電話，妳自己接。不打擾妳們母女相聚，英式熱紅茶配手工餅乾，溫馨的下午茶。」

極度厭惡的想甩開蔡怡君的手，但不知道為什麼，身體總是無法聽從腦部的使喚，手就這樣任憑她緊緊握住。一股噁心感湧上喉際，直到她鬆開雙手，強烈的作嘔感才漸漸消失。

看著她對媽媽笑笑後走出房間，門關上那一刻，我像是剛從詛咒中清醒過來般癱軟無力，整個人猶如一片落葉似的直想朝地上躺去。

「心渝，」一陣沉穩有力的呼喚。

倒進媽媽的懷抱中，聽著來自心臟的穩定跳動聲，彷彿某種特別的活力泉源灌注進身體內，軟綿綿的身軀瞬間變得精力十足。

媽媽的擁抱跟妮姐的擁抱完全不同。妮姐的擁抱是既溫柔又怕傷害我，媽媽的擁抱永遠是那麼霸道且強勢，一股不容忽視的堅定。

我藉著母親的擁抱站直身子，接著，我不由自主的回抱她，希望藉著這個擁抱將十七年來的思念告訴她，媽媽，我想妳，心渝好想妳。

「傻孩子，妳把妳自己逼到這個地步，何苦呢？」她壓低聲音說：「妳知道妳在跟誰打交道嗎？妳知道妳已經踏進棺材裡了嗎？」

「我知道，但我不怕。」方心渝哽咽的說：「我想知道當年爸爸自殺的真正原因，還有，妳不要我的真正理由。」

「妳的固執絕對遺傳自妳爸爸，不是我。」柳妍芝撫摸著比自己高一顆頭的方心渝背部，心疼的說。

「都有。」方心渝頭部枕著媽媽肩頭，輕聲說。

「上次妳接受醫治的事情，我知道。所有的細節，我都知道。」

「嗯。」

「避免妳繼續犯傻，我準備好面對妳以及我過去犯下的錯，心渝，請妳原諒媽媽。」

喔，原來犯傻可以得到媽媽的關注。早知道如此，我努力犯傻就好，這樣就可以早一點見到媽媽。

媽媽，妳終於來了。這一刻，我等了十七年。

「媽媽，我，想妳。」

這句話，讓兩人都沉默了。

能在十七年後說出埋藏在心底的思念，對方心渝而言，是釋放、解脫。多年來積壓在心中的鬱悶，這一瞬間衝出心靈，在無形的空間中綻放出一朵朵繽紛亮麗的煙花。

躲藏了十七年，原本以為這個無底黑洞，將要陪自己進入墳墓，到來世再次折磨自己。怎知道，無底的心靈黑洞卻在這句思念的話語中，被填補起來，抑鬱的心，終於得到紓解。一直以來誤以為沒有人會原諒自己曾經犯下的錯誤，原來折騰自己的從來不是別人，只能是自己。多年來不停的自責，都是愧疚的心在作祟，習得這麼多的學問，傳授學生的知識，怎料，自己根本沒去實踐。求得原諒之前，還是得先請自己原諒自己。逃避，無法解決問題，唯有坦然的面對錯誤，才是最終的解決之道。

書房這個充滿知識、理性的空間，在兩人緊緊擁抱、互相傾訴中，瞬間轉變成充滿感性與諒解的空間，好比擴香機飄散著寬恕的精油香味，充塞在空間的每個縫隙、角落之中。

「我也想妳，我的女兒，我的心渝。」

哽咽的說出這些話，堅毅如山的表情崩解，柳妍芝閉上雙眼、眼角流下淚水，帶著微笑輕拍方心渝的背，彷彿哄著當年親手送走的十五歲女孩。

「嗯。」

方心渝抱著媽媽，感受來自母親的溫暖與香味。記憶中的媽媽，身上永遠充滿著書的味道。印上墨水的紙張、存放在書櫃中被翻閱的書頁與人體指尖油脂融合所留下的氣味，這就是記憶中媽媽身上的味道。

捨不得放開彼此，母女間的牽絆讓幾分鐘拉長成幾個世紀。

吸一口空氣，恢復了理智，柳妍芝必須得面對眼前的事實。

放開方心渝，冷靜的看著眼前耽溺在感性中的女兒，她鬆手輕輕扶她站穩。

「坐吧，妳已經長大到可以接受事實的真相。今天，讓我把實情告訴妳，希望妳能夠原諒我和志文。」柳妍芝率先坐進背對著門的單座沙發，凝視呆呆望向自己的女兒。

目光不捨離開母親，方心渝下意識的坐進靠自己腳邊的單座沙發，順手倒了杯熱茶，準備送到嘴邊，卻迎來柳妍芝皺眉怒視。

「妳很渴嗎？我不想喝茶、吃餅乾，妳也不可以喝茶、吃餅乾。懂嗎？」

意識到媽媽的暗示，方心渝緩緩放下手中的茶杯，恢復警戒的神態。

「懂。」

「很好。」鬆口氣的柳妍芝，表情黯然的說：「這件事情要從妳九歲那年開始說起。」

方心渝大吃一驚，睜大雙眼看著柳妍芝。

「是的，事情在妳很小的時候就發生了。那年志文被詢問是否可以接受一名轉介的女性，她的名字叫做徐秀蓉。她自述病症指出她想殺了自己的女兒，她說她不斷的做夢、還有面對幼女時產生殺人的衝動，所以她娘家的親人勸她北上求治。」

「她有受到創傷嗎？不然怎麼會產生這些病症？」

「她長期受到丈夫酒後家暴，加上婆婆也對她施予語言暴力，導致她想逃離婆家，但她女兒當時年僅四歲，造成她想離開卻無法真正離開，引起創傷症候群的病徵。」

「爸爸接受這名病患？」

「志文接受了。」

「進行的順利嗎？」

「初期進展的還算順利，但是，」話說至此，柳妍芝停頓下來。

「創傷症候群確實很棘手，如果病患又無法離開壓力的源頭，想減輕症狀，基本上是有困難度的。」

「志文一開始替她約診了十二次進行認知療法，但是徐秀蓉無法每次都依照志文約定好的時間來做治療，除了不能按時門診外，她還必須避開丈夫與婆婆的監視來到臺北治病，這對住在雲林麥寮的她與娘家造成一筆龐大的醫療負擔。」

「通知家暴中心採取進一步的安置呢？」

「如果可以，這個個案就不會這麼棘手。她的先生是她的表哥，娘家覺得離婚對雙方都不是件光彩的事情，因此寧可出錢讓她北上醫治，也不希望得罪夫家。所以，志文對此十分擔心，深怕某一天徐秀蓉失控殺了她女兒。志文左思右想，最後不得已找我商量，希望能夠提供她完整的醫治，意思便是想提供她住的地方。」

「爸爸會這樣做，肯定是這個病人有什麼特別的地方。」

柳妍芝苦笑點頭：「徐秀蓉很特別，因為她本身具有某種特殊的魅惑力，足以令人失控的誘惑力。」

「魅惑力？怎麼說？」

柳妍芝面帶苦笑：「心理治療對精神科醫生具有某種隱藏性的風險。替人諮商的同時，必須確保自己內心的心魔不存在，否則，很容易陷進去，造成醫病關係複雜化。志文本身太過著迷於個案研究，對於徐秀蓉這個個案的特殊性過於投入，妳記得志文的最後一本著作《論精神控制術的可能與方法》嗎？」

「記得，我手上有影印本。」

「這本書真是不該出版。」柳妍芝搖頭嘆息：「徐秀蓉的魅惑力，來自於她本身過人的說謊能力。」

「說謊？應該很容易識破，不是嗎？」

「這端看身處哪個位置。在醫病關係中，不論使用催眠、引導等等，如果這種說謊的能力根植在探索不到的心靈深處，除非能夠斷絕與病人的關係，否則，在諮商過程中，很容易陷入，無法抽離。」

「媽媽，妳的意思是爸爸陷入徐秀蓉的謊言中了嗎？所以，她根本沒有精神上的問題，只是想離開對她施暴的家？」

「她想要什麼，連她自己都不知道。」柳妍芝表情迷惘：「據志文說，前六次的治療過程，本來很順利，但是漸漸變得十分奇怪。」

「哪裡奇怪？她的病症變嚴重了嗎？」

「應該說，她似乎不希望自己的病症減輕，而是想辦法透過藥物、透過治療，讓病徵更加嚴重。或許極有可能她是裝病，最後病症沒有改善，反而更加嚴重，嚴重到令志文誤判，導致身陷其中。」

「爸爸這麼有經驗，怎麼可能誤判？」

「誤判的罪魁禍首，就是那本論文。志文有心想把徐秀蓉變成論文的實驗品，嘗試透過她天生的魅惑力，達到完成論文的主要素材，也就是精神控制術。由於徐秀蓉的難處，無法施予家庭治療，因此，我們無從得知她的丈夫是否真的對其施予家暴，也無法讓她丈夫一起進行治療。這樣單方面的治療，加上她口述遭遇家暴又無法離開施暴者的情況屬實，這種治療基本上是無效的，可是，」

「可是爸爸卻找妳商量，提供徐秀蓉住的地方？」

柳妍芝有點慚愧的點頭：「我知道志文一心想完成這本論文，做為妻子的我，最後只能勉強答應。怎知道，那個租處最後變成志文與徐秀蓉的愛巢。」

聽到這裡，方心渝不敢置信的睜大雙眼：「媽媽，妳的意思是爸爸跟徐秀蓉在一起？爸爸出軌？」

柳妍芝眼神帶著複雜的神采，語氣絲毫沒有怪罪怨懟，欲言又止之際，低頭說：「不只是妳爸爸，我也一樣。」

方心渝滿臉迷惑的看著眼前羞愧得快鑽進地洞的母親，完全無法意會她所說的事情真相。

一個人滿腦子問號、努力想理解話語背後的意義。

一個人滿心羞愧、不知道該怎麼訴說那些陳年往事。

柳妍芝鼓起勇氣，擡起頭凝視方心渝的雙眼：「志文出軌，我很心痛，在妳十歲那年，志文跟我坦承出軌的事情，一開始我很不諒解，所以，我要求他轉介徐秀蓉。但是，志文不願意，他堅持要完成論文，並且著魔似的一定要醫治徐秀蓉。」說完，眼神望向遠方，回想當時的情景。

方心渝完全無法理解母親說的話，呆愣的同時，覺得口渴，下意識的伸手拿起放涼的紅茶一口氣喝完，然後放下茶杯，專注的聆聽。

「我跟他吵了一整年，但他的研究繼續著，不過，為了研究付出的代價，讓志文身心俱疲，開始嘗試自殘以保持清醒。」

「所以我回家看見爸爸自殺，就是因為這樣嗎？用自殘換取清醒的腦袋？所以他不是自殺，只是傷害自己？」

柳妍芝點頭，表情無奈：「據他告訴我的意思，確實是這樣。只是隔年，志文要求我協助他治療徐秀蓉，起先我沒有答應，但志文給我看了他的論文，這本論文太精彩了，精彩到讓我也想參與其中，可惜，只剩下最後的兩章，整本論文就完成。這就是我們的問題！或許我妒忌徐秀蓉搶走我的丈夫，或許我忌妒志文可以寫出這樣精采的論文，我跟他雖是同學，但他年紀輕輕就功成名就，而我呢？嫁作人妻之後，家務繁忙之餘，還要負擔孩子的教養，所以這些年，我沒有太多時間做研究。總之，我的內心充滿著一堆想法，忘記了身為醫師的職責，我答應志文跟他一起治療徐秀蓉，沒想到，這個決定竟然是我這一生中永遠無法醒過來的惡夢開端。」

「媽媽，到底發生什麼事了？這年是不是我十二歲那年？是不是因為這樣，妳跟爸爸都沒有來參加我的畢業典禮，隔年爸爸就自殺成功了，到底怎麼回事？什麼惡夢的開始？」急切的想知道完整事件的全貌，導致方心渝心跳過快、頭暈噁心，她急忙大口喘息，抑止激動的心情。

「對不起，心渝，請原諒我們沒去參加妳的畢業典禮。」

方心渝站起身子，走到柳妍芝腳邊坐下，頭靠在她的大腿上：「媽媽，那些都過去了。妳跟爸爸後來發生什麼事情？」
柳妍芝將右手放在心渝的頭上，感動的說：「謝謝妳不怪我們，這麼多年來，我們做了太多對不起妳的事情，導致我無法面對妳，對不起，心渝，對不起。」
方心渝將手放在母親撫摸著頭部的手背說：「我可以了解妳們為了追求知識的渴望，我可以理解，我真的可以理解。」
「對啊，我的心渝也讀過研究所啊。」
「嗯，都過去了。」
兩人沉默半晌，柳妍芝才接著說：「正如志文所說，我也認為徐秀蓉確實是他完成論文的最佳實驗品。」
不斷聽見母親提起「最佳實驗品」這個詞，方心渝腦海開始搜尋《論精神控制術的可能與方法》中有關實驗對象的種種細節描述。
「儘管我是名研究者，但我依舊是個女人、妻子、母親。我記得第一次踏進志文替她租的房子，有一剎那，我的內心是懷著一種較量的心態，那是種身為女人與女人較勁的態度。這種心態維持到她走過來跟我說話的時候，瞬間崩潰。她的聲音讓我像吸了迷幻藥般昏沉沉的站不穩，那時候我身子倒下的方向不是志文，而是徐秀蓉。」
方心渝驚訝的坐直身子，睜大雙眼看著柳妍芝。

柳妍芝對她點頭：「事實就是事實，所以我沒辦法怪罪志文。我只怪自己太不專業，毫無準備的去面對這個病人。志文的論文在那年已經接近尾聲，正在校稿的時候，某一天他知道我與徐秀蓉有約，所以順道過來探望我們。當他無預警的進來租屋時，他看到，他不想看到的事情。」

方心渝此刻顫抖的說：「該不會……該不會……」

「我不知道妳想說什麼，讓我說吧。志文進門後就看見我跟徐秀蓉在地板上做愛！其實志文早有心理準備迎接這一天到來，只是，親眼看見與想像畫面，兩者的視覺震撼感，程度大有不同。志文進門看見我們赤裸相擁，備受震驚的站在門口足足有一分鐘之久，最後呀然無語的默默離開。心渝，妳知道嗎？那時候的我，做了什麼？」

事實真相太令人震撼，多年來將父母親塑造成「完美形象」的方心渝，此刻內心中兩座「完人」的巨塔紛紛碎裂崩塌。一股強烈的作嘔感再度湧上喉際，眼前母親的模樣剎那間變得無比渺小、齷齪、卑劣，有一瞬間，方心渝似乎看見柳妍芝的外表變形成駭人妖怪，令人無法注視。

「做了什麼？」儘管內心已經崩潰，但面無表情的方心渝依舊本能地開口問了一句。

「照一般常理，我應該趕緊離開，羞愧的回去面對志文，好好跟他談談。但是，我沒有。當門關上的那一刻，我繼續跟徐秀蓉纏綿，忘我的程度，像是食用大量安非他命那樣，止不住的渴望，停不了的快感。」

若是眼前有大量的鎮靜劑，方心渝此刻一定會毫不猶豫的大把大把地抓起，吞下肚，然後再鼓起勇氣繼續聽母親往下說，又或是，放棄往下聽的權利，保留最後一點支撐自己活下去的動力？

經歷過蕭司德事件，方心渝承受夢想幻滅的能力加強不少，此刻她眼神渙散的看著柳妍芝問道：「爸爸是不是因為這樣所以自殺，是不是因為受不了這樣的打擊？所以堅決要死？」

「我想，」不敢看方心渝的表情，柳妍芝雙手摀住臉說：「應該是多種因素導致他死意堅決。首先，是他堅持要把徐秀蓉當成論文的實驗品，然後，他出軌了，接著，我也跟他一樣，出軌了。他是因為想完成論文，而我極有可能是因為想報復他。不論如何，我們都基於個人的私心而被徐秀蓉迷的團團轉、深陷其中不可自拔。志文拿到論文的那一天便自殺成功，他留給我一封信，告訴我不要為他的死而傷心，他希望我能夠替他完成論文的後續步驟。當下，我的內心有種勝利的感覺，可是，當我看到妳的時候，我突然間醒了過來，我意識到自己做錯事了。」

「徐秀蓉長的怎麼樣？除了魅惑力之外，她的長相也能迷惑人嗎？」方心渝開始控制不住自己內心的憤怒問道。

「她確實頗有姿色，她的長相加上她擅長說謊的能力，構成她整體的魅力。我跟志文都沒有去查證她說過的話，僅只是一味的相信她，最後耽溺在她散發出的誘惑中，享受腦中血清素與多巴胺大量分泌後的快感，我想我在那個時候應該是上癮了。殘破的家、學術上的失敗、年幼的妳不停的質問，讓我想逃走。逃避，成了我唯一的出路。可笑的是，我竟然逃到原本應該是接受治療的病人懷裡，我跟徐秀蓉開始了長達一年私密的肌膚之親。」

「所以，我十四歲那年在家裡常常見不到妳，就是因為妳在別的地方跟徐秀蓉上床？」方心渝目露怒氣坐在地上瞪著坐在沙發的母親，語氣毫不保留。

柳妍芝擡起頭看著眼前憤怒的女兒，心臟猛的一揪，失去冷靜的她，身子往前一傾、跪倒在地，膝蓋著地的跪走到方心渝面前，拉起她的手，卻被眼眶含淚的方心渝用力甩開。

「我一個人在家恐懼無助的時候，妳竟然跟那個女人上床？我需要妳的時候，妳跟那個女人上床？我希望妳能用雙手抱住我、安慰我的時候，妳的雙手竟然是抱著那個女人？」

柳妍芝的淚水滾落臉頰，面對憤怒的方心渝，她唯一能夠做的就是靜靜的聆聽。

「你們真的好髒啊！」方心渝咬著唇、抿嘴說：「我以為是聖人的爸爸，竟然為了一個論文跟那個女人上床。我最愛的媽媽為了報復爸爸，也跟同個女人上床？你們根本都沒有把我放在心裡。這是什麼真相？太殘酷，太骯髒了！那本論文真的是罪魁禍首！我們一家人的不幸，都是那本論文造成的，都是你們的自私造成的，我聽不下去了，我們以後都不要再見面了，我不想見到妳，就當我從來沒有爸爸媽媽，就當我是孤兒吧！」最後幾句話，簡直是從肺腑嚎叫出來。

方心渝傷心的叫喊，讓柳妍芝跪在她面前滿臉羞愧的低頭不語。

「心渝，心渝，」蔡怡君開門走進來，一臉心疼的喊著，疾走到方心渝身旁抱住她：「怎麼了？發生什麼事？」

再怎麼羞愧，柳妍芝的悲傷在蔡怡君進來後被理智取代，眼前這個女人彷彿當年的徐秀蓉，神態、語調猶如同個模子刻印出來。從接通電話開始，話語內容處處露出破綻，為了求證，只能親自登門拜訪。如今，本該由自己保釋出來的獨生女方心渝，果真在這個充滿問號的女人家中，她置身於此，恐怕有生命危險。當年的錯已經無法挽回，如今，不能再讓心渝的生命受到威脅。

柳妍芝此刻像是一隻刺蝟般張開全身的刺，雙膝跪地的上前拉過方心渝，不料，蔡怡君將方心渝往自己懷裡一扯，緊緊的抱住，而心渝也朝她懷裡蜷縮。

「心渝，快點過來，跟我回家。」柳妍芝命令的說。

「我說過了，妳走，我不想見妳，妳走。」方心渝語氣怨恨的喊道。

「老婆，幹嘛這麼沒禮貌？丈母娘應該是有話跟妳說，妳就乖乖聽話跟她回家。」

「心渝，我答應妳，只要妳跟我離開，從今以後，我不會再來找妳。過來，我們一起出去。」

「老婆，聽話。」蔡怡君推推方心渝的肩膀勸說。

「我不要，妳回去跟徐秀蓉在一起過妳們快樂的日子，妳的生命裡面有沒有我，都不重要，不是嗎？」

蔡怡君聽見方心渝說的話，身體輕微的顫抖一下，隨即問道：「丈母娘跟徐秀蓉住在一起嗎？」

柳妍芝看了眼問話的蔡怡君，沒有回答。

「妳快走，趕快回去妳的溫柔窩裡快活，我不需要妳來可憐。」

柳妍芝目光冰冷的看著方心渝：「我們早就沒有同住一處了。當志文自殺之後，我漸漸清醒過來，某一天我再次閱讀論文的時候，我驚覺自己錯得離譜，我沒報復到誰，可是，我卻傷害了我的女兒。

因此，我跟徐秀蓉提出轉介。」

「妳不要為了讓我跟妳走就騙我。她同意轉介嗎？妳願意放手讓她走嗎？畢竟妳們都同床共枕幾年了？」

「她當然不同意轉介，她用盡各種手段要留在那個租處，但我不能夠繼續沉溺在這種錯誤的關係裡面，不論她同不同意，我都準備跟她斷絕關係。」

「怎麼斷絕？妳怎麼跟她斷絕？」

蔡怡君此刻反常的安靜聆聽，表情專注的沒有插嘴。

「她不知道我住的地方，所以只需要將租處退租，逼她回家，她便找不到我。如果她要繼續看診，我已經委請同事介入，之後的事情，我便不需要露面。」

「她願意接受轉介的醫生嗎？她真的乖乖回去了嗎？」

柳妍芝面色凝重的搖搖頭。

蔡怡君眼神凌厲的看著柳妍芝，緊緊的抱住方心渝。

「妳搖頭是什麼意思？為什麼搖頭？她後來怎麼了？」

跪在地上的柳妍芝身子一垮，低垂著頭說：「房子退租之後，房東要求我陪同驗房，沒想到徐秀蓉竟然在屋子裡面上吊自殺。」

這話說完，房裡一片寂靜，唯獨某人的急促呼吸聲傳遍三人耳中。

「怎麼會這樣？怎麼會這樣！妳應該是一位救治病人的醫生，為什麼？為什麼玩死了病人？妳是醫生啊！妳跟爸爸都是醫生啊。為什麼把病人玩到死？為什麼？為什麼！」方心渝用著虛弱的聲音說著，到最後，她用盡力氣吼了出來。

「我把妳送去爺爺奶奶家生活，就是希望妳不要被這個事情綑綁，這個錯誤的後果，由我跟志文承擔就好，妳應該過著幸福快樂的日子。」柳妍芝心如刀割的說。

「妳是個自私的人。妳把我送走，根本就是因為妳無法面對我，無法面對妳跟一個女病患上床的事實，妳沒辦法用理智去看妳跟爸爸犯下的錯。這是一條人命啊！如果你們可以不要沉迷在自己的私慾中，徐秀蓉也不會死！」方心渝聲嘶力竭的吼道。

「我今天就是來面對我做錯的事情。心渝，跟我走，之後妳想怎麼罵我、打我，我都接受，妳現在就跟我走。」柳妍芝扶著沙發站起，走向方心渝。

蔡怡君目光沉靜的看著走過來的柳妍芝，扶著方心渝的雙肩，帶著她站起身，將她安置在沙發上，轉身站在她面前，伸出雙手阻擋柳妍芝靠近方心渝。

「容我說句話，方伯母，妳明天再過來接心渝回家。現在這個局面，我想，哪怕妳拿刀架在她的脖子上，她也不會跟妳離開。請相信我，明天再來接她，今天讓我好好勸她，好嗎？」

這番話配上蔡怡君誠懇的表情，柳妍芝想帶走方心渝的態度瞬間軟化。看著蜷縮在沙發中的心渝，那副看也不看自己的模樣，柳妍芝剎那間退縮了。捕捉到這細微神情的蔡怡君選在這個時候走上前，摟住柳妍芝的肩膀。

「氣頭上說什麼都沒有用。讓我勸勸她，妳住哪裡？我明天把心渝帶過去。」

「我住在……」柳妍芝突然間閉上嘴，防備的看著朝她露出邪氣笑容的蔡怡君：「不勞煩妳，我明天再過來。」

「沒問題，方伯母，明天等妳了。」蔡怡君沒有放開柳妍芝的意思，背對方心渝說：「老婆，我送伯母出去，馬上回來陪妳，乖乖在家。」

蜷縮在沙發裡的人，動也不動，悶不吭聲。

柳妍芝還想回頭看方心渝一眼時，蔡怡君硬將她往外推，順道伸手將放在沙發上的斜背包拎起，摟著推著她走出書房，邊順手關上房門。

這麼多年來，我到底在做什麼？不就是為了知道爸爸為何自殺，媽媽為何不要我？一直以為自己不夠好，所以媽媽把我遺棄了。因為這樣，我想盡辦法堅強、努力讀書。我想如果我的學問超越了爸爸的成就，媽媽便會願意接納我。

在學校受了委屈，沒地方可以哭訴。

在職場上被汙辱，沒人可以傾訴。

被自己敬愛的人背叛，生不如死。

但，知道真相之後，受到鞭笞的不僅僅是心靈，還有價值觀。我堅持的價值觀完全被摧毀，我還在堅持什麼？

這個世界還有什麼值得我追求？

緩緩從沙發中站起，方心渝此刻像是個遊魂般走向書房緊閉的門、開了門，又往落地窗走去，撩起窗簾，她找到一個氣窗，仔細研究觀察後，打開氣窗，開啟的大小，正好可以容得下一個人穿過身去。

不想管了，我的存在不過是一個玩笑。

項少辰這麼好的男人，我配不上。

雲天宇就算有不堪的過去，我也配不上。

劉愛妮的關心讓我自慚形穢，我配不上她。

我不值得所有人的關注，或許應該下地獄去陪蕭司德才是最好的道路。

當氣窗打開的剎那，警車、救護車的鳴笛聲傳入耳中，方心渝皺眉從三樓往下看。

出車禍，撞了人？

那雙短筒深咖啡色皮靴不是剛剛媽媽穿著的嗎？

還有衣服，那件短袖駝色圓領衫，那件黑色亮皮西裝褲？

媽媽，媽媽出車禍？媽媽出車禍！

媽媽，媽媽沒事吧？

媽媽，媽媽，妳不能死啊！

方心渝神情慌張的拔腿往大門狂奔，蔡怡君站在關著的門邊等候她。

「方伯母出車禍，死狀悽慘，我勸妳還是別去看了。」

聽見這話，表情怔然的方心渝先是往後退了幾步，隨即搖頭又往前衝。

蔡怡君張開雙手抱住她，任憑方心渝怎麼掙扎都不讓她開門出去。

「放開我，我要去看媽媽，我要去看媽媽！」

蔡怡君邪氣的笑笑：「現在才想到她？太晚了。以後就讓我陪著妳，別管其他事了。所長她騙了我，她騙我媽媽嫁給外國人，住在國外。這一切都是騙人的話，我的媽媽上吊自殺了，就在那間租屋裡自殺了。我跟妳一樣，都被媽媽遺棄，我們是同病相憐的同路人啊。從今天開始，我會用我的生命愛妳，妳就別出去了。」

「可是，我，不，愛，妳，」方心渝驚訝的看著眼前的人。

蔡怡君邪氣的笑臉彷彿摩天輪般轉動不停，方心渝這才驚覺剛剛在無意識間喝了那杯放涼的紅茶。

媽媽特別警告不可以喝的紅茶，而我喝了一整杯。

最後的畫面停留在蔡怡君邪氣的笑臉。

如果真的會死，那就這樣吧。

十二、另有其人

雲天宇坐在病床旁，看著手臂扎針、點滴瓶正在輸入營養劑、滿臉憔悴、下巴全是黑色鬍渣、臉頰凹陷的項少辰。

醫生對項少辰的病況做了以下的解釋：後腦被鈍器重擊、縫合十二針，輕微腦震盪，身體脫水、體液不足，導致新陳代謝不正常、體內電解質不平衡，加上連續五天沒有進食，體內缺乏胺基酸、蛋白質，致使神經傳導物質發生狀況，故而造成四肢無力、意識模糊、陷入昏迷，幸好及時得救，若是此情況維持長達七天，將導致病人死亡。

雙手手指掐入大腿肌肉之中，咬著牙根，帶著血絲的眼白盯著病床上昏迷不醒的項少辰，內心的憤怒已達爆發之際。

就在此刻，賀湘成大搖大擺的走進來，雙手背在後面，看見雲天宇全身僵硬的坐在陪病椅上，先是暗暗竊笑了下，接著便挺直身子大聲說：「天宇哥，賀湘成有話要說。」

項少辰並未被這麼大的聲音驚醒，依舊動也不動、雙眼緊閉的躺著。

雲天宇則是移動眼珠，瞪著賀湘成，抑制滿腔怒火問道：「什麼事需要這麼大聲說？」

賀湘成沒有絲毫歉意的走到雲天宇身邊，從身後拿出一本書，送至面前：「我覺得方心渝應該是使用這本書的內容犯案。」

雲天宇接過書，看了書名：《論精神控制術的可能與方法》。

「所以呢？」

「我認為方心渝對項學長的行為過於殘忍，絲毫不在意曾經一起出生入死的夥伴情誼，她的心理層面應該出了很大的問題。」

「你真的認為是方心渝做的？」

「如果不是她，還有誰有動機要項學長的性命？」

「所以呢？」

「所以，我認為必須立刻傳喚方心渝。」

「你問過是誰承租這間短租公寓了嗎？租屋者究竟使用何種方法承租？何時打的租賃契約？這些你都問過了嗎？」

賀湘成大吃一驚，心虛的回答：「嗯，感謝天宇哥的指教，我現在馬上去問。」說完，連當作證物的書籍都忘了拿走，一反進門的囂張態度，轉身大步疾走的離開病房。

握住書本，看著項少辰，想起逮捕方心渝那天的互動，再回想救出項弟的情景。

❖

隨著賀湘成抵達線人告知的公寓時，鎖上的大門，裡面沒有半點人聲，已經失蹤五天的項少辰，如今究竟是生是死？

找了鎖匠開鎖，門一開的當下，撲鼻而來的腐臭味，令一馬當先的賀湘成往後退了好幾步，雲天宇則是神態驚詫的衝進屋內，快步走至倒在靠窗邊、不知生死的項少辰身旁蹲下，伸手探了鼻息。

僅剩微弱的呼吸，得快點送去醫院。

轉頭看見乾嘔完的賀湘成探頭進來，站在門外吆喝其他弟兄進屋將昏迷的項少辰擡下樓，送上救護車。

雲天宇匆忙看過屋內情況：「排成一排的便當及罐裝水，地上有三瓶橫躺在地、瓶內只剩一半水量、開了瓶蓋的罐裝水。」其後便快步下樓跟著救護車到醫院確認項少辰的狀況。

❖

現在想起來，還真有必要回那間短租公寓詳細了解一下。

不放心的看了一眼頭綁繃帶、昏迷不醒的項少辰，再望向病房門前守著的兩位弟兄，雲天宇把書捲成筒狀，態度堅決的站起。

儘管方心渝保釋在外，諒她也沒膽子進病房對項弟下毒手。還是到現場去找找線索，看看究竟是誰想要項弟的命。

下定決心，腳步堅定的走出病房。交代門外的弟兄，依依不捨的再看病房一眼，便匆匆離去。

❖

依照鑑識科同仁的報告，屋內並未留下任何屬於方心渝的指紋、鞋印等，屋內外擁有的鞋印，屬於項弟與幾位不知名者的鞋印。

地上血跡屬於項弟。

屋內的腐臭味來源於便當內菜餚的腐敗。

僅有簡單陳設的屋內，擺放有沙發、木桌、電視機等，不知道這些是否應該屬於房東增添的家具。

地上腐敗的便當與罐裝水已經撤除了，憑著印象，依稀還記得這些東西的擺放方式與位置。

站在屋內，從項弟昏倒的位置看過去，視線應該只能看見便當。

地上的便當總共有三疊，一疊三個便當。

罐裝水共有九瓶，除去倒在地上的三瓶外，其餘六瓶都擺放在便當旁邊。

九個便當，九瓶水。

項弟在這裡總共五天，一天三餐，也就是說，方心渝確實替項弟送了便當與水，只是，並沒有替他包紮傷口與餵他吃飯。

不對，五天三餐，照理說，便當要有十五個，為何只有區區九個？

對啊，方心渝被我逮捕，關進牢裡二天，第五天早上項弟就被救出來，所以前三天有送便當不奇怪，後兩天沒有便當也是正常。若照這樣的邏輯研判，項弟肯定是方心渝弄傷、丟在這裡自生自滅。

凡走過必留痕跡，既然方心渝來到這個短租公寓，理當會有人記得她，尤其是便當店的人員。不妨拿著方心渝的照片，問問街坊、便當店，或許有所收穫。她不至於把臉蒙住讓人認不出吧？

想至此，雲天宇拿起手機撥打電話：「在短租公寓拿回去檢驗的便當，有沒有便當店的電話？太好了，趕緊拍照傳給我。」

雲天宇神情輕鬆了下，隨即又皺緊眉頭：「心渝，妳真的對項弟做出這種違法的事情嗎？為什麼？究竟為什麼呢？妳這樣做，根本是想要項弟的命啊！如果妳當真要殺項弟，哪怕妳是方心渝，我是絕對不會放過妳的。」愈想心情愈糟，拿起手機找到方心渝被抓當天的新聞照片，跨大步離開短租公寓。

❖

「根據房東的說法，就是一位名為方心渝的女性承租了這間短租公寓。」

雲天宇邊走邊聽手機：「用什麼方法承租的？問過了嗎？」

電話另端報告的賀湘成回答：「有，有，有，房東說對方是用匯款的方式把錢匯進他的帳戶，」

「有沒有跟房東要對方匯款的帳號？」

「天宇哥，這我問了房東，但他拿了存摺給我看，上頭是用無摺存款存入的現金，所以沒有轉帳的帳號及任何可以得知匯款者的資料。」

方心渝，好樣的！心思真細膩。

「房東有親自見到這位租房的人嗎？」

「房東沒有跟對方簽租賃契約，因為是短期出租，他說他相信房客。」

該死。真是該死的房東！

「知道了。還有事情要說嗎？」

「沒有了。」

「好好守住項少辰，看看有誰過去探病。」

「好的，天宇哥。」

「就這樣。」

掛上電話，滑出方心渝的照片：「該死的『掉書袋方』，竟然讓周邊所有店家及便當店都認不出妳的模樣，妳到底是用什麼辦法替項弟送便當與水，真是太狡猾了。」

雲天宇一籌莫展的握住手機，站在人行道往天上看，深深吐了口氣。

回想起方心渝這段時間的怪異行徑，腦海突然閃現靈光：蔡怡君。

蔡怡君無緣無故前去保釋她，這段時間方心渝又常往她那邊去，要說兩人不認識，壓根不可能。

但是，「掉書袋方」確實是在跟項弟吃完大餐之後，才開始這樣的怪異舉動。在此之前，「掉書袋方」可說是完全不認識蔡怡君。這兩人是在什麼時候搭上線？

難道，「掉書袋方」對蔡怡君一見鍾情，因此利用蔡怡君來對付項弟？才認識幾天，哪有可能愛得這麼深啊？這蔡怡君可是有婦之婦，「掉書袋方」去湊什麼熱鬧？

亂了，真是太亂了。

不管了，先找出蔡怡君的照片，問問附近的人是否有人見過她，如果真的有人見過她，方心渝，我跟妳沒完！

用手機找出蔡怡君的照片，雲天宇的內心起了一陣騷動，猶疑的心情，讓他望著前方，一顆心幾乎從嘴裡蹦出來。

項弟是我這輩子最重要的朋友，「掉書袋方」則是救過我一命的同事。除了江局之外，我跟他們是擁有共同辦案的革命情感。還有，方心渝是第一個令我刮目相看的女人，她跟我都曾經有過不堪的過往，照理說，我們應該是最能溝通與了解彼此的人。

可是，為什麼？為什麼我始終走不進她的世界？我在女人圈打滾這麼多年，唯獨她，她讓我觸碰不到。

不論如何，項弟是我在這個世界上最重視的人，沒有任何事情可以取代這個事實。

懷抱著擔憂，雲天宇握緊手機，邁開步伐，儘管害怕知道自己的假設有可能成真，但項弟遭受的苦痛，必須有人替他找回公道。

❖

「媽的，方心渝快給我接電話！可惡，為什麼都不接電話？」

雲天宇瘋狂似的撥打方心渝的手機。

幾十通電話下來，最後，轉進了語音信箱。

「心裡有鬼才不敢接我的電話，」雲天宇瞪著手機：「分明就是妳弄項弟。交保候傳？妳以為妳能躲到什麼時候？虧妮姐還在替妳說話，我看妮姐分明是眼睛瞎掉了。妮姐，對，妮姐！說不定在妮姐那裡。」

雲天宇想起劉愛妮，開始撥打電話給她，怎料，劉愛妮跟方心渝一樣沒接手機，最後再度轉入語音信箱。

張大嘴，直盯手機，滿臉不敢置信的表情。

「她們兩人該不會私奔了？妮姐不是只當她是妹妹嗎？姊妹私奔？會到哪裡去？」

腦海盡轉些情色畫面，雲天宇下意識的用手機猛敲自己額頭。

「眼見為憑，眼見為憑。我有妮姐家的鑰匙，去一趟就知道了。走，求證去。」

雲天宇跑到馬路邊招了一輛計程車，開門閃身坐進去，計程車疾馳而去。

❖

努力控制轉動門鑰匙的力道，深怕一進去就撞見了不想看的畫面。

門竟然沒從裡頭上鎖？妮姐該不會開心到忘了該反鎖大門吧？

小心翼翼的開了門，空間中充滿劉愛妮常用的香水味。

雲天宇關上門，脫了鞋子，在玄關大聲喊：「妮姐，方心渝，我來了，妳們趕緊把衣服穿好。」喊了一聲之後，客廳響起回音。

沒有人回應，這個屋子裡似乎沒有活人存在。

雲天宇不死心，再次用著更大的聲量喊道：「妮姐，方心渝，我來了，妳們趕緊把衣服穿好，出來見客。」

客廳反射了雲天宇的喊聲，回音鑽入耳中。

「方心渝不在這裡？那，妮姐呢？妮姐不在嗎？」

雲天宇開始查找屋內的各個房間。

臥房，疊好的被褥、整齊的桌椅，彷彿有幾天沒人回來。

餐廳，餐桌上沾染了一層細細的灰塵。

浴室，地板是乾的，沒有人在這裡洗澡的痕跡。

客廳，除了下酒菜在冰箱之外，其他的一切都跟我最後一次見到妮姐時的擺設一模一樣。

這麼說來，妮姐有幾天不在家了。她去了哪裡？該不會，該不會又是方心渝對她下手了？

可惡的方心渝，有膽，妳來找我，不要盡找我身邊重要的朋友。

雲天宇心驚膽顫的看著手機，查找電話號碼，直到看見何方琪的號碼，彷彿見到救星般按下，等待電話另端有人接話。

「何方琪，請問哪裡找？」

猶如聽見天籟之音般感動：「琪姐，琪姐，終於有人接我的電話了。」

「天宇，找琪姐有事？」

「琪姐，妮姐最近有跟妳連絡嗎？」

「沒有，怎麼了？發生什麼事？」

「妮姐沒去上班嗎？」

「她跟我請了一段長假，好像有事情必須處理。」

「妳答應她了？什麼時候開始請假？」

「方心渝被逮捕入獄那天，她就開始請假了。」

「琪姐，有辦法連絡上妮姐嗎？我有急事找她。」

「天宇，你知道琪姐的做事態度。愛妮有事要辦，我也准了假，沒事不會與她聯繫。」

「我知道了，謝謝琪姐。」

「這樣吧，愛妮跟我聯絡的時候，我會告訴她，你在找她。」

「謝謝琪姐。」

沮喪的掛了電話，雲天宇眼神空洞的看著前方。

劉愛妮失蹤了。

方心渝行蹤不明。

該去蔡怡君那邊盯哨嗎？

妮姐會不會也遇上危險？

如果妮姐也遇上危險，方心渝，我肯定不會放過妳的！

❖

守在項少辰病房中，賀湘成死命的撥電話，最後都是沮喪的放下手機。

「這人到底怎麼了？找我的時候，簡直是索命連環叩。不找我的時候，手機都不開機，玩人啊？想找到成績，只好主動出擊。」

賀湘成坐在陪病床上把玩手機，眼睛骨碌碌轉動、眨巴眨巴，最後大力拍了大腿：「蹲點在這裡什麼都辦不了。只能交代下去，我得找出更多成績，才能升官啊。」倏地站起身，往病房外走去，交代守門弟兄，便逕自離開。

點滴瓶按照時間滴下營養劑，呼吸器罩住口鼻，昏迷不醒的項少辰，躺在病床上，像是睡著了般安詳。

十三、愛、生存、狩獵

頭好痛。

我睡了多久？

骨頭像是散開般疼痛，我記得媽媽好像來過？

這裡是哪裡？

這床不是我的床啊，我是單人床啊。

捧著鉛塊般重的頭，移動沉重的身軀，整個人猶如掛了一百公斤的啞鈴般沉重。方心渝覺得此刻的身子著地後不知道是否會讓地磚碎裂，接著從地面掉落地心，下墜的過程中說不定還會看見謠傳的地底人。

雙腳著地，冰涼的地磚傳來陣陣沁心寒冷，打了個冷顫，搖晃身軀往緊閉的門走去。

轉動門把當下，驟然覺得自己果真是手無縛雞之力的文人，拿筆的力氣還是有的，但是轉動門把的力氣，怎麼變得如此弱小？還是這個門把不是往下壓開？

一隻手沒力氣，索性用上兩隻手，使勁再使勁，門終於打開，這舉動讓方心渝出了一身汗。

吃力啊，沒想到開個門竟然會這麼吃力？

像只遊魂似的走到客廳，惺忪之際，聽見有人哭泣？

眼睛用力眨眨、甩甩頭，這才看清楚客廳沙發上有人坐著，哭泣聲應該是那人發出來的。

盡可能加快腳步往沙發走去，不料，左腳掌擋在右腳掌前面，右腳掌竟然無力閃躲的插進左腳掌下方，接著，身體在意識的感受上彷彿分解動作般的面向地磚倒去。

手，左右手快點往前擋一下，這樣摔下去，挺直的鼻梁肯定遭殃，流鼻血是小事，鼻骨要是斷裂，可得花時間復原。

奇怪，我怎麼了？

身子為何不聽大腦指揮？發生什麼事情？我的身體竟然無法靈活自主的運動？

眼見地磚距離臉部愈來愈近的當下，一隻有力的手拉住左手，接著將身子往左側帶去，沒多久便躺進有著兩個軟墊、溫暖的位置，雙眼往天花板的方向看去，赫然發現一雙哭紅的眼睛與自己對看。

蔡怡君？蔡怡君。我躺在蔡怡君的胸前，兩個軟墊自然是那個……呿，這個位置當然溫暖，真是。

方心渝倏地雙頰緋紅，礙於身體不靈活，無法立刻站直，頭還枕在蔡怡君的豐胸上，一臉尷尬又笑不出來。

蔡怡君蹙著眉頭，雙手用力的抱住方心渝。

她選擇的位置還真令人害羞，或許是情急之下、無可奈何的關係，不過，她手肘扣住的位置，正好是乳房下方凹陷處，短時間緊抱還無所謂，若是長時間抱緊，那兩排肋骨可是不太舒服啊。

「妳還好嗎？差點摔跤了。」

「還，還好，呃，可以放開我嗎？」

「不行。我得抱緊妳，把妳帶到餐桌去坐。」

她的力氣怎麼這麼大？乳房和肋骨都好痛啊。

天啊，這到底是怎麼回事，難道我中了軟骨散嗎？真的有這種藥物嗎？

不對，普通人如果使用大量苯二氮平類藥物也就是所謂的抗焦慮、鎮靜、安眠藥等，也會產生類似的狀況。

對了，媽媽，媽媽警告我不可以喝紅茶，難道紅茶裡面放了大量的苯二氮平類藥物嗎？媽媽怎麼會知道紅茶及點心裡頭有這類藥物？媽媽，媽媽呢？

蔡怡君用粗魯的方式緊緊抱住方心渝，拖著她往餐桌方向走，卻意外溫柔的將她放在餐桌旁的椅上，害方心渝忍著疼痛，又驚訝於她的細膩。

想仔細觀察蔡怡君的表情剎那，驚見滿桌菜餚：清蒸鱸魚、蠔油芥藍、紅燒獅子頭，山藥排骨湯，一鍋白飯，兩副碗筷。

忘記自己究竟多久沒有吃東西的方心渝饞的差點流下口水，腸胃突然間長了腦袋，拼了命跟大腦的理智搶奪身體的主控權。

蔡怡君像擺放洋娃娃似的安置好方心渝，拿起她面前的空碗安靜的走去盛飯，用飯勺將八分滿的白飯壓了壓，緩緩走過來，放在方心渝面前，然後拉了一張椅子坐在她的右側。

「我餵妳吃飯，妳昨天太過傷心昏倒了，兩天沒吃飯，現在應該一點力氣都沒有，對吧？」

兩天沒吃飯？

從我被保釋出來到現在已經兩天了！這下子也說得通。除了那杯紅茶，我應該什麼都沒有吃，連水也沒喝，想要有力氣，確實不容易。不過，這兩天裡面，我清醒的時間究竟有多久呢？

沒等方心渝回答，蔡怡君自顧自的拿起筷子，夾了一塊魚肉，細心的剔除魚刺，然後用左手護著魚肉，往方心渝嘴裡送去。

「張開嘴，啊，」

飢腸轆轆的胃腸戰勝理智，成功搶奪了身體的主控權，方心渝聽話的把嘴大張，一片小小魚肉只不過占據了嘴裡空間的十分之一。

蔡怡君見狀，忍不住露出迷人的笑容：「知道妳餓了，所以我特別煮了飯菜，等妳醒了一起吃。」

魚肉直接吞下肚，張口便問：「這三菜一湯都是妳親手做的？」

蔡怡君疑惑的看著她：「怎麼了？這些菜一點都不難做啊。難道不好吃嗎？」

「妳誤會了，好吃，很好吃，跟餐廳大廚的手藝一樣，不是，應該比廚師的手藝更棒。」

蔡怡君聽見後，雙眼直勾勾的看著方心渝，眼神流露出無比複雜的情緒。

方心渝見她不作聲，嚥下口水，舔舔唇問：「我說錯了嗎？」睜大雙眼盯著她瞧。

蔡怡君咬著下唇，恍神的搖搖頭，揚起一股羞澀的少女微笑，轉頭去夾紅燒獅子頭、蠔油芥藍放在白飯上，左手拿碗、右手持筷，當真要餵方心渝吃飯。

大腦得知身體已經餓了兩天，眼睛看見滿桌菜餚，面前又有一碗白飯，哪還管得了胃會不會負擔過當？如果可以，怎麼會期待蔡怡君這樣小家碧玉的餵食法能讓身體盡快的飽餐一頓？還不如搶過碗筷，將飯菜直接吞下肚就好。

「這樣吧，妳也一起吃，嗯。」

「妳可以嗎？」

「沒問題，」方心渝伸出雙手準備接過碗筷，眼睛堅定的看著蔡怡君：「小事，快，我們一起吃飯吧。」

蔡怡君深情款款的凝視方心渝，無奈，方心渝此刻的注意力已被滿桌菜餚占據，滿腦子只想著等等要先夾哪道菜？

乾脆的將碗筷交到方心渝手上，自己則在一旁看著她狼吞虎嚥的吃飯模樣，似乎頗得其樂。

只顧吞下肚，哪有咀嚼的時間，滿桌飯菜，頃刻見底，緩解飢餓的同時，方心渝注意到餐桌。

眼前這張餐桌十分有趣，似乎有些隱形的線條埋藏在餐桌下方，仔細查看可以發現，三個菜、一個湯、一鍋飯，兩個碗、兩雙筷子都有對應的線條。

呈現等距離的直線與橫線交錯在桌面下方，清蒸鱸魚占據了五條直線與二條半的橫線，蠔油芥藍則是占據三條直線與二條橫線，紅燒獅子頭、山藥排骨湯、一鍋白飯占據二條直線與二條橫線，碗占據一條直線與一條橫線，筷子則是跟著直線擺放。

這，真是少有的整齊，不是嗎？

方心渝的視線越過碗的邊緣看向地磚上的家具擺設。櫥櫃整齊的靠著地磚邊緣，不論是靠抵牆面、獨立在屋子中間的家具，每個都緊緊靠在地磚邊上，這種景象還真特殊，不是有其他因素的要求而擺設，就是居住在屋內的人有「強迫症」傾向。

想到這裡，方心渝故意將碗中的飯菜留下一口，另外，特意將手中的筷子隨意放在桌面，為了強調特意，方心渝擺放筷子的時候，還故意一直一斜，然後，轉頭看著蔡怡君。

原本帶笑的臉，此刻驀地一沉，突然間梨花帶淚的低頭哭了起來。

方心渝納悶的盯著傷心哭泣的蔡怡君，一臉不解的開口問：「怎麼了？是我沒把碗筷放好，讓妳難過嗎？」

「我的母親過世了，我昨天才知道。現在想起來，我的心好痛啊。」

特意前來看自己的母親，也是昨天，昨天出車禍了。

淚眼婆娑的蔡怡君擡起頭看著方心渝：「我們同病相憐，妳懂我的痛，對嗎？」

方心渝是很心痛，但她沒有帶淚的雙眼正凝視著蔡怡君因為眼淚而變得晶瑩剔透的雙眸。

人類在哭泣時，眼睛周圍的小肌肉為了保護眼睛收縮，微血管會因此充血，肌肉收縮導致淚腺分泌眼淚，而眼淚中含有溶菌酶，這種物質可以保護鼻咽黏膜不被細菌感染。

曾經有心理學家針對眼淚做了一個研究，並將眼淚分成兩種：反射性流淚與情感性流淚。其中以情感性流淚的淚水中蛋白質含量多，在這些結構複雜的蛋白質中，有一種類似止痛劑的化學物質，而反射性流淚則較少蛋白質。

她的情感是真的，傷心是真的。那麼她作假的部分有哪些？難道，強迫症的假設是錯的？

方心渝點頭：「你母親是誰？叫甚麼名字？我是法醫，可以替妳看看，並且開立死亡證明。」

看著眼前人的雙眼，神采似乎飄回過去：「從我有記憶之後，爸爸跟奶奶每天都喝醉，奶奶喝醉之後便開始碎念我跟媽媽，爸爸陪著奶奶喝酒之後，便打我跟媽媽出氣。尤其爸爸如果不去六輕工廠前面抗議，或是抗議拿不到錢的話，就會回家打我跟媽媽。媽媽在我八歲的時候離家出走，再也沒有回家。爸爸、奶奶沒有人去找她，我是家裡唯一的孩子，酒醉後的爸爸會失去理智打我，而奶奶認為我是女生，沒辦法延續蔡家的血脈，所以我每天回家就是等著兩個大人找理由打我。」

平時飯量不大的方心渝，吃了飯後，全身細胞活絡起來，尤其是腦細胞特別活躍，她認真聆聽，內心開始分析。

「我從來不知道自己應該反抗，反而覺得爸爸、奶奶的謾罵與痛打是愛的表現。在學校，同學們見我好欺負，下課回家路上也會把我拖到人煙稀少的地方打我、甚至跟我要錢。我沒有錢可以給他們的時候，也是挨打。」

「每天吃不飽、睡不好，上學可以逃避家裡大人的責打，下課又得跑給同學追，避開被打的可能。我最喜歡到宮廟旁邊，那裡有廟會的時候很熱鬧。媽媽雖然不太管我，但至少她不會打我，還會幫我準備便當。爸爸不喝酒的時候，不會瘋瘋癲癲，偶爾會關心我在學校成績排行第幾名。這樣的記憶太少了，少的讓我以為我在作夢。」

「直到所長來了。見到所長那天，我正好被同學帶到校門後面的水溝旁，三個男生、一個女生跟我要錢，其實要錢不是最重要的事情，他們跟爸爸、奶奶一樣，只是找個理由打我，其實打人何必需要理由，想打我就打，根本不需要理由，對吧？」

「沒做錯事情，為何要挨別人打呢？」

蔡怡君聽見這句話，雙眼聚焦在方心渝臉上，意味深長的微笑。

「媽媽是在我八歲生日那天離家出走的。從這天之後，我忍受同學欺負、嘲笑，努力讀書，我想讀書，想學更多。這時候同學們除了理所當然的欺負我之外，還多了幾個名目：又醜又髒，該打；不幫忙作弊，該打；不幫忙寫作業，該打。有些男生是被女生吆喝，才揮拳打我，一開始他們不明白為何要這樣做，但是打久了，也打上癮了。上學被打、回家被打，爸爸醉了之後打我，醒了之後會抱著我說他很愛我，時間久了，爸爸一天不打我，我便覺得不被愛了，那種恐懼感更甚於被奶奶打。」

「十四歲那年，有一天下課被同學圍著打的時候，一個沒聽過的聲音傳來，我嚇的不知道該怎麼辦，直到手臂被溫暖的手掌握住的時候，我的心突然一陣猛跳，差點不知道呼吸。那個人就是所長，派出所的所長林仁惠，她有一雙清澈的大眼睛，橢圓與方形臉綜合的臉蛋，俏麗短髮，蒼白的臉色，一看就知道不是本地人。她說話的時候，嘴唇會緊緊抿著，很有氣勢的樣子。那天，她騎著腳踏車送我回家，一回到家，奶奶便醉醺醺的衝出來罵我，爸爸跟著出來打我。所長上前制止，卻被醉醺醺的爸爸喝斥，結果那天晚上爸爸被關進警局。沒有爸爸在家的那個晚上，我睡得好熟。」

「每次放學，被同學欺負的時候，所長都會過來制止他們，威脅要將他們帶回派出所。我覺得，所有人都眼睜睜看著我被欺負，只有這個外地來的女所長、比媽媽更溫暖的女所長會關心我。只要所長在，沒有人會欺負我，這樣想的時候，我的心裡好溫暖，好幸福，好安全。」

「所長告訴我，大人打小孩是一件很糟糕的事情，如果有人這樣打妳，妳要告訴別人懂嗎？可是，爸爸只要不喝酒，就不會打我，而且，我要告訴誰？奶奶憑藉著錢不斷的縱容爸爸犯錯，整個鄉鎮有誰會理我的痛苦呢？所長根本不了解我在麥寮鄉的處境，那天她騎摩托車送我回家，奶奶見到所長，怒氣沖沖拿著酒瓶跑過來拼命打我，所長站在一旁沒有阻止，但我知道她看在眼裡，她知道我的苦。」

「所長曾經說過，只要沒有做錯事情，就不應該被打。這個道理我當然懂，只是忍了這麼多年，說真的，我已經習慣被打了。所長的關心，讓我開始有了一個想法：我想跟所長在一起。住在一起，生活在一起，永遠在一起。」

「我曾經問過，可以跟所長走嗎？她沒有答應。她都看見爸爸、奶奶打我，為何不答應我跟她走呢？為了能順利跟所長一起住，我花一整晚思考，如何能順利的讓所長接受我？」

「後來，女所長真的有接妳一起住嗎？妳想了什麼辦法，讓她接納妳？」

蔡怡君默默將桌上的碗筷「歸位」，碗放在一條直線與一條橫線之中，筷子則是跟著直線擺放整齊。然後，她將椅子併在方心渝的椅旁，順勢抱住她，把頭倚在方心渝沒穿內衣的胸前，彷彿在找一個記憶中的位置。

為了讓她繼續訴說這段不知是真是假的過去，方心渝順著她的意，沒有動手推開她不規矩的動作。似乎找到了記憶中的位置，蔡怡君語氣甜膩的說：「我要比所長看到的更慘，她才有可能接受我。因此，我選了一天下課後，緊緊跟著騎摩托車巡邏的所長後頭跑，途中路過爸爸示威的地點，被爸爸及跟他一起示威的叔叔們譏諷我是所長的狗，所長終於停下機車，讓我坐上去，送我回家。」

「這樣就能讓所長接妳一起住？」

「當然不可能。我到家肯定會先挨奶奶一頓沒有理由的痛打，這一切，我知道站在門口的所長看得很清楚。隔天早上，我故意很晚起床去上課，我知道奶奶一定在客廳喝酒，爸爸則是去示威。我跟奶奶說，爸爸要我拿東西給他，很急，爸爸要奶奶騎摩托車載我過去。奶奶一聽是爸爸的事情，想都不想，便立刻帶我出門，工業路旁的小路緊臨沒有加蓋的大水溝，所以我挑了這個路段，高聲大罵奶奶重男輕女的心態，喝醉酒的奶奶大怒，準備停車下來打我的時候，卻不小心扭了加油手把，結果摩托車撞上水溝旁的矮圍欄，我趕緊跳車，手臂、身體、雙腳都有擦傷，這些傷口很痛，但我還是掙扎的爬到圍牆旁，看著被壓在車子下面的奶奶，直到所長趕到現場，我相信這件事情肯定會讓所長把我帶回家照顧，而這個希望成真了。」

「妳……這樣應該算是間接殺人吧？」

「不，這一切都是意外，我沒有害死奶奶，是奶奶自己催油門衝下水溝，一切都跟我沒有關係。」

方心渝看著理直氣壯的蔡怡君，不知為何，手臂與小腿起了雞皮疙瘩。

「那天晚上所長替我包紮傷口，她問我是不是覺得自己被打是因為身為女生的關係？我告訴她，如果我是男生，不就能夠跟爸爸一樣酗酒、打媽媽？而奶奶也不會見我一次就打我一次。就是因為我是女生，所以媽媽離家出走，沒有帶著我，反而遺棄了我。心渝老婆，妳說，所長說我沒做錯事就不應該被打，可是，我做這些事情，只是不想繼續被打而已啊！難道我有錯嗎？」

「女所長怎麼回答妳？」

「她沒有說話，繼續替我包紮傷口。不過，我跟所長美好的生活開始了。我告訴妳唷，所長會幫我洗澡，會替我刷背，還會買好看的衣服給我，接送我上下課唷。」

「妳爸爸沒找所長要女兒嗎？就算所長可以領養妳，也必須按照領養程序啊。」

蔡怡君臉色倏地鐵青，語氣低沉：「原本我跟所長開心地一起生活，爸爸也拿我們沒轍，可是，所長的女朋友跑到派出所找她。」

關係。

「所長的女朋友？所長是女的，然後她有女朋友？」方心渝再次確認蔡怡君故事中的人物性別與

「其實，所長會被調任至麥寮，原因就是她愛女生的事情被人知道，上面的長官要求她離開原本的職務，調至麥寮鄉，主要的目的還是因為要避開風頭吧。據說等事情過去之後，所長就可以調回原單位，繼續她的職務。」

「妳今年幾歲啊？」方心渝直白的發問。

「我三十歲，怎麼了？」

「妳小我兩歲，所以是一九九〇年出生，妳十四歲那年，不就是二〇〇四年嗎？那時候會發生這種歧視事件？真難想像。」

「那又怎麼樣？我愛所長，我不能讓那個女人奪走所長對我的愛。」

「妳對所長的愛，嚴格說起來，應該是一種依賴。有點像溺水者抓住浮木的感覺，所長對妳也只是一種同情與憐憫的心情。妳怎麼能確定她愛妳？」

原本將頭躺靠在方心渝胸口的蔡怡君倏地起身，怒目瞪著她，雙手拍桌斥道：「我說是愛，就是愛。我說她愛我，她就是愛我！」

見她翻臉跟翻書一樣，看了桌上被「歸位」的碗筷，方心渝識相的低頭說：「對不起，妳說的對，是愛，是愛情。」

蔡怡君急速起伏的胸口，漸漸平穩下來，然後一臉委屈的抱住方心渝，頭枕在她的胸口，那個記憶中的位置，停頓了好長時間，才繼續回憶。

方心渝暗暗鬆口氣，繼續聽蔡怡君說那些不知道是否屬實的過去。

「所長跟那個女人到宮廟後面的小巷子談判，被一直想找所長麻煩的爸爸看見她們抱在一起，還接吻。爸爸故意把事情鬧到派出所，要告所長侵犯未成年少女，結果所長被抓進監牢，我則是被關進一間小房間問話。有個阿姨問我很多問題，像是所長有沒有摸我身體？有摸的話，摸了哪裡？我怎麼知道我說的話會讓所長被關？我把在心底幻想很久的動作，全都告訴那個阿姨，我想，這些話說不定可以讓所長快點被放出來。」

「妳的證詞，有讓所長立刻被釋放嗎？」

蔡怡君身體輕微的戰慄，半晌沒有接話。

「妳，還好嗎？」方心渝伸起右手擺在蔡怡君肩上，試探的問。

一隻手掌覆蓋在手背，不是溫暖而是冷汗濕漉，一股寒氣往後腦竄去。

只見蔡怡君把頭更貼近胸部的凹陷處，假設那個位置有個類似洞穴的內凹，她肯定會把頭鑽進去，靠得這樣使勁，造成胸部壓迫，挺不舒服。

或許這段記憶對她而言，有某種程度的心理創傷，凡是為人，大多有同理之心，適度表達理解，也許可以更了解她，對於段柔丹案件的各個疑點，有機會能找出突破口。

有了這樣的心理建設，方心渝舉起左手順著蔡怡君的頭髮撫摸，想藉此傳遞些溫暖給她。

「所長常常這樣摸我，只要我課業成績好、只要我聽話不亂動她的東西、只要不偷喝她的高粱酒，她都會笑著摸我的頭。」

「高粱酒？妳是指高粱酒嗎？」

「嗯，所長有一個衣櫃，裡面全是用寶特瓶裝的高粱酒。」

「這麼說來，所長也在酗酒？」

「不是，絕對不是！我很懂得處理喝醉酒的人喔。妳那天在我家嘔吐的時候，樣子很像所長半夜起床嘔吐的模樣。妳身上的酒味，跟所長的一模一樣。」

「但我那天喝的不是高粱酒，怎麼會一樣？」

「其實，她被調派到麥寮鄉，心情已經夠差了。聽那位送我回家的警察叔叔說，所長本來在北部有很好的發展，只可惜被人發現她愛的對象是女生，所以就被高層調派到鄉下。那叔叔還說，所長因為爸爸的告發，可能連職位都不保了。很多人勸她不要管我的事情，可是她偏偏不聽，那位叔叔還說，所裡許多警察因為爸爸告發她喜歡女生的事情，都在竊竊私語的說所長管這個閒事，其實是在培養自己未來的老婆。」

「切，這什麼話？幼童被家暴，本來就應該介入處理，怎麼還可以袖手旁觀、冷言嘲諷？」

「我後來知道自己說的那些話會讓愛我的所長永遠見不到我，而我，我更不可能再見到所長，我錯了，我必須趕緊想辦法把所長救出來。」停頓了一下，蔡怡君終於把她的頭從胸口凹陷處擡起，坐正在椅中，雙手緊握方心渝的雙手，眼睛熱切的盯著方心渝雙眼。

「老婆，妳說，妳看著我。」

「嗯，看了，努力看了。」

蔡怡君炫耀的問：「我長得美嗎？」

「很漂亮，簡直可以當偶像明星。」方心渝這句話是肺腑之言。

蔡怡君雙眼發亮，露出邪氣的笑：「要救所長，只能靠我這張臉。」

「妳是指妳的美貌嗎？美貌要怎麼救所長？」

「很簡單，既然所長是因為我的關係被關起來，自然要由我來償還，給所長一個自由。」

「所以呢？」

「爸爸是罪魁禍首。為了救所長，我一定得用血來做犧牲，這算是某種獻祭儀式。」

聽見這番話，方心渝腦海浮現許多種殺人的方式，但不知道蔡怡君會使用哪種方式殺人？

「所長被關的那天晚上，爸爸在外面跟叔叔們喝酒慶祝，喝到爛醉回家。一如往常，他進門沒有理由的便先揍我。打得他精疲力竭之後，就躺在客廳睡著了。送我回家的警察叔叔給了我一支手機，告訴我隨便按下一個按鈕，他就會接電話，如果爸爸又打我，我可以打電話給他求救。」

說到這裡，她笑了，她的笑容由邪氣與狂妄揉和而成、囂張摻雜妖化、天真攪拌魔氣，令人望之生恐。眼神流露出的殺氣，不用言語便能滲透他人臟腑、穿腦貫骨，此刻的方心渝打從心底駭然，寒涼之氣從身體各處發散而出，令她忍不住顫抖。

「所以妳打電話給警察了？」

此刻，蔡怡君的雙眸發亮，微笑搖頭：「打電話之前，還有點工作要先做好。」

方心渝覺得她敘述的工作，並非尋常人的腦袋可以想像出來，所以，乾脆放棄臆測，靜靜等她說下去。

「我站在客廳看著爸爸很久。他的鼾聲很大，我確定他已經睡的很熟之後，就把身上的衣服、內褲全部脫下來，走到他身邊跪下，我說過，我很懂得照顧喝醉酒的人，」蔡怡君斜睨方心渝，半晌不說話。

不自覺的嚥下口水，感覺到胃部正在焦急的碾碎剛剛沒有咀嚼的飯菜，不適感從賁門緩慢的上行，喉頭漸漸有種燒灼感。

「我脫下爸爸的內褲，然後把他尿尿的地方搓硬了，」

方心渝聽到這裡，不停嚥下口水，拼命忍住作嘔的感覺。

「然後我把那根硬硬的塞到我的下面，真的好痛，但是想到我愛的所長，再痛我都可以忍受。爸爸應該很舒服，嗚嗚的亂叫，這個時候才是打電話的好時機。隨便按了一個按鈕，警察叔叔的聲音傳出來，想起所長，我好恨，恨死這個想拆散我跟所長的爛人，我抱起爸爸的頭，用力把他的舌頭咬下來，我口裡含著舌頭，血腥味讓我更加興奮，興奮到連爸爸打我也不覺得痛。警察叔叔衝進我家大門的時候，見到失血過多昏迷的爸爸、還有在一旁裸體、躺在一灘血中、下身還有爸爸尿尿的那根，瞬間驚呆。不知道過了多久，救護車來了，而我，又被那個阿姨質問，這次我不敢隨便亂說。爸爸送醫之後死了，所長被釋放後到醫院來看我，她說她要走了，後續的事情，警察叔叔和鄉長會幫忙我辦理。」

「所長能夠沒事，我好高興，但是，她不要我，讓我的身體跟心都好痛。我好想告訴她，我好愛她。可是，我卻沒有辦法說任何一句話，只能看她關門離開。」

方心渝這下子再也忍不住頭暈噁心的感受，甩掉蔡怡君的雙手、推開她，轉過頭把剛剛吞下肚、乳糜化的食物一股腦全吐了出來，直到口吐酸水，依舊止不住嘔吐。

蔡怡君站起走到她身後輕撫背部，緩和嘔吐帶來的痙攣。

方心渝抹去額頭的汗珠問：「妳有沒有止吐、制酸劑？」

「我只有胃散。」

「帶我出去買藥，好嗎？」

蔡怡君輕撫方心渝的背部，半晌沒有出聲。

「我的胃好痛，可是，我好想聽妳說所長的故事，但是胃這麼痛，我沒辦法專心聽妳說。」

「妳真的想聽？如果帶妳出去，妳不會趁機逃走？」

雖說依賴型人格障礙需具有三種特性，不過，從她的表現到目前為止看來，挺符合「害怕被親密關係中的他人拋棄」這類依賴型人格障礙特點，邊緣性人格障礙很容易與其產生共病，她說的這段回憶究竟是真是假，目前無法確認，但要是爸爸那段屬實，蔡怡君說不定已經有了思覺失調症的症狀出現。

除了段柔丹的保險目前無法理賠之外，她已經領取兩次保險理賠金。人若不是她親手殺害，她又如何能夠成功擺脫殺人的嫌疑？不如，我先利用這類病患的缺陷，想辦法取得她的信任。可是，不把這個胃痛搞定，哪有體力跟她耗下去？

方心渝沒有回答，直接抱著胃，縮成一團，往前倒去。

蔡怡君見她往嘔吐物靠近，直覺方心渝應該又痛暈了，忙著揪住她的衣服，用力往自己懷裡扯，看見雙眼緊閉的方心渝，深深嘆口氣。

「胃散也有效，為何一定要出去買藥？」

蔡怡君雙手伸進方心渝的兩手腋下，將她拖著往浴室方向走去。

❖

演員真厲害，要把昏迷不醒的模樣演得維妙維肖，不假時日，還真領悟不到其中奧妙。假昏倒、真被拖行，臉上還不能露出痛苦模樣，唉啊，這事不是普通的難啊。

胃被我這麼折騰，不趕緊拿些胃乳片、止嘔、止痛、制酸劑來緩和不適，只怕短時間還會弄得全身發軟、精神渙散。

奇怪，這個蔡怡君不把我帶到床上休息，怎麼把我拉進？咦，這該不會是浴室吧？啊，她該不會想替我洗澡吧？我的衣服被脫掉了！這，我這可是假昏倒啊。衣服脫到一半突然醒過來，不是更尷尬嗎？但是我現在假昏倒、真被脫衣服，也很尷尬，該怎麼辦才好？浴室的地磚好冰好冷啊，欸，有辦法了。

「哈啾，哈啾，哈啾，」連打幾個噴嚏，張開雙眼，只見蔡怡君背對自己脫下衣服。

方心渝裸著身子躺在浴室地板上，右手遮住胸部，左手掩住下體，擡頭看向蔡怡君當下，她驚訝的連話都說不出來。

由於太過震驚，忘記遮掩自己的重要部位，小心翼翼的站起身，緩緩走到蔡怡君身後，仔細看著她背部凹凸不平、充滿大小疤痕的肌膚。

為了確認這些不是化妝造成的假象，方心渝伸出左右手，撫摸蔡怡君背部肌膚。

這些傷疤是反覆受傷而留下的痕跡，這要經歷過多少次、多麼嚴重的重擊，才有可能留下這些傷疤？她說爸爸、奶奶打她的事情，看來是真實的事。那些人打她的時候，不應該只是使用酒瓶、拳頭，而是酒瓶都破了還使勁的打、甚至用了一些尖銳的利器，才能留下這些難看的疤痕。

假如那位女所長沒出現，一個孩子能夠撐過幾年的家暴而不死亡？

看著滿滿傷痕的背部，方心渝的心臟猛力撞擊胸口，酸楚奪眶而出，呼吸變得急促，最後，她忍不住從後方緊緊抱住蔡怡君，渴望用溫暖撫平這些駭人傷疤。

再怎麼令人恐懼的屍體，對方心渝而言，只是等待著與她對話的管道。但是眼前這副景象，卻是活著的人無法出聲的抗議。就算驗出傷痕隸屬於幾年前又能如何？她遭受家暴的時候，沒有人去救她，知道的人也形同不知，任由這樣的暴行發生，姑息造成暗夜哭聲，這是誰的錯？

靜默在浴室中蔓延，猶如當年嚎哭聲傳出屋外，整個鄉鎮卻形同廢墟般安靜無聲。

「趕快洗澡，等等我們一起出去買藥，好不好？」

「好，」方心渝哽咽的說：「可是，我自己洗就好了。」

「不行，妳剛剛還暈倒了，我幫妳洗澡。」

原本抱住蔡怡君身體的雙手，這下子變成阻擋她轉過身的最佳工具。

「我隨便沖沖身體就好，別麻煩，浴巾在哪裡？」

滑溜柔潤的身軀，稍稍欠身，掙脫了方心渝的雙手，蔡怡君大方的轉過身俏皮的笑看：「幹嘛害羞，我們都是女生，一起洗澡，有必要怕成這樣嗎？」

方心渝急忙用雙手遮住臉，大聲喊著：「理智上可以接受，但是，我從沒有跟其他人共浴過，不習慣，不習慣啊！」

「瞧妳臉紅成這樣，所長都沒妳這樣害羞。」蔡怡君拉住方心渝右手腕走進淋浴間，邊替她洗澡邊說：「所長常常邊喝酒邊洗澡，有一次我進浴室跟她一起洗，她也是看著我的背部，幫我刷背。」

雙手摀住臉，耳朵聽著所長的故事，似乎有塊遮羞布擋在兩人身體之間：「所長不是離開妳了嗎？」

蔡怡君專注的替方心渝洗澡：「沒多久她回來了，她坐在病床上問我願不願意跟她一起住？我當然願意啊，之後，所長就帶我離開。爸爸、奶奶死了，遺產除了雲林麥寮的房子外，其他的都由所長替我存起來，支付我的學費與生活費。」

「妳現在怎麼沒跟所長一起住了？」

「因為，所長死了，她在澳洲死了。」

「所長不是北部人嗎？為什麼會死在澳洲？」

「因為她女朋友來找她啊，所長辭掉職務，跟她女朋友到澳洲去生活。」

「妳沒一起過去嗎？」

「去了。」

方心渝放下雙手，看著拿起蓮蓬頭替自己沖水的蔡怡君：「所長應該是把妳當成妹妹照顧，對吧？」

蔡怡君沒回答，左手往方心渝大腿內側伸去。

方心渝驚見她的動作，連忙往後一退，搶過蓮蓬頭、轉身沖洗自己身子。

「妳還去買藥嗎？」

「買，不吃藥，胃痛好不了。」

「好，妳慢慢洗，浴巾在洗手檯上面的櫃子，我先出去準備一下。」

眼角餘光看見蔡怡君走出淋浴間，接著走出浴室，關上門。

頭一次與同性別的人共浴，方心渝緊張的連胃痛都感覺不到，鬆口氣後，胃部的灼熱、脹痛感伴隨心臟跳動速率不斷傳進腦部。

犧牲大了！唉，豁出去！首要之務，先把胃痛治好。

方心渝拿起蓮蓬頭往身上沖幾下，將東西歸位之後，急忙去拿浴巾把身體擦乾。

❖

「為您插播最新消息，剛剛在臺北市信義區發生了一起死亡車禍。一名女性正在過馬路時，遭直行跑車攔腰衝撞，這名女性被跑車撞擊後，整個人往前彈飛，掉落地面，在救護車到來之前，已經失去生命跡象。送醫之後，傷重不治。」

「一輛藍寶堅尼跑車引擎蓋凹陷，擋風玻璃成蜘蛛網狀碎裂，前座安全氣囊爆開，而被撞飛的女性則是倒在血泊中，從現場遺留的大片血跡，不難想像撞擊力道有多大。」

「警方已對藍寶堅尼跑車駕駛進行酒測，初步排除酒駕。由於當時交通號誌即將變換燈號，藍寶堅尼跑車駕駛柯姓男子為闖黃燈快速通過，不料，原本走過馬路的女性，突然間停下腳步，回頭張望，就在此刻，柯姓駕駛來不及踩剎車，便將此名女性撞飛。」

「死亡女性乃是六十四歲的精神科醫師柳妍芝，她先生是前精神科權威方志文教授，兩人育有一獨生女，她便是日前引起社會關注的『法醫因不耐男警追求，繼而起了殺機』一案主嫌方姓女法醫。這名方姓女法醫已遭暫停職務處分，目前被保釋在外，行蹤不明，本案將進一步釐清事故發生的原因。」

劉愛妮放下手中資料，拿起遙控器，轉別家新聞臺，仔細查看這則新聞。

自從心渝被蔡怡君保釋出來後，彷彿人間蒸發似的，打手機找不到人，沒有回住處，失去工作的她還能去哪裡？

蔡怡君為何要去保釋心渝？而心渝為什麼不接手機？

當年請求柳妍芝救治她的獨生女，她壓根不見精神崩潰的女兒，今天她出事的地方，不正好離蔡怡君家不遠？柳妍芝的死跟蔡怡君有關係嗎？

這則新聞讓我能百分百確定，心渝現在正住在蔡怡君的家裡。

必須不斷的喝咖啡提神，僅僅只是一天一夜沒有閉眼，但耗費的精神、心力比起酒店轉型那一年來得更加龐大。

放下遙控器，緊盯手中蒐集來的資料。眼前總是浮現心渝被蕭司德縫在身前的樣子，還有她精神崩潰之後，瑟縮在牆角邊的模樣。

心浮氣躁完美表達現在的心情。

射擊最忌諱眼不專、心不安，心有所念，則身心不協調，很容易被外界事物干擾，無法達到身心一意。如果現在去靶場射擊，肯定槍槍不中紅心。

罷了，那就容許自己盡情的想念心渝。

放下手中一疊資料，閉上雙眼，安心的躺在辦公椅中，思索著有關心渝的一切。

十三歲時，父親方志文自殺身亡，十五歲母親柳妍芝將她送到爺爺奶奶家後，便消失在她的生命中。念研究所時，因為指導教授性騷一案，差點無法畢業，最後由蕭司德排除眾議擔任她的指導教授，讓她順利從醫學院畢業。

也是蕭司德引領她進入法醫這個行業，只可惜，蕭司德居心叵測，利用了心渝的孺慕之情，差點害死她。

第一次在享龍酒店見到心渝，當下只覺得這個女孩理智、聰穎，很難親近。再見到她，是為了照顧受重傷的天宇而假扮成貼身護士，那個時候，她內心充滿掙扎與猶疑，眼神跟進了精神病院的灿灿臨死前的眼神很相似，尤其在蕭司德脅持她危及生命的當下，她那種寧可死也不屈服的眼神，跟灿灿跳樓前的眼神一模一樣。

心渝外型看起來很柔弱、但她的心智十分堅強，灿灿和她正好相反，灿灿性格溫柔，十足小女人，是個宜室宜家的女孩。可能是因為有姊姊，所以灿灿養成了依賴的性格，下任何決定前總是會先問過姊姊，個性優柔寡斷。

心渝則是果斷冷靜，自我封閉，這種性格是不是因為她是獨生女的關係？

她崩潰的那些時間，我照顧她的時間最多，儘管朝夕相處，心渝依舊很難讓人踩進她內心最柔軟的那個位置，非得要強撐至精神不濟，我才能夠靠近她、照顧她。這樣努力的活著，不累嗎？心渝，可以讓妮姐為妳分擔一點嗎？

也許該搞個結拜儀式什麼的，只怕，這樣也不能讓心渝打開心房接受除了父母之外非血緣的親情。畢竟，她在很小的時候，親生母親就離開她了。

她十八歲離開爺爺奶奶，獨自在外租屋念書。一般進了大學的孩子，大多會談談戀愛，參與校外活動，可是心渝全副精神投入念書，對於課業外的任何活動，完全沒有興趣。她堅強的是意志力，可是看她弱不禁風的模樣，像上次被蕭司德綁架，完全沒辦法自衛，應該建議她跟我學習槍法，保護自己人身安全，另外找她一起練習跑步，順便培養我們之間的姊妹情誼。說不定這是個好主意，等這件事情過去之後，再探探她的意願。

大學，大學？

劉愛妮突然想起什麼，急忙拿起桌上那疊資料，翻找了一下。

這位蔡怡君在十八歲那年到澳洲念大學，這跟心渝有關係嗎？心渝究竟想從她身上找到什麼？

蔡怡君，雲林麥寮鄉人，父親蔡劍輝，母親徐秀蓉。原本家境十分富裕，還曾經是電纜線這個行業中的佼佼者，後期因為經營不善，公司倒閉，使得蔡家家境一落千丈。

六輕在當地設廠，創造許多就業機會，可惜，蔡劍輝並未前去謀求工作，僅僅在家中與母親一同酗酒。女兒蔡怡君的生活起居由母親徐秀蓉負責照顧，直到八歲時，徐秀蓉離家出走，從此不知去向。十四歲時，蔡怡君奶奶車禍身亡，生父蔡劍輝因為性侵女兒，最後被女兒蔡怡君咬斷舌頭，失血過多，送醫不治。

蔡怡君繼承遺產五千萬，並擁有麥寮屋子一間，財產則由照顧她生活的警察林仁惠處理，遺產五千萬扣稅後，剩餘的四千五百萬元，則以信託方式處理，至蔡怡君二十歲，解除信託。

資料看到這裡，反覆思索。

四千五百萬，不算多、不算少的金額，善加利用，則不致令生活陷入困境。除非蔡怡君不懂投資，造成負債，否則，她不需要利用理賠金過生活。那為何段柔丹的前女友要懷疑蔡怡君領了兩筆保險理賠金是謀財害命呢？

據我所知，心渝就算討厭項少辰黏人似的追求法，項多只是冷漠的拒絕，或是避不見面，絕對不會拿人命開玩笑。項少辰的失蹤案，絕對不是心渝做的事情，絕對不是。

繼續翻看資料。

蔡怡君在二十歲那年回到臺灣補足大學學分，得到學位，在大學時期曾經與同學林雲龍這個富三代有過一段感情，目前臺北市信義區的住宅、開的轎車，皆是林雲龍買了後登記在蔡怡君名下。林雲龍情人眾多，蔡怡君只是其中一位，大學畢業前夕，林雲龍因為酒駕開超跑，最後因車速過快、跑車失控，撞上分隔島，林雲龍在駕駛座被一棵樹幹穿心而過，當場死亡。

這看上去是意外事件，沒有足夠證據指出蔡怡君有問題。

劉愛妮拿筆記下想法，接著埋頭繼續看資料。

大學畢業之後，蔡怡君到桃園租房子，並且去應徵一家連鎖健身中心的瑜伽老師職缺，有國際瑜伽執照的她在健身中心當起瑜伽老師，據健身中心的知情人士透露，蔡怡君課堂上有位歸國華僑雷莎莉，一九六〇年出生，在二〇一四年正值五十四歲，曾經做過模特兒、作家、慈善家、社會運動工作，其丈夫於二〇一二年過世後，她便獨自回臺定居。為了打發時間與擴大社交圈，於是在朋友的引薦下成為保險員。

她跟這些朋友一起到健身中心報名瑜伽團體課程，她的瑜伽老師便是蔡怡君。沒多久，她便跟蔡怡君打得火熱，兩人不僅在課堂上形影不離，下課之後，也時常相約外出喝酒、吃飯，不知居於何種理由，雷莎莉在二〇一四年六月替自己買了一張人壽保險，受益人為蔡怡君，此後，兩人幾乎形影不離。根據雷莎莉的鄰居表示，蔡怡君不知何時搬進雷莎莉買的別墅，常常看見兩人同進同出。

但是，在二〇一六年，蔡怡君在瑜伽課結束後不久，雷莎莉便因為過馬路被一輛計程車撞死。

計程車司機的說詞是：這名女子過馬路時，不知道為什麼要在馬路中央停下來發呆。

王姓駕駛依據多年的經驗判定，那位女性在車子行經斑馬線之前，應該早已走過馬路到達對街，憑著這樣的判定，王姓計程車司機在快到達斑馬線前並未減速。

王姓司機無奈的說，雷莎莉走在斑馬線上，突然像見鬼似的停止前進腳步，呆站在路中央。沒有減速的司機來不及踩剎車，就以時速六十公里的速度撞飛了雷莎莉。

雷莎莉當時因頭部著地，在送往醫院的路上，便沒有了呼吸心跳，經醫生急救，仍宣告死亡，享年五十六歲。

蔡怡君則是領取了六百五十萬保險理賠金後，離開桃園，前往雲林麥寮。

車禍？又是車禍？好巧？這是巧合還是人為操作？

心渝母親柳妍芝在過馬路時被藍寶堅尼跑車撞死，這位雷莎莉則是過馬路時被計程車撞死？

這樣看來，蔡怡君都沒有在場證明，車子的駕駛分別是不同人，難道，蔡怡君為了領保險理賠，跟這些駕駛串通？

不對，柳妍芝的死沒有錢可以拿，那麼，假設是蔡怡君殺人，她可以從柳妍芝的死得到什麼好處？殺了柳妍芝得到方心渝？心渝為何會因為母親過世而跟蔡怡君在一起？不對啊，是心渝自己盯上蔡怡君。蔡怡君說不定有什麼不為人知的把柄被心渝發現，心渝現在面臨的可是生命危險的情境，不對，不對，重來一次。

如果，如果蔡怡君跟撞死雷莎莉的司機串通好，拿一筆錢給司機，要司機撞死雷莎莉以獲得保險理賠金，那就得要先證明計程車司機跟蔡怡君互相認識。

其實六百五十萬的金額並不大，蔡怡君有必要為了這點小錢指使司機殺人？有點不合理。

劉愛妮眉頭緊緊皺成川字型，拿起筆在本子上寫下自己的想法。

頭痛的看著手中一疊資料。這些資料反覆看過好幾次，始終看不出特別的地方。但是，為了心渝，不論看多少次都無所謂，一定要找到蔡怡君行為怪異之處。

劉愛妮放下原子筆，拿起一旁涼掉的咖啡到唇邊啜了一口，突然被放涼的咖啡嚇了一跳，這才意識到自己很久沒站起身。

她掐掐眉間，站起，拿著咖啡杯，走到一旁的咖啡壺，取出帶有咖啡渣的濾紙，踱步至垃圾桶旁，將它丟進垃圾桶，看著濾紙被咖啡渣渲染成淡褐色，思緒拉回到方心渝精神崩潰正在治療的那段時間。

不知道心渝還記不記得我跟她之間的小祕密？

經歷了精神崩潰，心渝失去說話能力，理解力也變得遲緩，所有生活自理能力全部喪失，像個什麼都不懂、剛出生的寶寶似的，每天除了抱著腳發呆之外，什麼事情都無法分辨。

我好擔心，擔心她無法恢復正常。我沒有自信能夠幫助她，真的沒有。

還記得那個時候，內心十分無助，看著不會哭、不會笑的心渝，有幾次真的很想放棄。不過，既然琪姐答應了江局長的請求，而我也不希望一個好好的女孩被這樣毀了，連親生母親都棄之不顧的心渝，那就由妮姐來管，正是因為這樣，為了喚醒心渝，我鼓起勇氣繼續努力。

心渝，其實我一直想對妳說聲抱歉。那天教妳寫字的時候，是我不對，我不應該把妳亂塗鴉的紙張拿起來，撕成一條條，往天空中一拋。

妳知道嗎？妮姐真的太心急了。我太希望妳能夠恢復正常，或許，我把妳當成妞妞，我不希望妳步上妞妞的後路，我知道妳可以，因為妳比妞妞更加堅強、更加聰明。對不起，對不起，是我的錯。當我過了氣頭，看見妳玩著地上的碎紙條，看著妳專心一意的擺放紙條，讓我突然間想到可以透過這樣的方式跟妳溝通。

我不知道是要感謝自己的壞脾氣，還是要謝謝妳漸漸對我打開心房，碎紙條的擺放方式成了妳跟我的溝通橋梁。透過碎紙條的擺放，妳一天天的進步，擺放碎紙條的方式成為我們的小祕密，我跟妳用紙條來表達文字之外的情感。

這個方式到妳清醒之後，就再也沒有使用過。

可是，心渝，妳知道嗎？妮姐記得妳擺放碎紙條樣式的意思，是的，我都記得，我從來沒有忘記過。不知道妳還記得嗎？這個只有我跟妳才懂得的小祕密？

咖啡壺「咕、咕」的沸騰聲驚醒了沉思的劉愛妮，她伸手拭去眼淚，拿起咖啡壺斟了杯熱咖啡，走回辦公椅坐下，凝神看著已經反覆閱讀多次的資料。

蔡怡君在雲林麥寮的家中住了三個月，便離開雲林回到臺北。她沒有將雲林麥寮的住處出租，只是放置在那裡，沒有雇用人去打掃，也沒有託管。

臺北信義區的住處也是一樣，在她離開二年三個月後，她花錢請了人進行打掃與局部裝潢，然後她選擇中和景平路的一個高級住宅區租了一整層樓，這個高級住宅區裡頭承租的大多數是單身貴族。

據房東與管理員說，蔡怡君住在這裡的時候，很少與人互動，房租是採用轉匯方式，從未遲繳或無故不繳。

管理員私下透露，蔡怡君常常在午夜出門、早上五點回來，天天如此，直到有一天她跟一位高大英俊的男士回家，此後，她便不再深夜出門，幾乎天天宅在家裡叫外送，足不出戶。

這名男子是趙德斯，一九七一年十月出生，身高一百八十公分，高大英俊，同時是間電子商務的老闆，與妻子白手起家，是位有婦之夫，育有一名十五歲的兒子。

在二〇一七年替自己買了保險，受益人則是蔡怡君。趙德斯常常到蔡怡君的中和租處，通常都是白天進去，晚上出來。直到二〇一八年因心肌梗塞猝死在自駕轎車之中，享年四十七歲。

蔡怡君領到了趙德斯保險理賠金五百五十萬後，在該年退租了中和租處，回到臺北信義區住宅，重新裝潢後的樓層，變成住家與「灼見瑜伽教室」。

自二〇一八年後至二〇二〇年止，都落腳在此。

死因同樣跟車子有關係，只是這個出軌的男人是死在自己的轎車裡面。

四十七歲，算年輕吧？還是因為有兩個女人比較辛苦一點？

理賠金五百五十萬也不算多，動腦筋殺人只為了這一點點錢？蔡怡君是傻子還是殺人狂？這個女人男女通吃啊。

難道她對車子有研究？所以可以利用車子殺人？跟她有關係的人不是死於車禍就是自行暴斃在車

中？跟她有親密關係？柳妍芝不算啊。

段柔丹是因為跟她結婚的關係，所以沒有「差點死於車禍」而是差點摔死在家裡？

總之，跟她有親密關係的男人、女人，不是死，就是半死。

唯獨柳妍芝除外。

這些人死亡的時候，看似跟蔡怡君完全無關，事實上，仔細研究一下，還挺有關係，關係還不是普通關係，依我猜想，肌膚之親肯定有。

蔡怡君為理賠金殺人，動機不強；單純以殺人為樂，手法不明。

心渝究竟對哪個點產生疑惑？

仰頭想著這些關係人之間的相似處，重新在腦海中複習一次這些人與年分，劉愛妮突然睜大眼，低頭再次翻閱資料。

二〇一二至二〇一四富三代林雲龍。

二〇一四至二〇一六雷莎莉。

二〇一六至二〇一八趙德斯。

二〇一八至二〇二〇段柔丹。

神奇的二年。

這些人跟蔡怡君從認識到死亡的時間，都是二年。

這代表什麼意思？難道是蔡怡君每二年就犯了殺人的癮？

車禍，二年，親密關係，究竟代表什麼？

這麼看來，心渝可能有了什麼線索，我有必要跟天宇好好談談。

項少辰被囚禁，應該是有人想嫁禍給心渝。

不對，去見天宇之前，我必須先查證一件事情。

劉愛妮一口喝完溫熱的咖啡，雙眼發亮的站起身，拿起手機先撥了通電話。

「再替我查查，撞死雷莎莉的王姓計程車二〇一六年的所有銀行帳戶裡頭有沒有大筆金額的進帳，如果有，每一條都替我查明來源。還有，撞死柳妍芝的藍寶堅尼跑車駕駛柯姓男子，替我查清楚他的來歷，最近幾個月的帳戶，如果有大筆金額進帳，一樣替我查明來源，麻煩，請盡快給我。」

掛上電話，劉愛妮緊接著又撥出一通電話。

「替我安排一下，我要見荷沁企業的現任負責人，許芳婷。明天早上十點我要跟她見面，可以早於這個時間，不可以晚於這個時間，盡快安排。」

掛上電話，劉愛妮用手機杵著下頷思考許久，回神後，查看手錶，喃喃自語。

「已經晚上六點了？也好，出去吃飯，順便去探探她的住處。」

劉愛妮釐清一些迷思後，整個人振奮起來，收起桌上資料放入抽屜上鎖，走向辦公桌前方的牆壁，按了保全鎖的號碼，逕自離開這個隱藏在餐廳辦公室中的機密小房間。

❖

裹著浴巾坐在客廳發呆，胃部傳來陣陣隱隱作痛的感覺，究竟是餓還是胃酸分泌過多？已經有點搞不清楚。

每天在昏沉中清醒，頭腦運作的速度比起還沒住進這個地方緩慢許多，基本上已經呈現停機狀態。

不知道窗簾外面的城市，現在是白天還是晚上？

我為什麼要坐在這裡問自己呢？我可以走過去拉開窗簾看看啊。唉啊，腦袋真遲鈍。

方心渝從沙發上站起，走到落地窗邊，撩起窗簾往外看，天色已經暗沉，路燈亮起，馬路上不分轎車、摩托車、各類車種，全都開啟大燈，將整條馬路變成了一條閃爍的燈海串，粉黃色的燈，驅趕了暗夜的寒冷。

一隻濕漉冰涼的手掌冷不防的搭在右肩上，方心渝除了受到驚嚇之外，那股寒冷的感受透過皮膚進入體內，使她忍不住打了個冷顫。

蔡怡君從身後抱住方心渝，語氣擔憂的問：「冷嗎？」

「嗯。」任憑蔡怡君做想做的事情，方心渝決定用「以靜制動」態度面對。

右手舉到面前，耳旁傳入溫柔的話語：「給妳。妳的手機沒電，我替妳充好了。我帶妳去穿衣服。」

接過手機，方心渝按了電源鈕，手機顯示的時間是晚上七點。

「謝謝妳。」

蔡怡君拉起她的左手，往臥室方向走去：「我替妳選好衣服，妳穿好我們就出門。」

「好。」方心渝開心的回應。

其實，方心渝是真的很開心，終於可以離開這間房子出門透透氣。至於手機，能夠不用，千萬不要用。不過，也不能關機，以免有人心生疑竇。

被蔡怡君拉著走，方心渝赫然發現，她這身衣服穿得太過正式。

類似西裝衣領卻低到快露出乳房，她肯定沒穿內衣。這種衣領是不是叫做翻領啊？管他呢，就叫做「西裝領」好了。還有，她的腰肯定比我還細，我的應該是二十七，她到底有沒有二十三？唉，其實我對這個沒有研究，只要能維持在正常的腰圍就好，腰太細反而是病態。

喔，這套衣服是連身裙，為什麼下擺參差不齊呢？不過穿在她身上看起來還挺有美感。衣服顏色採用的是正紅色，這樣不會太耀眼嗎？不過，極有可能任何怪奇的衣服讓她穿上身，都不會讓人感到突兀，反而有種高雅內斂的獨特風格。

欸，方心渝，妳現在在想什麼？她穿成這樣是她的事情，我在這裡品頭論足些什麼？趕緊出門買藥比較要緊。

「不是去藥房買藥？妳怎麼穿成這樣？」

「我穿的不對嗎？這是平時我外出穿的衣服。」

「哇，平時外出穿成這樣？我都只穿牛仔褲和圓領衫，加上布鞋。」

「嗯，所長也喜歡這樣穿。」

對啊，這個所長為什麼死了？怎麼死的？死狀如何？法醫的檢驗報告內容怎麼寫的？現在，好像不是個問問題的好時間！等有機會再問好了。

走進臥房，床上擺著一套衣服，猶如夜間星空的寶藍色澤，前後衣領呈現V字，露出鎖骨，裸背，七分袖設計，裙襬則是像荷葉邊前短後長，又是一套華麗的禮服。

「咦，衣服呢？」

「床上那件。」

「那是給我穿的？」

「有沒有牛仔褲和圓領衫？」

蔡怡君理所當然的點頭。

「我有西裝褲、襯衫，還有瑜伽褲、瑜伽衣。」

「不然這樣，我穿瑜伽衣褲就好，這禮服還是妳穿比較合適。」

襯衫、西裝褲，只怕我穿不下，瑜伽衣褲，穿出去加個外套應該還可以見人。

「我幫妳試過了，妳絕對可以穿這套禮服。」

「幫我試過？什麼時候試的？只是去買個藥，不需要穿這種衣服出去。」

蔡怡君眼神中流露出怒氣：「不穿這套，就不要出門了！」說完，甩掉方心渝的手，逕自走出房間。

方心渝急忙追過去，轉動門把的同時，赫然發現她把門自外頭鎖上！

雖說穿著禮服去藥房買胃藥感覺有點丟臉，但是總比赤身裸體、或者是出不了門好得多。

不知道在屋內多少天了，再見不到其他人類，說不定不必買胃藥，我就先發瘋了。這段日子，我說服自己的時間比跟她說話時間還長。

話說，就算我穿好衣服，出不了房間門，又怎麼能讓她知道呢？

背部貼在臥室門後，這時才看見手中的手機。

這麼好心替我將手機充電，不能用手機，充滿電力也是沒有用啊。

難道她故意將手機充電交給我，目的呢？

方心渝舉起手機，按了電源鍵，隨意按了幾個軟體，開啟電話簿，翻閱其中的聯絡人，妮姐、天宇的未接來電多到數不清，不過，有個特別的聯絡人是一個小時前才輸入。

聯絡人：蔡怡君。

所以手機的功能，除了不能對外聯絡之外，還可以充當屋內的聯絡工具。不知道手機的免費通訊軟體裡面會不會也有她的資料？

點開通訊軟體之後，這個軟體已經被重新下載過，裡面只剩下一個人聯絡人－Ani。

怔怔的看著手機許久，方心渝突然有股衝動想摔掉手中的手機，她不顧圍在自己身上的浴巾掉落地面，轉過身拼命敲打著門，大聲怒吼：「蔡怡君，妳殺掉我全部的朋友，為什麼？為什麼，妳要殺掉我全部的朋友。妳瘋了嗎？妳憑甚麼對我的手機做這些事情？」

臥室的門打開，蔡怡君走了進來，方心渝完全忘記自己裸體站在她面前，而蔡怡君對她裸體的模樣也不在乎，緊緊盯著她的雙眼，兩人像跳舞似的，一前進、一後退，蔡怡君雙眼完全不眨、一股緊盯獵物的氣勢，嘴角微微揚起，方心渝從剛剛的極度憤怒，漸漸轉變為無名恐懼，一顆心怦怦的撞擊胸口，這個剎那，突然驚覺自己好冷，浴巾早已落在進門處，可惜，蔡怡君並沒有放棄狩獵者的態度，一步步進逼，一步步走向前，方心渝退無可退，腳撞上床、往後仰躺，摔進床面，蔡怡君上前用身體壓住她，兩隻手分別壓制方心渝的雙手，方心渝驚嚇得尖叫大聲，蔡怡君用嘴吻了她，封住她的失聲尖叫。

方心渝拼命掙扎，蔡怡君咬住她的唇，直到一股鹹鹹的腥味往喉際流去，方心渝才安靜下來。

「因為我愛妳，妳也愛我，我們永遠不能分開。」

蔡怡君說完話，鬆開雙手，站起身，從紅色禮服的袖口落下一柄蝴蝶刀，握住刀用手腕轉動刀柄、刀鋒把玩，表情一副痴情模樣。

方心渝躺在床上，舒緩情緒之後，表情冷靜的撐起身子，看見她在玩刀子，表情也露出狩獵者的模樣，嘴角揚起。

「刀子快速刺入人體的瞬間，痛覺必須經由神經傳導進大腦，等大腦接受到訊息之後，人，才會感受到痛覺。」

方心渝說完，放下手機，轉過身拿起寶藍色禮服，語氣異常冷靜的說：「過來，幫我穿上。」

蔡怡君揚揚眉，收起蝴蝶刀，表情顯露出無比的興奮與欣賞。

❖

劉愛妮守在龍吟大廈一樓。

一連幾天都在思考事情，很久沒見到人，現在出來走走，吹著夜風，吸口因車流量大而產生的混濁空氣，然後低頭輕輕感嘆，這就是都市。

不明原因的微笑爬滿臉龐，曾經有過幾個夜晚，和如如手牽著手，走在巷弄中，與轎車、計程車擦身而過，姊妹倆相視而笑，這個感受，僅在腦海中存在，很久很久都沒有機會嘗試了。

如果心渝能夠安全的度過這次的危機，是不是可以約她一起走走，哪怕是深夜接她下班，手牽手走一小段路，都好，這算是截至目前為止的一個夢想嗎？

胡思亂想的隨意走動，只見眼前出現令人驚艷的景色。

兩位身穿一紅一藍的華麗禮服，手牽著手，肆無忌憚、不屑旁人目光的女性，蹬著靴子，昂首走在人行道上。

身穿紅色那位，彷彿是海報裡走出來的模特兒，大紅色禮服將她襯的無比耀眼。

身穿藍色那位，她不是心渝嗎？

劉愛妮仔細看了又看，索性跨大步越過兩人，故意轉身往回走，與身穿藍色禮服的人擦肩而過。兩人目光交流，劉愛妮眼中藏不住的驚訝、方心渝眼中的冷漠，形成特殊的對比。

劉愛妮蹲下身假裝檢查鞋子，其實，她蹲下之後，右手忍不住放在左胸上，平撫呼吸急促所帶來的焦慮。

「那是心渝，心渝怎麼可能會穿上那種衣服？穿大紅禮服的人，一定是蔡怡君。照片中的她已經十分美艷，如今親眼見到真人，美麗的臉蛋更勝照片。擁有這種美貌，難怪不分男女都會為她傾倒。可是，心渝怎麼會跟她手牽手走在路上？這麼炫耀，如此大膽，根本不像心渝，我認識的心渝不是這樣。」

緩緩側過頭，眼角餘光依舊還看得見那一紅一藍的禮服在人行道上前行。

「跟過去，跟過去。劉愛妮，快跟過去。」

匆忙站起身，腳步倉促的走在那兩人後方不遠處。

走過紅綠燈、斑馬線，過了對街，右轉不遠處有間藥局。

蔡怡君停下腳步，看著方心渝微笑：「這是附近最有規模的藥局。」

方心渝點頭：「一起進去？」

蔡怡君聽見這話，露齒而笑：「當然，一起進去。」

方心渝面無表情的往前一踩，等待自動門打開。

蔡怡君尾隨在後，進入藥局。

劉愛妮站在藥局外面，等了好陣子，沒多久，聽見藥局裡面有人咆哮！

她往前站並且專注聆聽：

「你不過是一位藥師，我是醫生，跟你說的藥物都沒有，賣什麼藥？開什麼藥局？」

「管制藥？管制藥又怎麼了？我不能買嗎？」

「紙，拿白紙給我，我把藥名寫給你。」

「紙，白紙，不是廢紙。」

這，這是心渝在罵人嗎？這是心渝罵人的聲音嗎？心渝向來都是都是把氣往肚裡吞的人，怎麼今天會變成這樣？這樣潑辣的怒罵，根本不是我認識的方心渝！還有，心渝不可能會穿的這麼囂張，肯定是蔡怡君對她做了什麼，讓她的情緒失控。

才幾天不見，心渝，心渝，妳不可以崩潰，不要，心渝千萬不能再崩潰了。

我得想辦法加快腳步救出心渝。

心渝等等妮姐，我明天就去蔡怡君家把妳帶回來。

吼叫聲自小變大，劉愛妮急忙往後退幾步。

「幸好有這幾款藥物，不然我找人拆了你這間藥局。」

「不要跟我對不起，讓人買不到藥的藥局，根本該關門。」

劉愛妮刻意的退後再往前走，她現在只想立刻確認，那位眾人認識的方心渝，她的精神狀態是不是已經瀕臨崩潰？

才走幾步，藥局自動門一開，方心渝率先走了出來，兩人肩撞肩，方心渝右肩被撞後，惡狠狠的瞪著劉愛妮。

摀著左肩，劉愛妮雙眼迎視方心渝的目光，仔細的、專注的查探。

停下腳步，方心渝緩緩將手中的紙張，慢慢撕、慢慢撕，瞪著劉愛妮的眼神既陌生又冷淡，蔡怡君站在後面靜靜等著看好戲。

「走路不會看路嗎？妳的胃有我的痛嗎？衝這麼快做什麼？閃開！」說完，順手將撕完的紙張往劉愛妮臉上一丟，隨即轉身就走。

「欸，妳這人怎麼那麼沒禮貌？」劉愛妮故意扯嗓大喊。

蔡怡君從她面前走過，無辜的瞅瞅被罵的劉愛妮，神情驕傲的跨大步跟上方心渝。

直到她們雙雙遠離視線外，劉愛妮才蹲下身仔細研究剛剛方心渝往自己臉上丟的紙條。

「紙條是依照四種不同長度被撕成，收攏起來，共有一、二、三、四種長度，這四種長度的紙條加起來，意思是指ㄈ音，難道心渝還記得我們祕密的溝通方式？」劉愛妮鼻子一酸，仔細檢查被分成四種長度擺放在地上的紙條：「確實是連續四個增加的長度，這是ㄈ音，風的同義字。難道心渝指的是……」

緩緩站起身，再次放眼望去，那兩人的背影已經消失在視線範圍。

「不行，明天一定要見到心渝。再遲，只怕來不及了。」

劉愛妮緩緩仰天吐氣。

❖

雲天宇在沙發上猛地驚醒，抹抹臉，四處張望，嘴裡嘟噥著：「妮姐真的失蹤了？足足兩天沒有回家？她不記得我有她家鑰匙嗎？她不怕我把她家弄得翻天覆地？」

跳下沙發，雲天宇從矮桌上拿起手機，按下按鈕，連續撥了許多通電話。

「妮姐的手機沒電了嗎？至少通訊軟體的訊息也看一下吧？方心渝，不要以為妳被保釋就可以遠走高飛，手機是不會拿起接一下嗎？」

賭氣的雲天宇，跳上沙發，不停又跳又蹬的洩憤，直到手機響起，才停下來。

「終於有人知道回撥電話。」

故意等了半天，才帥氣的接起電話。

「喂，雲天宇，」

「天宇哥，項學長醒了，請趕緊到醫院來。」賀湘成在電話另端急切的說。

「喔，好，等我，我到之前，你千萬不可以離開。我馬上過去！」

雲天宇掛上電話，用手指梳頭，手掌放在嘴前哈氣，鼻子努力嗅聞幾次，半晌才笑笑，點頭。

雙手插在腰上，頭部微仰四十五度，故意耍帥半天，突然想起項少辰，這才滿臉驚慌的衝去玄關，穿上鞋子，奪門而出，臨走前，還謹慎的將大門鎖上。

❖

眼前這名女子，幹練、精明、強勢，確實是值得尊敬的對手，如果要談合作，荷沁企業十分願意聽聽看，不過，目前並非擴展業務的最好時機，至少，等到蔡怡君的事情解決。

「劉經理，您一向都是這麼早跟人洽談合作案嗎？」

「七點鐘對我來說已經不早了。」

許芳婷用手示意：「咖啡或茶？」

「咖啡。」

許芳婷轉動辦公椅從身後倒了兩杯咖啡，一手一杯咖啡轉向辦公桌，將其中一杯放在劉愛妮面前。

「糖？牛奶？」

劉愛妮拿起咖啡，搖頭：「首先我對荷沁企業主段小姐發生的事情，感到遺憾。」

「謝謝。」

「享龍集團旗下擁有多間餐廳，主要以提供西式餐點為主。在這個時間點上跟荷沁企業提合作案，實在有所不妥。」

「感謝劉經理體諒。」

「這件合作案可以暫時放著，不過有件事情，我想請教許小姐。」

「合作案的事情，我們可以先簽訂備忘錄。」

「合理。」

「那等我準備好之後，再跟劉經理約時間？」

「可以。」

許芳婷舉起咖啡杯對劉愛妮說：「感謝劉經理。」

劉愛妮也將咖啡杯舉起，啜了口：「有件事情，我想請教許小姐。」

「好說。」

「妳是不是認為蔡怡君是個瘋子？」

許芳婷的咖啡杯放在唇邊，動也不動。

「妳還認為蔡怡君是個連續殺人犯，對嗎？」

許芳婷把咖啡杯放下，表情嚴肅的看著發問的劉愛妮。

「我以為劉經理已經把合作案的事情談完了。」

「合作案的事情談完，但這件事情只有妳能夠回答我。」

「我的認為並不重要。」

「對我來說，很重要。因為我有位形同妹妹的朋友，目前正在蔡怡君家作客。」

「妳應該去問問蔡小姐或是妳朋友。」

「我沒辦法聯絡上我的朋友，我那位朋友是看到段小姐出事的新聞，所以親身涉險想揭開蔡小姐的真面目。」

「對於這件事情，」許芳婷左手在下、右手在上交疊的放在桌面：「我沒辦法給劉經理任何意見。」

劉愛妮表情嚴肅的看著許芳婷帶著防備且充滿敵意的臉，兩人互相凝視許久。

劉愛妮緊盯著許芳婷的雙眼，緩緩站起身：「段小姐根本沒有陷入昏迷，我想我現在應該直接去醫院問段小姐。抱歉，打擾妳寶貴的時間。」

許芳婷的情緒瞬間失控，倏地站起：「劉經理，這已經是私人領域，如果妳敢去醫院，我現在就報警！我們合作的備忘錄也不必勞煩了。」

劉愛妮站直身子，靜靜注視滿臉憤怒的許芳婷，帶著意味深濃的微笑，緩緩轉身離開。

許芳婷見她離開辦公室，呆愣半晌，回神後立刻拿起手機撥打電話。

十四、殺人、被殺之必要

這股消毒水的味道好嗆鼻。

嘴唇好痛，動一下肉就被撕開一樣，好痛。不過，血的味道挺不錯。果真肚子餓到瘋的時候，什麼都好吃。吸自己的血應該沒關係吧？這是我自己的血，又不是別人的，不犯法啊。

有多久時間沒吃東西了？希望現在不是作夢。

吸自己的血畢竟還不能填飽肚子，好希望有牛排、雞腿，最好是有帶心渝去吃的那家餐廳裡的大餐，上次只吃了一輪，沒吃到第二輪，可惡，好餓。

好香啊，有肉的味道。

項少辰張開嘴，「欶、欶」的將湯匙上的瘦肉粥吸乾，意猶未盡之際，還啃了幾下鐵湯匙。

「項弟，慢慢吃，瘦肉粥很燙，整碗都給你，慢慢吃。」雲天宇再舀一湯匙粥，語氣溫柔的說。

項少辰緩緩張開眼睛，眼前的一切都很模糊，他驚嚇的伸出手想抓雲天宇的手，聲音細微若蚊：「我看不見了？我看不見了？」

「項弟，你餓太久，等營養補充回來，一切都會沒事。來，吃粥。」儘管沒聽見項少辰說的話，但知道他擔憂的事情，雲天宇表情安詳的說。

聽見這話，項少辰緩緩放下雙手，靜靜的喝了口粥。

欣慰的看著項少辰進食，雲天宇幾天來臉上的愁容瞬間緩解，表情像慈母般露出恬靜的微笑。湯匙在唇邊停留、吸吮軟爛米粒與肉汁、舀匙稀飯、吞嚥肉粥，這副畫面溫馨且動人。雲天宇的溫柔體貼、項少辰的安心自在，這副景象看得站在一旁的賀湘成差點去買墨鏡戴上，以免眼睛被這兩人的情感亮光閃瞎。

好噁心啊。

醫生說清醒就代表沒事，沒事就代表可以自行進食。幹嘛要人一口口餵飯？真噁心。

要不是江叔叔叫我跟著他們學習，我才懶得站在這裡當電燈泡。這兩人是兄弟情深？還是革命感情？還是另有姦情？

這關我屁事。

不知道還有沒有什麼可以馬上立功的機會？

耐著性子再等等，說不定項學長會說出是誰囚禁他，那這樣我就可以搶先一步去逮人。

「心渝呢？她人呢？」項少辰吃了粥之後，說話聲音比較有力。

雲天宇把空碗往一旁櫃子頂端放好：「她被人保釋後，目前行蹤不明。」

項少辰一聽，顧不得身體虛弱、點滴插在血管中，掙扎的要起身：「發生什麼事？保釋？行蹤不明？什麼意思？」

雲天宇有點不是滋味，一臉不悅、安撫項少辰躺在床上：「項弟，你老實說，是誰把你關在公寓裡頭？」

「心渝，是心渝。」項少辰直覺的喊出口，隨即又心虛的說：「不對，那人很像心渝，但是我看不清楚。所以不能確定是心渝，對，不能確定。」

「項弟，你說的話對心渝的處境十分重要。我知道你想替心渝解脫罪名，可是，如果心渝真的走上蕭司德的後路，未來她有可能成為比蕭司德更加恐怖的殺人兇手，你知道嗎？」雲天宇語氣不帶情緒的陳述。

「什麼啊，你胡說什麼？」項少辰激動的幾乎坐起身子。

雲天宇用手壓住他的肩膀，口氣嚴厲的說：「你知道我說什麼。」

「不是心渝，不是心渝。」項少辰在床上掙扎吼道。

「來，」雲天宇將項少辰扶起，讓他坐起靠著枕頭說話：「你還記得你是怎麼去公寓？記得嗎？」

「我，」揉揉眼睛，想看清楚點，看見項少辰這個舉動，雲天宇隨即上前拉住他的手，坐在床邊，讓項少辰能在雙眼朦朧時，得以辨認自己表情。

「雙手不要亂動，點滴還吊著。這樣有比較清楚嗎？」

「有。」儘管眼前依舊一片模糊，但至少能夠辨認出雲天宇的身形。

「來，把去公寓前後的事情說一下。」

「好。記得那天在醫院各自分開之後，我在蔡怡君家樓下找到心渝，我只是想約她聊聊，誰知道她竟然推託說要回去上班。所以我就看著她離開，忘了追上去。沒多久，有個高中生拿了張紙條給我，我便照著紙條上寫的地址去找心渝。」

「你怎麼知道那是心渝給你的紙條？」

「心渝離開沒多久，那個高中生來拍我肩膀，說有個女的要他把紙條和鑰匙拿給我，所以我覺得是心渝。」

「你覺得？我們雖跟心渝一起辦過案，但這段時間裡面，心渝曾經約過我們去她住的地方嗎？就算我們想送她回家，她也從來沒有答應過，不是嗎？」

「嗯，是這樣沒錯。」

「所以，一個高中生拿了紙條鑰匙過來，你就以為是心渝約你去她家？」

「嗯。」

「項弟，所以你覺得心渝約你去她家，會有什麼事情要談？」

「嗯，」項少辰想了想，蒼白的臉竟然浮現淡淡紅暈：「就是聊聊嘛。」

「你的臉紅成這樣，哪有可能只是聊聊？我看你色心遮眼，分明就不懷好意。」

「這是你說的，我才沒有這樣想。」
「算了，所以上頭的地址與鑰匙，可以進這間公寓。你進去之後發生什麼事？」
「我以為心渝在裡面等我，當我進門後沒多久，就挨打了，然後就昏倒了。」
「被人用鈍器重擊後腦，嗯。然後呢？」
「然後我就在那邊待著。」
「沒吃飯？沒喝水？」
「每天都昏昏沉沉，就算肚子很餓，也沒力氣站起來。」
「項學長有沒有看見送飯給你的人？」賀湘成口氣認真的問道。
雲天宇大吃一驚，他沒想到賀湘成還在病房內。
眼睛只看得見雲天宇身形的項少辰，完全沒留意病房裡還有其他人：「咦，你在這裡啊？」
「是啊。天宇哥叮囑我一定要守在這裡等項學長清醒，所以，我一步也不敢離開的守在病房。」
「謝謝你。」
雲天宇撇過頭，吐舌作噁。
「所以項學長有看見送飯的人嗎？」賀湘成再次發問。
「有是有，但是，我看不清楚，覺得那人很像心渝。」
「項弟，你仔細回想，是『像』心渝，還是『就是』心渝？」

「是啊，項學長，你要仔細想想，差個字，差很多啊。」

雲天宇翻了個白眼，覺得賀湘成真的是個應聲蟲。

「模模糊糊的看著門邊的人，有長頭髮，很像心渝的身影，我以為是心渝，我只是以為是她。」

「是你希望看見心渝吧？究竟是不是方心渝？」

「我，」項少辰嚥下口水，自問自答起來：「沒看清楚是誰，那人也沒有說話，只是放下東西，然後就走。對了，她的穿著很像心渝。」

「誰都可以穿得像心渝，你確定那人是方心渝嗎？」

「不確定。」

「那我就假設是方心渝。」

「天宇哥說的對，那就假設是方心渝。」

項少辰這時想起剛剛雲天宇提到「保釋」，他一臉驚駭的問：「難道心渝因為我的關係，被關了嗎？誰保釋她？妮姐嗎？」

「項學長，有了您的證詞，代表方心渝絕對有涉案。她不僅寫下如何殺你的筆記，而且有了您的證詞，代表她準備囚禁您至死。犯罪動機與犯罪行為確證，所謂知法犯法，罪不可恕。」

雲天宇聽不下去，站起身，走到賀湘成面前，表情嚴肅的說：「項弟已經說不確定是方心渝，而我則說是假設，你怎麼可以妄下斷語，直接給方心渝套上罪名？謝謝你幫忙看顧項弟，這裡有我接手，你可以回去了。」

賀湘成內心巴不得趕緊離開，有了項少辰的證詞，目前只需要想辦法找到方心渝，然後逼問她犯罪細節，接著，自己又有功勞可得，看來升官之路不遠了。

「是，是，是，天宇哥，麻煩您了。項學長，祝您早日康復，湘成這就離開。」態度恭敬的朝兩位前輩微笑致意，腳步刻不容緩的急忙後退，身形快速的離開病房。

雲天宇雙手叉腰的瞪著快速離去的賀湘成，一臉不屑。

「天宇，心渝真的因為我而坐牢嗎？她真的寫了如何殺我的筆記嗎？」

雲天宇心煩的轉過身，走到床邊拍拍項少辰不停在半空中到處揮舞的雙手，無奈的說：「項弟，你難道沒感覺方心渝不一樣了嗎？」

「有是有，可能是因為我跟她告白的關係，所以她才會對我保持距離。」

「保持距離就保持距離，有必要囚禁你，餓死你嗎？」

「我已經說過，我沒看清楚那個人是誰。說不定根本就不是心渝！」

「那麼那人打傷你、囚禁你的動機是什麼？如果不是心渝，為什麼對象是你而不是我？」

「什麼啊？我說不是心渝，就不是心渝。」

「我說是方心渝，就是方心渝。」雲天宇怒氣沖沖的瞪著項少辰：「我現在就去找方心渝過來跟你對質，如果是她，我肯定要她好看。」

「天宇，什麼啊，你在說什麼啊？心渝不可能是這種人。」

「憑什麼你說不是，她就不是？」

「那你又憑什麼說心渝是，她就是？」

「看來少辰恢復的不錯啊。」劉愛妮一手拿了頂級牛排餐盒、一手拿了切好的綜合水果盤站在病房門內，欣慰的笑說。

「妮姐，妳怎麼出現了？我還以為方心渝也把妳弄失蹤了。」雲天宇詫異的看著神清氣爽的劉愛妮。

「妮姐，妮姐，心渝沒跟妳在一起嗎？」項少辰急忙看著病房門，再怎麼心急，也只能見到劉愛妮模糊的身影。

劉愛妮緩緩走到病床旁，將兩盒食物放在櫃子頂端，拍拍怒氣沖沖的雲天宇右肩，轉過頭詢問：「少辰，你怎麼這樣看我？」

「我現在看所有東西都是模糊的，看不清楚。」項少辰沮喪的說。

「都是模糊的？所以，你要距離多近才能看清楚人的臉或者是東西呢？」劉愛妮將右手伸到項少辰眼睛前方，大約兩個拳頭的距離。

「妮姐，我看到妳的手掌紋路了，只是，依舊很模糊。」

劉愛妮點頭：「模糊的意思是指隔層紗看還是好幾個影子？」

「隔層紗看。」

劉愛妮拿過裝有牛排的餐盒，交到雲天宇手中：「少辰，這是我剛剛請餐廳主廚替你煎好的頂級和牛，多吃點，營養充足，身體好的快。」

雲天宇趕緊坐到床邊，用餐盒附上的叉子叉了塊牛排：「項弟，把嘴張開。」

項少辰張開嘴，準備享受睽違已久的大餐。

「妮姐，妳到底去哪裡了？這幾天我差點把妳家給掀了。」

劉愛妮將一旁的陪病椅拉過來，輕盈的坐進椅中，靜靜思考。

「妮姐，妮姐。」雲天宇轉過頭輕輕喊道。

「昨天晚上，我看見心渝跟蔡怡君一起去藥房。」

「妮姐，該不會這幾天妳都不眠不休的在跟蹤心渝？」雲天宇震驚的抖了一下，差點把牛排抖出餐盒。

項少辰則是趕緊吞下牛排：「心渝，心渝怎麼會跟蔡怡君在一起？」

「少辰，妳好好休養。天宇，這件事情，妮姐要請你幫忙。」

雲天宇叉了塊牛排往項少辰嘴裡送：「妮姐，妳要我幫什麼忙？」

「我也要幫忙。」咀嚼著牛排，含糊的搶說。

劉愛妮用著溫柔但婉拒的口吻說：「少辰，你把病養好，才是幫心渝最大的忙。其他的事情，交給我跟天宇處理。」

「是啊，你多吃幾塊牛排，勞動工作交給我就好。」邊說，邊塞了幾塊牛排堵住項少辰的嘴。

「嗚、嗚、嗚，」想說話，又想吃好吃牛肉的項少辰發聲抗議。

「如果少辰沒有答應我好好休養，那麼我跟天宇就到外面去說。」

「項弟，妮姐說的對，你要插手管，也得等病好。更何況，心渝現在可是造成你失蹤的頭號嫌疑犯，你跟她之間，還是有點距離比較好。」

項少辰閉著眼，慢慢咀嚼嘴裡的牛排肉，緩緩吞下肚，嘟著嘴，嘆口氣。

「那我可以聽吧？我想知道這段時間發生了什麼事情。」

「歡迎，另外，少辰也可以提供一些看法，協助我們釐清。」

項少辰張大嘴：「好，牛排，啊。」

說服眼前這位固執的兄弟，雲天宇終於能夠鬆口氣，急忙多叉幾塊肉往他嘴裡塞。

「項弟，等等靜靜聽，不要激動，不然我真的跟妮姐換地方去說。」

「嗯，嗯。」

「所以，妮姐，昨天妳跟蹤方心渝到藥房有什麼收穫？」

劉愛妮表情倏地變得沉重：「心渝透露一個訊息，瘋子。」

「瘋子？指的是她自己嗎？」

「我想，心渝指的是蔡怡君。」

「哼，瘋子通常都說別人是瘋子。不意外。」

對於雲天宇的敵意，劉愛妮並不訝異，但也沒有要說服他的意思：「我們試著進入心渝的角度來看這件事情。心渝的親生母親，也就是精神科醫師兼教授柳妍芝，前天下午在蔡怡君家附近被車撞死。這天，也就是心渝被保釋出來的隔天，巧合吧？」

「我從來沒聽過心渝提過她的母親。」

項少辰在一旁點頭。

「我還懷疑，段柔丹根本沒有昏迷，所有對外發出的新聞稿，都是假的。」

「不會吧？那天我跟項弟去醫院了解段柔丹情況的時候，蔡怡君也在現場，那個段柔丹身上管子一堆，感覺不像假的昏迷。」

「那我問你，段柔丹身上有沒有氣切？」

「氣切？」

「既然段柔丹陷入昏迷，在昏迷指數只有三的情況下，要清醒過來不是件容易的事情。這種情況，醫生多半會建議家屬對病人做氣切。氣切的目的主要是取代插管，降低插管對口腔與喉嚨的損傷。氣切部位大多在氣管外部垂直切開皮膚約一公分，並且用紙膠帶固定。」劉愛妮對頸部比劃著氣切大約的開口，看向雲天宇。

雲天宇回想許久，搖搖頭。

劉愛妮點頭：「許芳婷執意要救回段柔丹，而氣切也不是不能復原的一個小手術，為什麼她沒有要求醫生做這個手術呢？」

「為什麼？」項少辰開口問。

雲天宇好奇的看向劉愛妮。

「所以，我懷疑段柔丹根本沒有昏迷，這一切，都是由她與許芳婷製造出來的假象。」

「她們聯手想騙誰？」雲天宇皺眉問道。

「許芳婷禁止誰去探病？」

「蔡怡君。」項少辰搶答成功。

劉愛妮與雲天宇相視許久。

雲天宇回想起那天有個特殊的情況，不禁開口說：「護士說只要蔡怡君來探視段柔丹，監控段柔丹的儀器就會出事，護士們便得趕緊進行急救。」

劉愛妮露出贊同的微笑。

病房內突然間靜謐下來，雲天宇和項少辰開始想著事情。

「你們想想看，保險的健康檢查都可以通過，那麼假設段柔丹這個血管瘤根本就不嚴重或者是壓根沒有這回事，不是也說得通？若是真的有血管瘤，這種有問題的保單可以成立？其中究竟是誰有問題？保險招攬人員？承保公司？還是段柔丹本人？又或是受益人？」

雲天宇沉思後說：「方心渝對待項弟的方式讓人生氣，但是，總覺得裡面很有問題。」

「怎麼說？」

「對啊，天宇，怎麼說？」項少辰伸手拍拍雲天宇的肩膀：「牛排沒了嗎？」

「沒了。妮姐還拿了一盒水果，」雲天宇從櫃子上拿過盒子，放在項少辰手中：「右手沒扎針，自己想辦法吃。」

項少辰沒等雲天宇說完，早就想辦法打開盒子吃水果：「嗯嗯，好吃，好吃。」

「囚禁項弟的公寓，據房東說是位叫做方心渝的女性打電話承租，並且以無摺存款的方式將房租存入，因此房東從沒見過承租人方心渝。」

「項弟被囚禁期間，有人送飯送水，只是，項弟昏沉無力沒辦法自行進食，所以才會餓肚子。加之頭上被鈍器重擊的傷口，我猜想一定有人進出該處送餐送水，所以我拿了方心渝的照片，到處問店家與鄰居，沒想到，沒有人見過方心渝，卻有人看過蔡怡君。」

「有趣的發現。」

「妮姐，怎麼會有趣？我懷疑方心渝跟蔡怡君一見鍾情，共同策劃傷害項弟的事情。」

「天宇，你說少辰被囚禁時昏昏沉沉？是因為頭部受傷的緣故嗎？」

「項弟頭部的傷，雖說造成輕微的腦震盪，但不至於會讓人昏昏沉沉的站不起身。」

「有人下藥弄昏少辰，不間斷的下藥，劑量不少的藥。」

「什麼藥？毒品嗎？」雲天宇邊說，邊準備去拔項少辰的頭髮。

「凹嗚，你拔我頭髮幹嘛？」

雲天宇趕緊從櫃子上抽了張衛生紙，把頭髮放在上面收起來。

「毒品太貴了吧？對少辰，不需要用這麼貴的，應該是高劑量的安眠藥。」

雲天宇將衛生紙放進褲子口袋，聽見劉愛妮這麼說，又準備撈出來丟掉。

「所以有人一直餵我吃安眠藥？」邊說，邊塞了幾塊哈密瓜切片。

「九個完好沒有動過的便當，六瓶沒開過的水，三瓶倒在地上還剩半瓶水的塑膠罐，如果這三瓶水是用來餵藥給項弟吃，那麼這個人有二天的時間沒給項弟餵藥，不怕項弟醒來嗎？那二天剛好是方心渝被抓及被保釋的時間，而項弟則是在她被保釋的隔天被救出來的。」

「是心渝告訴你少辰被關的地方嗎？」

雲天宇回想起去抓方心渝那天發生的事情，搖頭：「心渝除了不知道項弟失蹤，還問我他失蹤幾天，當她聽到我說她寫了如何殺掉項弟的計劃書，還提到她要模仿蔡怡君的手法，方心渝就伸出手讓我逮捕。」

「對了，方心渝還說，只要把抓到她的消息放上頭條新聞播報，還有她親手寫的殺人筆記一至三，也一定要在新聞上被播報。這樣，項弟應該可以逃過死亡。應該可以，我是引用她說的話。」

「心渝的反應不奇怪嗎？天宇，靜下心想想，難道不奇怪嗎？」

「是有點怪。」

「是誰告訴你，少辰被關的地方？」

「賀湘成的線人，是賀湘成帶我去那個地方。」

「線人？」

「哇，那小子才剛來幾天，馬上就有線人可以提供線索？佩服佩服，我們還需要帶他、教他嗎？他這麼聰明，只怕過陣子還需要他來教我們如何辦案了。」項少辰邊吃水果、邊說。

「我調查了蔡怡君所有的資料，發現跟她有親密關係的人，大多死於跟車有關的事情，總之大都是車禍。」

「段柔丹沒死啊，在家裡摔跤昏迷，跟車子沒關係。」

「妮妲，這個蔡怡君有幾個女朋友啊？」項少辰吸吮著拿水果的手指問。

「大學同學富三代林雲龍，就是買了信義路房子、車子給她的第一任男友，死於酒駕。五十六歲歸國華僑雷莎莉，買了六百五十萬保險，受益人填寫蔡怡君的第二任女友，死於過馬路被車撞死。四十七歲有婦之夫趙德斯，買了五百五十萬保險，受益人填寫蔡怡君的第三任男友，因心肌梗塞發作猝死於自駕車中。」

雲天宇驚訝的看著表情冷靜的劉愛妮：「所以蔡怡君是雙性戀？」

「怎麼男友、女友都死於車禍啊？」項少辰歪著頭說。

「蔡怡君是個十分迷人的女性，男性、女性都有可能被她的外貌迷惑。撇開她的愛情對象，我有個感想：親密關係、二年、車禍，這是蔡怡君跟她歷任情人共同擁有的關鍵字。」

「保險理賠金啊，這應該也算是重點吧？」雲天宇提出看法。

「其實，蔡怡君在十四歲的時候繼承遺產四千五百萬元，她本身還時不時擔任一些模特兒的兼職，加上瑜伽教室的收入，五、六百萬的保險理賠金對她而言，屬於有也好，沒有也沒差的點心吧？」

「吃飯那天晚上，心渝特地請我幫她找出蔡怡君獲得保險理賠金的要保人是誰？既然妮姐說這些理賠金都不是重點，那心渝為什麼要調查？」

雲天宇對於蔡怡君這個人，開始有了一堆問號。

「你們告訴妮姐，如果你們有了情投意合的另一半，你們希望跟他在一起多久？」

「一生一世。」

「至死不渝。」

雲天宇、項少辰互相打量，似乎在比較誰講得比較長久。

劉愛妮被這二人逗樂，但她沒有忘記方心渝現在的處境。

「只要跟蔡怡君有情感糾葛的人，不出二年，非死即傷。這是巧合嗎？研究過資料之後，我覺得心渝的犯罪天線很敏銳，這個蔡怡君絕對有問題。」

「問題是心渝根本不接電話，怎麼跟她談？」雲天宇兩手一攤，無奈的說。

「所以啊，天宇，這件事情，妮姐要請你幫忙。」

「怎麼幫？」

「我也要幫忙。」

「你閉嘴！眼睛看不見，手上打點滴的病人不要說話。」

「少辰，請你好好休養。心渝的事情，交給妮姐和天宇就好。」

心裡明白自己幫不上任何忙，但是見自己喜歡的人深陷危機，按捺不住內心的衝動，嘟著嘴，開始動手拆掉手上的點滴針。

「少辰，不要衝動。」

雲天宇看見項少辰的舉動，二話不說，一巴掌打在他的左臉頰上，怒斥：「心渝因為你的色心貫腦，被我賞巴掌、關進監牢，現在你又要變成我跟妮姐的拖油瓶嗎？你的衝動要是害死方心渝，你對得起你的良心嗎？收斂一點，項少辰！」

一巴掌打得項少辰昏頭轉向，雲天宇的話讓他無地自容，剛好眼前一黑，他順勢往枕頭靠去。

劉愛妮擔憂的站起身，雲天宇伸手攔住她：「妮姐，要我怎麼幫忙，說吧？」

「先請人看看少辰。」

雲天宇將項少辰手中的空水果盒拿過來，放在櫃子頂端，對劉愛妮說：「邊走邊說，我們一起出去。別擔心項弟，我等等請護士過來檢查一下。」

劉愛妮點點頭。

「開我的車吧？」

「嗯。」

兩人並肩離開病房。

雲天宇離去前，還對外面留守的弟兄打了招呼。

❖

雲天宇開著車，突然想起一件事，伸手從後座的雜物中撈出一本影印書。

「這是屬於心渝的書，請妳交給心渝。」

「為何不自己給她？」

「妮姐，妳要我怎麼幫妳忙？」

劉愛妮將書放在副駕駛座前方置物空間上方：「我認為心渝被蔡怡君囚禁，有必要硬闖蔡怡君家見心渝一面，看看她現在的狀況如何。」

「這真是難事。硬闖進去，算是擅闖民宅，事情鬧大，很難收拾。」

「心渝去藥房買了胃藥，我可以裝成藥師上門換取藥劑，只要進門，由我來牽制蔡怡君，你想辦法去各個房間找心渝。」

「這還是算擅闖民宅的一種。」

「你有辦法嗎？」

「扮裝混進去。蔡怡君跟我打過照面，所以，我戴個墨鏡外加把頭髮弄白，應該可以蒙混過去吧？」

「戴墨鏡可以，不過呢，白頭髮要怎麼弄？混進去的理由呢？」

「等等路過美妝店，買個粉底把頭髮弄白，順便買支眉筆，把我的眉毛畫的帥氣一點。至於理由，我們都想想。」

「好，只要能夠想辦法進去，都好。」

「前面剛好有間美妝店，妮姐，妳先坐車裡等等，我去買東西。」雲天宇轉動方向盤將車靠邊停，不等劉愛妮說話，自顧自的下車朝美妝店跑去。

等事情過去，得找個時間讓天宇和少辰坐下來好好跟心渝說開。不然這三人心裡的疙瘩沒去除，日後還要相處，難免尷尬。一本書也要我轉交，唉，肯定是不好意思面對心渝。

少辰被下了安眠藥，想必心渝極有可能也被下藥。要是，進去屋裡，蔡怡君把心渝藏起來，那該如何是好？這樣真的就成了天宇說的「擅闖民宅」。

事情可大可小。

那要如何讓蔡怡君願意心甘情願的交出心渝呢？
換胃藥？換藥？拿錯藥？
啊，有了。
劉愛妮想到個絕佳妙計，禁不住安心的笑笑。
駕駛座車門打開了，雲天宇鬢髮變白，眉毛畫粗成了劍眉。
雲天宇拿起墨鏡往鼻子上一掛：「如何，應該混得過去吧？」
劉愛妮點頭讚賞。
「我想到混進去的理由了。」
「哇，妮姐真是厲害，這麼快就想到理由！」
「那晚心渝到藥房，罕見的情緒激動，把藥師罵翻了天，所以，我想到一個辦法。如果藥師在那時候不小心拿錯藥，給了買藥者有可能引起休克或者致死的藥物，我們用這個當成藉口進屋去換藥的時候，順便查看心渝的狀況，也是應該的事情，不是嗎？」
「這種辦法妮姐都想得到，太厲害了，天宇佩服。那我們立刻過去吧？」
「嗯，馬上過去。」
雲天宇轉動方向盤，朝蔡怡君家而去。

❖

「可惡，手機又是關機中。這女人真是惹人心煩！」賀湘成在人行道上踱步，不時往三樓方向看去，期待能看見站在落地窗後的蔡怡君。

根據項學長的證詞，這個方心渝涉有重嫌，應該要把她帶去跟項學長對質。不過，被保釋後的方心渝沒有回家，也不在租賃的公寓裡，難不成她借住在蔡小姐家？還是方心渝用了什麼方式脅持蔡小姐，並且關了她的手機，害我找不到蔡小姐？

如果是這樣，真的太糟糕了，我現在有理由可以光明正大地去蔡小姐家。對，如果蔡小姐被方心渝脅持，那就太好了。一來，我可以英雄救美，二來，還能破案立功，一舉兩得。

對，我不能在樓下枯等，我得立刻上樓詢問。

「你怎麼會在這裡？」雲天宇的聲音從背後傳來，嚇軟了賀湘成的雙腿。

「天宇哥，你怎麼到這裡來？咦，這位美女是學姊嗎？天宇哥，你的頭髮怎麼白了？」

「你的問題很多，先回答我的問題。」

賀湘成眼見自己沒辦法胡謅，只好心虛的把想法說出來：「項學長受到方心渝的囚禁，而方心渝現在已經被保釋出來，我擔心蔡怡君小姐有可能是方心渝的標的物，所以特別過來想通知她小心一點。」

劉愛妮與雲天宇眼神交流，會心一笑。

雲天宇將墨鏡拿下來，點頭說：「很好，你的顧慮十分正當，既然這樣，我跟你一起上去。這位是藥師，有事情上去找蔡小姐。」

還以為會被痛斥一頓，沒想到竟被誇獎，賀湘成收起心虛模樣，擡頭挺胸、昂首闊步的說：「天宇哥，不是我自誇，這種小事我來負責就好，您且留步。」

雲天宇一語不發的跟著往前走，劉愛妮則走在最後。

走在最前面的賀湘成，意識到後面有人跟著，轉過頭發現雲天宇和那名女性跟在後面，急忙停下腳步，想送走雲天宇：「天宇哥，這種事情讓晚輩處理就好，您請回吧。」

「怎麼？想獨占功勞啊？打發了我，你就可以自己一個人撈了所有功勞？」

「天宇哥，湘成沒有這個意思。」

「很好，快點走，我有事情要找蔡怡君。你不走，別怪我先走一步。」

賀湘成一聽，急忙走在最前面，臉上堆著笑：「天宇哥教訓的好，湘成受教。」

雲天宇翻了白眼，往後看了劉愛妮。

劉愛妮伸手示意，走在最後。

一行三人，走進龍吟大廈。

❖

幾乎沒有響過的門鈴，近中午的時刻奇蹟式的響了好幾聲。

蔡怡君坐在客廳中想了又想，確定自己今天中午沒有叫外送。便不打算理會這陣陣擾人的門鈴，不過，再繼續響下去，極有可能吵醒還在睡覺的方心渝，迫於無奈，蔡怡君只好站起身，勉強自己去開門。

白色合身西裝衣褲、內著一件黑色襯衫，雙腳踏在地磚上，無聲息地走到門前，手把一轉，大門開啟，門外站了三人，兩張熟面孔，一張陌生臉孔，蔡怡君面無表情、客套的詢問：「有事嗎？」

賀湘成咧嘴笑說：「有非常重要的事情，請問，我們可以進去嗎？」

蔡怡君目光掃了三人的表情，許久才點頭，把門打開，讓三人進入屋內，順手把門關上。

「入內請脫鞋。」

雲天宇、劉愛妮靜靜觀察屋內的陳設，動作迅速的脫了鞋子。

賀湘成則是邊脫鞋，邊貪婪地看著屋內的一切，儘管他上次來過，但依舊還是被眼前這氣派的裝潢給震撼。

「賀警官，我把能夠給你的消息全給你了，你還有什麼重要的事情找我？」靠在門上的蔡怡君毫不客氣的問道。

雲天宇聽見蔡怡君的問話，眼神不客氣的瞪著賀湘成：「喔，原來你的線人就是她？不錯啊。項弟待的那間公寓也是她告訴你的？」

賀湘成眼神驚惶的左右轉動，接著立刻說：「蔡小姐是這樣的，我的前輩被方心渝囚禁，目前她被保釋後下落不明，我擔心妳極有可能是方心渝的下一個獵物，所以，我有責任義務通知妳這件事，請妳得快點做準備。有需要我幫忙的地方，儘管說。」

蔡怡君聽見後，面帶微笑的點頭：「賀警官，感謝你的提醒。」眼神轉向雲天宇：「你有何事請教？」

雲天宇指著賀湘成，滿臉沒我的事的表情：「我跟他來的。」

「這位是？」蔡怡君指著劉愛妮發問。

「您是蔡小姐？」劉愛妮帶著驚恐的神采焦急的說：「事情是這樣的。昨天晚上，您跟一位小姐到藥房買藥，後來，藥師打電話給我，要我想辦法找到那位方小姐，因為她在藥房裡大吵大鬧，所以，藥師不小心拿錯了會引起她生命危險的藥。我跟藥師從昨天晚上就開始找尋方小姐，直到這位警官告訴我，方小姐有可能在您府上。為避免傷害生命，如果方小姐在您這裡，可否趕緊帶我去檢查一下她的用藥情況？我不希望藥局開錯藥的事情鬧上新聞，這樣會讓藥局的名聲一落千丈。」

蔡怡君沒有回答，眼神冷靜的觀察劉愛妮，隨後說了一聲：「我記得妳，好吧，我帶妳去看她。」說完，神態隨意的往客廳沙發後方走去。

劉愛妮看了雲天宇一眼，點頭。

雲天宇目光銳利的點頭回應。

賀湘成則是滿臉驚訝的站在客廳，喃喃說：「方心渝竟然在這裡？怎麼回事？」

蔡怡君將臥房門打開，繞過玻璃牆，只見方心渝躺在床上沉睡。

「人在這裡，妳去看吧。」

雲天宇識趣的守在玻璃牆與門間的位置，一來可以阻擋蔡怡君奪門而出，二來，劉愛妮若是遭受攻擊，他也能盡快進行協助。

眼前躺在床上緊閉雙眼、不知是生是死的方心渝，劉愛妮內心激動澎拜，但是情況未明之際，必須記得自己是以何種身分進到這個房間，以免還沒觸摸到心渝，便露出馬腳。

蔡怡君站在床尾仔細觀察屋內的一切。

劉愛妮神態自然的走到床邊，伸出右手探探方心渝的氣息，呼吸很淺，應該是睡著了。

「蔡小姐，請問昨晚方小姐有吃藥嗎？」

蔡怡君一語不發的走過來，將劉愛妮往旁邊一推，坐在床邊，拉起昏迷不醒的方心渝，低頭用唇吻了她。

劉愛妮皺眉看著躺在蔡怡君懷裡，穿著昨晚買藥時的禮服，被吻時絲毫沒有反應的方心渝。

「老婆吃了很多藥，不知道妳問的是哪種？」帶抹挑釁的微笑問道。

劉愛妮這時不再假裝，上前想搶過方心渝，蔡怡君從西裝上衣口袋拿出一把蝴蝶刀，在兩人中間玩弄，劉愛妮差點被刀劃傷，急忙後退一步。

「我想想，贊安諾、史蒂諾斯、克痛平，胃乳片、止嘔劑、止痛劑、制酸劑，大概就這樣。」

「她需要這麼多鎮定、安眠的藥物嗎？」劉愛妮努力壓抑住憤怒的問。

「當然需要。她這幾天動不動就嘔吐，睡覺的時候還會尖聲大叫、雙手亂抓，我怕她沒辦法好好睡上一覺，所以照三餐給她吃睡覺藥，這樣，她才不會一直吐、一直尖叫。」蔡怡君邊說邊摟緊臉上沒有血色、眉頭皺緊的方心渝。

「她既然一直吐，為何不送她去醫院？」

雲天宇緩步走來，站在劉愛妮身旁，冷眼看著蔡怡君。

「送她去醫院？這是人話嗎？她不可能想離開我。離開我，她要怎麼活呢？」說話當下，蔡怡君用左手甩動蝴蝶刀，右手拉過方心渝的頭，用力且深情的再次吻了她：「妳看看，她寧願躺在我的臂膀之中，也不肯離去。」說話同時，雙眼警戒的盯著眼前兩人，蝴蝶刀握在左手，刀刃擺在方心渝左邊頸項，斜著往上刮，刀入肉中，彷彿想切出魚鰓般挑了一片肉卻又不切斷，鮮血沿著頸項流下，蔡怡君露出迷人的笑容，用舌頭舔舐這些緩緩滲出的血液。

劉愛妮目光凌厲的看著蔡怡君做的事，內心驚恐不已。

照三餐吃安眠藥，那心渝清醒的時間有多少？

心渝睡著的時候會尖叫、作惡夢，對我來說，已經是見怪不怪的事情，但有必要使用安眠藥強制她睡覺嗎？她有清醒的時間嗎？這樣被餵藥，身體撐得住嗎？她有沒有進食？

刀子在她手上，硬碰硬，只怕受害者是心渝。

雲天宇則在劉愛妮耳旁輕聲說：「妮姐，我們千萬不能衝動。」說完，看著蔡怡君大聲罵道：「難怪心渝對妳有興趣，在迷人的外表下，妳有顆變態的心。」

「天宇，不要這樣說。」

「我偏要這麼說，不知道段柔丹到底看上她哪一點，竟然不跟許芳婷結婚，選擇跟這個變態結婚，最後落到昏迷不醒、快死了的結局。」

蔡怡君眼睛斜睨雲天宇，露出邪氣的笑容：「這位老先生，柔丹是因為愛我，捨不得離開我，所以才跟我結婚。你說的話能聽嗎？一點修養都沒有。」

劉愛妮的雙眼始終沒離開過方心渝，當雲天宇跟蔡怡君在鬥嘴時，方心渝的雙眼睜開，眨眨眼看著周遭時，對上了劉愛妮的視線，許久，彷彿不認識劉愛妮似的，她張開口說：「君寶貝，君君寶貝。」

蔡怡君急忙探看方心渝，語氣親暱的說：「我在這裡。」

「我沒修養？我看妳修養好到哪裡去？段柔丹最好是因為愛妳才跟妳結婚。既然妳們這麼相愛，那妳為什麼不搬去跟她一起住？」雲天宇看見方心渝醒了，反而情緒高漲的繼續說下去。

「扶我站起來，君寶貝。」

「妳自己想辦法站起來吧，我要對付這些壞人。」

劉愛妮趁蔡怡君注意力轉移的瞬間，上前奪取蝴蝶刀：「我要帶方心渝去醫院，妳最好配合一下。」

蔡怡君被奪刀，怒氣沖沖的打了方心渝一巴掌，怒罵：「都是妳，害我們身處危險。」

雲天宇上前拉住蔡怡君的右手，把她從床上拉起：「妳幹嘛？分明是妳讓人有危險，我是警察，專門對付壞人的。」

「所長也是警察，她還不是被你們這些警察陷害？」

「所長？所長是誰？人在哪裡？」

劉愛妮趕緊上前去抱起意識不清醒的方心渝，藉著攙扶力道，方心渝手腳不協調的靠在劉愛妮身上。

「妮姐，錄音。」頭僅僅只枕著肩頭不到一分鐘，方心渝的手順著攙扶她的手臂往下接過劉愛妮手中的蝴蝶刀，然後用力推開她。

「君寶貝，君君寶貝，快，我把刀拿回來了。」方心渝腳步不穩的走向蔡怡君。

「你看，老婆是愛我的。」蔡怡君甩掉雲天宇緊捉住自己的右手，跨步上前跟他眼對眼的說：「何況，警察全是敗類，只要我隨便丟張打字紙，騙人去指定地點，我就可以完全擁有我愛的老婆，一切都是這麼簡單容易，所以，警察真的只對付壞人嗎？」

雲天宇聽了這番話，腦海浮現項少辰躺在公寓裡的虛弱模樣，呆愣半晌。

蔡怡君趁此刻過去抱住方心渝，並從她手中將蝴蝶刀拿過來，熱情的親吻她：「見到妳的第一眼，我就知道妳是我的同類。」

「君寶貝，所長是不是被警察殺死的？難道我也會被警察殺死嗎？」方心渝推開蔡怡君驚恐的說。

蔡怡君緊緊抓住方心渝的手，將她往自己懷裡扯，等到抱住人後，才將蝴蝶刀鋒指著雲天宇和劉愛妮：「我不會讓妳被這些警察壞人傷害，來，跟我走。」

方心渝蜷縮在蔡怡君懷裡，兩人往臥室外走去。

雲天宇一臉茫然的看著眼前人走過，劉愛妮拿起手機走到他身邊，讓他看看自己正在錄音，然後靠近天宇耳邊說：「照心渝的引導走。」

回過神，雲天宇點頭。

兩人一起走出臥室。

❖

賀湘成獨自一人坐在客廳沙發上，左手撫摸著沙發，右手拿著手機：「就一般的真皮沙發，還分價錢？剛剛那家報價二萬多，你們這間價格差在哪裡？純牛皮？剛剛那幾家都說是純牛皮，只要一萬多，你們要五萬二？」

話說到一半，眼前突然多了一把晃動的刀子，賀湘成滿臉不快的擡起頭罵道：「沒事拿刀子在警察面前甩什麼？」

蔡怡君用刀尖抵著賀湘成的額頭：「走開，誰讓你坐在這裡？」

感覺額際一股熱流往下，賀湘成的眼珠往鼻梁聚焦，熱流往下滴至左手背，突然驚駭道：「血，是血。」邊說，邊跳了起來。

衝出臥房的劉愛妮跟雲天宇以為是方心渝被蔡怡君用刀砍傷，一出來只見賀湘成從沙發跳起來，往大門狂奔的時候，蔡怡君還特地踹了他的屁股：「主人沒請坐，自己大方占了位置，真是不要臉，滾。」

沒料到會被人從背後一踢的賀湘成，整個人摔到沙發右側，正面撲倒，不知道是昏迷還是嚇呆，許久都沒有爬起來。

劉愛妮和雲天宇眼見此景，沒有意願上前去探看賀湘成的傷勢，各自站在沙發兩側，盯著蔡怡君與方心渝。

「君君寶貝，可不可以把他們趕走，我好怕自己跟所長一樣死掉。」

蔡怡君拉著方心渝坐進沙發，方心渝蜷縮在她懷裡說著。

「不要怕，我不會讓妳跟所長一樣。更何況，所長不是被警察殺死的，她是過馬路被車撞死的。」

「怎麼會這樣？」方心渝喊叫著：「怎麼會這樣？」邊說邊哭起來。

「我最愛的人是所長，為了救她出獄，我連自己的爸爸都可以不要，我可以為她咬掉我爸爸的舌頭，我恨那個一天到晚打我的男人害所長跟我分開，我恨。」蔡怡君邊說邊掉淚：「有誰喜歡一天到晚被打？只有所長不會打我，她買東西給我、讓我讀書、讓我撒嬌，她是第一個撫摸我背部傷痕的人。我為了她乖乖念書、好好做人，可是，她卻寧願跟她女朋友在一起。她沒有把我當成愛人，二年的時間，我等著她回來，我等著她的心回到我身上。」邊說，臉上帶著無限的幸福與沮喪表情。

這話似乎勾起了方心渝內心深處的共鳴，她伸手抹去蔡怡君臉頰上的淚水，頭枕著她的肩膀，右手攬住她的腰。

「二年了，我的心漸漸枯萎，正好是秋天，我約了她吃午餐，想告訴她我要離開澳洲。老婆，妳知道嗎？所長那天穿的衣服，我都還記得。」

「她穿什麼？」

「所長穿著一身帥氣的中性西裝，俏麗短髮、英氣逼人，看到她的樣子，我的心怦怦亂跳。我每天晚上跟所長睡在一起，都是這種感覺，我好想要她摸我，像她對她女朋友一樣，」說著，不管手上的蝴蝶刀是否銳利，拿刀的手抱住方心渝，便是一陣狂吻。

感受著蔡怡君的激情，但是沒多久，她推開蔡怡君，鬱悶的說：「不要把我當成所長，我是方心渝。」

蔡怡君用刀尖抵住方心渝的胸口，邪氣的笑：「妳確實不是所長，但妳卻比所長更令我心動。當我知道妳關注我，甚至還替我寫了專屬的『殺人筆記』，我就知道我又犯了當初害所長被關的錯誤，我讓這個人，」用刀指著趴在地上的賀湘成：「拿了我寫的計劃書，誘捕那個老追著妳不放的男人，害妳被關進監牢。我不能再犯錯，所以我去保釋妳，放了那個老是在騷擾妳的臭男人。」

頭靠著蔡怡君鎖骨的部位，方心渝雙眼專注的凝視劉愛妮。

劉愛妮憂心忡忡與她互視，不料，這一刻，心渝仰起頭，左手摸著蔡怡君的臉龐，迎上前深情的吻了她。

「謝謝妳，其實妳不必對他下手，我追逐的人是妳。」

蔡怡君閉上眼專注的回吻。

雲天宇見這一刻是好機會，緩慢移動腳步想過去抓蔡怡君。

劉愛妮在另一邊急忙搖頭。

雲天宇急切的指著蔡怡君，劉愛妮表情凝重的再次搖頭，並且拿起手機晃動，這才阻止了他的行動。

「二年，短暫的時間，也是愛情消逝的時間。」蔡怡君看著方心渝：「愛情銘印在心底的時限，就是二年。我愛的人不愛我了，想讓她永遠不離開我，唯一的辦法就是讓她去死。她死了，就永遠都不會離開我，只會永遠愛我。而我也可以永遠愛著她，不再分離。我想要愛她，我真的很愛所長。難道愛她的我錯了嗎？」

「不，妳沒有錯。」抹去蔡怡君淚水的方心渝說。

「林雲龍說愛我，我不相信，但我卻愛上他了。我用二年的時間觀察他對我的愛。他買了這間房子登記我名下後，想上我，我沒答應，他沒死心，在我缺錢、沒錢的時候，給我錢，只差個名分，他允諾一定會娶我，結果呢？上床膩了之後，他開始追求別的女人。我不在乎錢，我只想得到他全心全意的愛，可是，不到二年，他就變了，比所長還賤。既然這樣，我掌握了他所有行蹤，我要他誠實的面對我，他到哪裡，我都跟著他。那天他在酒店喝酒的時候，我故意讓他看見我，他嚇得急忙跑走，酒駕開跑車，最後被一棵樹幹穿心而過，這些後來的事情，我是看新聞才知道。」蔡怡君突然用刀指向雲天宇：「沒想到今天他又重新投胎做人，妳看，這個人就跟雲龍長得很像，」說著，想拿刀去刺殺雲天宇。

方心渝急忙拉住她，安撫她的情緒：「這個人長得這麼醜，別理他。雲龍已經死了，可是雷莎莉呢？她也是妳的追求者嗎？為什麼大家都這麼愛妳，我好怕妳變心。」

蔡怡君聽見，立刻安撫方心渝：「我絕對不會變心，我對妳的愛是真的。」

方心渝嬌嗔的問道：「那會不會有像雷莎莉這樣的女人出現？妳可以保證妳不會受到誘惑？妳說過妳沒辦法拒絕愛情。妳說過，妳在乎的是愛情。」

「只要妳願意全心全意的愛我，妳不要害怕我會移情別戀。」蔡怡君瞪了劉愛妮一眼：「妳這個女人長得跟雷莎莉很像，妳休想帶走我的老婆。」

方心渝將蔡怡君的頭轉過來：「妳的眼睛可以不要亂看嗎？難道妳的眼裡還有其他人？」

「沒有，老婆，我不敢。」蔡怡君深情的看著方心渝。

「所以妳是怎麼殺死雷莎莉？」

「我沒有殺害她。她是一個貪婪的女人！跟我上床之後，漸漸嫌我煩。我得不到她的愛，她愛的人也不是我，所以，她開始疏遠我，不來上課，打電話也不接。其實我去找她，是想請她把受益人改一改，不要再用我的名字。結果，真巧，找她那天，我剛好站在對街等著過馬路，她不知道在心虛什麼，看到我像見鬼一樣，竟然走路走到一半恍神，我跟她招手，她不理我，最後被一輛不知道從哪裡左轉的車子撞死了。」

「妳確定不是因為愛她，所以跟蹤她，導致她嚇得不敢動才被車撞？」

「她用錢買我，愛吃怕死，這種有錢人心虛，自己害死自己，還需要我動手嗎？」

方心渝表情佩服：「哇，君寶貝好厲害，殺人不髒手啊。」

「哼，有些人就是自己該死。」眼神瞪著劉愛妮。

劉愛妮聽到這裡，對於柳妍芝死前的那個回頭，心裡已經有了想法。

「唉唷，君寶貝，幹嘛又看那個女人？」

「對不起，老婆，對不起。」

「對不起沒用，那妳說，趙德斯為什麼會突然間死掉？是不是妳對他做什麼？罰妳說。」

「我能對他做什麼？一個男人要面對家中老婆孩子，又得要工作、還要跟我在一起，太累了，所以猝死在車裡，真是令人傻眼。他替我買了保險的事情，我也是被他老婆找上門質問才知道。」

「可是妳到現在都沒告訴我，所長怎麼死的？」方心渝故作可愛的嘟嘴問。

「可以不要說這件事情嗎？」

「好啊，那就不要說。」

「那天我約所長吃午餐，她問我有什麼事情要告訴她，一定要約中午見面？拜託，晚上我們根本就見不到面好嗎？不約中午，難道約晚上當電燈泡？」

「嗯。」

「我看著所長微笑的走過來，可能是心頭小鹿亂撞的關係，我竟然頭暈腳軟的想往車道上倒下去，所長急忙跑過來握住我的手，我看著她，我們在轉圈圈耶。」

「在車道上嗎？」

「不是，我在人行道，她在車道上，結果一輛吉普車正好開過來，來不及煞車，所長握著我的手，身子卻被撞飛到很遠的地方，我也跟著被拖到她倒下的地方。」

「撞飛頂多就受重傷，所長不至於會死啊。」

「可能是她命不好，跌下的時候，頭朝地面，當我去看她的時候，她已經叫不醒了。」

「不可能，才輕輕一撞，人怎麼就這樣死了？」

「我也不知道為什麼，所長就這樣死了？有可能是因為她喝太多酒？」

雲天宇忍不住插嘴：「我看，八成是妳挑好車子，看準時間推妳愛的所長去死，這樣說比較正確。」

「林雲龍，你閉嘴。」

劉愛妮乾脆也補上一句：「對，我看，所有人的死都是妳精心設計好的詭計。」

「雷莎莉，妳給我閉嘴。」

「心渝，快到妮姐這裡，就是這個女人殺了妳的母親。」

原本膩在蔡怡君懷裡的方心渝此刻坐直身子，眼神冷漠的看著她：「妳真的殺了我媽？」

「妳是說那天來的那個女人？」

「妳不是喊她丈母娘？為何要故意裝傻？」

「心渝，快到妮姐這裡，快。」

方心渝推開蔡怡君的手，緩緩站起。

「老婆，妳不能走，我愛妳。妳不可以離開我，老婆。」

方心渝側過身看向坐在沙發哀求的蔡怡君，表情嚴厲的說：「那妳告訴我，我媽真的是妳殺的嗎？」

蔡怡君緩緩搖頭站起，一臉哀傷：「她是被車撞死的。」

一反先前撒嬌的甜美模樣，方心渝表情憤怒、聲音淩厲：「妳到底說還是不說？」

「我親眼看見她被車撞死。」

方心渝胸口急速起伏，盯著蔡怡君，緩緩朝劉愛妮的方向後退：「妳騙人，明明是妳送她下樓。」

「妳也親眼看見她被車撞死的，不是嗎？心渝老婆？」

方心渝背對蔡怡君，面朝劉愛妮走去：「妮姐，妳有證據可以證明是她殺了我媽？」

劉愛妮上前接過朝自己走來的方心渝，雙手緊緊抱住她：「有，柳妍芝臨死前的回頭一看，到底看向誰？」

蔡怡君看見劉愛妮抱住方心渝，嘴上喊道：「放開心渝老婆，放開心渝老婆，」手持蝴蝶刀腳步急速的衝過去，撞歪了桌子與單座沙發。

眼見蔡怡君持刀來勢洶洶，劉愛妮抱著方心渝急速往後退，這時，方心渝突然使勁推開劉愛妮，轉過身，面對衝過來的蔡怡君：「妳殺了我媽，是妳殺了我媽？」

舉刀想砍殺劉愛妮的蔡怡君，沒想到迎上前讓刀尖插進胸口的竟是自己最愛的方心渝，鬆開握住蝴蝶刀的手，蔡怡君不停的往後退。

方心渝左胸口插著一柄蝴蝶刀，目光凌厲的瞪著蔡怡君：「妳為什麼要殺我媽？」

蔡怡君情緒失控，流淚驚恐的喊著：「因為她殺了徐秀蓉，因為她殺了徐秀蓉。」

突如其來的案發現場，嚇傻了雲天宇和劉愛妮，直到蔡怡君的叫喊聲把他們拉回現實，雲天宇回神的第一個動作，就是跑去踢賀湘成：「別裝死，快起來，打電話叫支援、叫救護車。」說完，衝過去抓蔡怡君。

「因為他們殺了徐秀蓉。」

劉愛妮上前扶住方心渝，滿臉心疼的說：「這刀傷不了妮姐，妳這個傻女孩。」

「刀子快速刺入人體的瞬間，痛覺經由神經傳導進大腦，大腦接受訊息後，人才會感受到痛。」方心渝下意識的喃喃自語。

蔡怡君跟雲天宇扭打的同時，尖聲喊著：「因為他們殺了徐秀蓉，他們都該死。」

賀湘成趕緊爬起，拿著手機撥打電話求援。

「妮姐，我睡很久了，讓我繼續睡。」

劉愛妮拍打方心渝的臉頰，輕喊：「不可以睡，跟妮姐說話，不可以睡。」

血像噴泉似的流出，濺了劉愛妮一臉。

「方心渝，方心渝，妳聽好，因為徐秀蓉是我媽，徐秀蓉是我媽！」

劉愛妮驚訝的看著被雲天宇壓制住的蔡怡君，那張瘋狂的臉上浮現出複雜且邪惡的表情，那抹微笑、淚洗的臉頰、渙散的眼神，好像在哪裡見過。

此刻，方心渝全身的重量像是洩洪般一股腦的壓往劉愛妮的身上。

「心渝，心渝，不要睡，跟妮姐說話，千萬不要睡。求求妳，心渝。」

雲天宇用膝蓋頂在蔡怡君的背上，雙手鎖住她反折在背部的雙手，只見劉愛妮將方心渝放躺在地上，雙手緊緊壓住胸口的止血點。

「心渝，撐著點，救護車馬上就來。」

十五、究竟誰有罪

又夢見了。

搆不著的繩索，屎尿從褲子內部往下滴落，木板地磚被浸潤，兩側翹起，漸漸離開底下的水泥地。拉住已經毫無生氣的並列雙腿，可以感覺某種延展力強的東西往下鬆動，那雙腿往下掉了約有半個手臂長。

尖叫聲傳入自己耳中，這才驚覺這個家除了自己再也沒有其他人的存在。

媽媽呢？

不斷圍繞著那雙停留在半空中的雙腿奔跑，總算到了有人的地方。

沒想到身體竟然被當成擋箭牌，下墜感撕扯著針線縫合的皮膚，脹麻針刺感傳進神經中樞，上達至腦部。

放我下來，老師，蕭司德老師。不，你不可以這樣對我。我什麼都沒有了，老師，你怎麼可以這樣對我？

以無臉模樣站在面前的蕭司德，止不住「咯、咯」笑聲說：「方心渝，我愛妳，跟我下地獄吧。」

不可以，我想知道爸爸方志文為什麼自殺，我不能死，我不可以死。

心渝，媽媽對不起妳。我跟妳爸爸愛上同一個女人，這就是我不要妳的理由。

遠方，一個女孩被人用酒瓶搥打，哭腫的雙眼凝視進眼睛的深處。

好痛啊，這些人都是我愛的人。可是，他們不愛我，我愛他們，他們卻不愛我、拋棄我，我不能用對付爸爸的那招對付他們。既然他們都不愛我了，那就全部都該死。

好怕沒人愛我，妳愛我嗎？心渝老婆？

是妳殺了他們。

是啊，這些人都對不起我，他們開始怕我了，心渝老婆，妳呢？怕我嗎？妳怕我嗎？

我為什麼要怕妳？我為什麼要怕妳？

因為這樣，妳就永遠沒辦法離開我了。心渝老婆，妳怕我，妳就永遠離不開我了！

疼痛侵蝕左胸，只見妮姐驚恐的表情出現在眼前：「心渝，心渝，忍著點，護士馬上來了。」

疼痛中可以感受到右手被一隻手緊緊握住，濡濕冰涼的溫度不停輸送進大腦。

護士邊跑邊拉著醫療車衝進來，劉愛妮罕見的伸出左手拭去雙眼淚水，慌張無助的盯著護士替自己注射針劑。

「奇怪，用了很強的鎮靜劑，怎麼這麼快就醒過來？」護士喃喃自語。

仔細檢查，確定方心渝傷口及指數都正常，護士便拉著醫療車離開病房。

等護上離開之後，劉愛妮坐在病床旁看著方心渝。

「心渝，感覺怎麼樣？」

方心渝啞著嗓子：「應該只是外傷，沒有大礙吧？」

「幸好沒有傷到心臟，刀子從第三肋骨往下便停住。輸了很多血，這幾天就可以出院。」

「我受傷到現在幾天？」

「今天是第三天。還記得昨天護士跟妳說的話嗎？」

「不記得了。蔡怡君呢？妮姐有錄音嗎？」

劉愛妮擔憂的看著她，半晌沒有說話。

「妮姐，怎麼了？」

「可以告訴妮姐，為何執迷於蔡怡君？」

方心渝眨眨眼，想了想，沒有接話。

「因為愛上她嗎？」

方心渝陷在沉思之中。

「妮姐可以接受任何答案，心渝，告訴妮姐好嗎？」

「妮姐，妳相信有種工具可以殺人於無形嗎？」

劉愛妮疑惑的看著方心渝。

「妮姐，妳是因為愛我，所以才這樣照顧、關心我嗎？」

劉愛妮沉重的嘆息，緩緩張口說：「有件事情，在妳上次酒醉醒來之後，我來不及開口跟妳說。心渝，妳願意聽嗎？」

方心渝點頭。

「我有個妹妹叫做劉妕妕，因為我的粗心，害她在精神病院失足墜樓而死。」劉愛妮雙眼閃爍著淚光：「當蕭司德挾持妳的時候，我在妳的眼神中看到了妕妕死前的眼神。」

「因此，妳將對妕妕的感情轉移到我身上？」

「是的。我對妳的感情，就是手足間的感情。」

「妳對妹妹妕妕充滿愧疚，希望能在我身上彌補，是嗎？」

劉愛妮被咄咄逼人的問話弄得有點窘迫，低垂著頭。

「我一直在尋找父親自殺的原因，這個堅持，支撐著我在無數個黑暗孤單、沒有母親陪伴的夜晚，甚至，這原本是我活下去的理由。」

「嗯。」劉愛妮緊緊握住方心渝的手，這樣的訴說，讓她想起妹妹當年孤單的面對瘋狂的父親，那種無助的心情。

「在學校發生指導教授性騷擾的時候，所有同學與教授都與我為敵，萬般絕望之際，蕭司德老師挺身而出，替我擋去了一切傷害，成為我人生中唯一的支柱。」

「妳對他動心了嗎？」

方心渝蒼白的臉，面無表情的搖頭。

「應該說我沒有資格去愛上任何人。因為我不夠好，所以害父親自殺。因為我不夠好，所以母親不要我。因為我不夠好，所以蕭司德老師對我做出這種事情。」

劉愛妮聽見後，雙手握住她的右手，語氣堅定：「不，妳錯了。心渝，因為妳太優秀了，所以，他們愧對妳。」

「對，」方心渝表情悽楚的說：「愧疚，是把殺人不眨眼的刀。恐懼，也是把殺人不眨眼的刀。」

劉愛妮覺得方心渝想說的事情不單純，於是問道：「心渝，妳想說什麼？」

「當年父親對母親的作為十分生氣，但整件事情都是因他而起，內心產生愧疚，因此，他選擇自殺。母親因為愧疚，所以不敢面對我。當她主張自己的親權，想從蔡怡君身邊帶我走，卻因為愧疚，造成她的死亡。」

「我不懂。」

「徐秀蓉是蔡怡君的親生母親，卻因為我的父親與母親為了各自的私心，害她自殺。蔡怡君自此後便孤單一人承受父親與奶奶的家暴，直到女所長保護了她。」

「所以呢？心渝，妳想說什麼？」

「妮姐，請妳想一想，蔡怡君的歷任愛人，是不是都因為愧對她，最後死了？」

劉愛妮回想蔡怡君說的話，緩緩點頭。

「蔡怡君說過：『我愛的人不愛我了，想讓她永遠不離開我，唯一的辦法就是讓她去死。她死了，就永遠都不會離開我，只會永遠愛我。而我就可以永遠愛著她，再也不分離。』一切都是為了愛，不愛她的人就得死。但她如何『殺人不髒手』？」

「殺人不髒手？」

方心渝點點頭：「如果我想得沒錯，蔡怡君很懂得使用這個方法。以愛之名，用恐懼為刀，殺人於無形。這樣一來，可以成功的殺掉不愛自己的人，另外，殺了人也完全不會落下痕跡。」

劉愛妮聽完，下意識的起了雞皮疙瘩：「所以，林雲龍自駕撞樹而死、雷莎莉過馬路恍神被撞死、趙德斯心肌梗塞死在自用轎車中，都是因為愧對蔡怡君？」

「蔡怡君的愛是種窒息性的愛情，有誰能夠受得了這種愛情呢？利用愛人的愧疚心理，以恐懼作為手段，自然而然，這些人都會永遠愛她。死人，沒有選擇權。不是嗎？」

「那，心渝，妳怎麼會對蔡怡君有興趣？」

「因為我父親的論文，裡面有個對象重複的出現，當段柔丹的事件被報導後，彷彿論文中的實驗對象出現在現實生活中，我太想知道父親自殺的真相，我一直以為找到類似的實驗對象，就可以知道當初發生什麼，而現在，我知道全部的真相，」說到這裡，方心渝突然停頓。

「後悔了嗎？知道真相的代價，讓妳後悔了嗎？」

「不是，我有種被掏空的感覺。」

劉愛妮再次緊握方心渝的手，點頭。

沉默在單人病房中延伸，空氣彷彿凝結，時間也在這刻靜止。

既然一直支撐她活下去的目標達成了，她的人生目標必須重新設定。否則，她這種被掏空的心理狀態，極有可能讓她失去活下去的意義。

我，我有可能成為她新的生命意義嗎？

我能這樣要求她嗎？

承諾必須有施予者和接受者，如果心渝無心接受，就算說出口，也是不具意義。

但是，不說出口，永遠都不可能有機會知道答案，不是嗎？

劉愛妮深吸幾口氣，鼓起勇氣：「心渝，可以考慮接受妮姐提出的兩個要求嗎？」

「妮姐，請說。」

「要不要換個工作？妳現在受了傷，搬來跟妮姐一起住，讓妮姐照顧妳，好不好？」

方心渝空洞的雙眼看著劉愛妮，許久沒有回答。

劉愛妮微笑的看著她，耐心等待她的回應。

這時，敲門聲響起。

兩人視線自然移至病房門。

劉愛妮替方心渝整理衣服，朝她點頭，停頓一會兒才說：「請進。」

病房門遲遲沒有被打開，劉愛妮覺得奇怪，看了一眼發呆中的方心渝，鬆開緊握的手，逕自走去開門。

門才一開，只見到一束約有成人雙手伸展開來的大花束，擋住所有視野。再往下看，四隻腳正在互相踢、踩，花束隨著後頭的人左右晃動。

「是天宇和少辰嗎？」

這樣的問話，果然讓花束背後的兩雙腿靜止下來。

「妮姐，是我，我帶項弟來看心渝。」

雲天宇從花束的右側探出頭，尷尬的笑。

「妮姐好，江局要我過來問一下心渝的病況，看看她是否想出席下午的審判？」項少辰依舊躲在花束後方，彷彿喊話似的說。

「進來說話。」

花束依舊擋住兩人的臉，結果互不相讓的兩人，把花束側邊的花朵擠掉了幾朵。

劉愛妮在病房門旁等待他們進門，卻聽見兩人竊竊私語。

「你先進去啦。」

「我是病人，當然是你先進去。」

「病個屁，只是差點餓死，吃幾個大餐，現在看上去還胖了，不知道多了幾斤肥油。」

「雲天宇，你敢說我胖？都是你買一堆滷味給我當消夜，我吃便當就夠了，誰要你帶我去吃薑母鴨、麻油雞？」

「帶你去吃，不是要你占我便宜，每次都吃那麼多，不肥你，要肥誰啊？」

「你還說？你先進去啦，誰叫你打心渝巴掌，去，先進去賠罪。」

「欸，那一巴掌不是我故意要打的好嗎？是因為太心急了。」

「輸的人先進去道歉，去！」

「哼，誰輸了？誰輸了？」

劉愛妮在一旁聽他們鬥嘴，無奈的搖頭，走過去把花束拿過來，自顧自的走進病房，然後交代一聲：「進來記得關門。」

雲天宇和項少辰並肩站在病房外，兩人的手停在半空中呈現握空的模樣，你看我、我看你的不敢往前直視，最後還是雲天宇放棄與項少辰僵立在門口，轉過頭堆著僵硬的微笑走進病房，項少辰趕緊躲在他身子後方，像個背後靈一般同手同腳的走進病房，還反踢一腳把病房門關起。

這個超級大聲的關門聲響，驚醒了沉思的方心渝，雙眼朝走向自己的雲天宇看去。

清清喉嚨，雲天宇開朗的笑問：「心渝，傷口還痛嗎？看起來，恢復得不錯。」陪笑中，往後一退，一把將站在後面當影子的項少辰往面前拉：「項弟，還不趕緊問候一下？」手指推推項少辰的手臂，不停眨眼示意。

「太好了，你沒事。」方心渝眼神發亮的看著項少辰。

原本不知道該如何面對方心渝的兩人，頓時鬆口氣。

項少辰急忙上前握住方心渝的左手，還想伸手去摸傷口。

雲天宇見狀，急忙伸手用力拍掉，低聲罵道：「關心就關心，怎麼多了隻鹹豬手？性騷擾啊？」

項少辰伸手搔頭，傻笑：「我沒有這個意思，心渝，看妳臉色紅潤，太高興了。」

見項少辰拉住方心渝的手不肯放，雲天宇連忙上前搶過來握住：「有妮姐不眠不休的貼身照顧，說不定明天就出院了。」

劉愛妮把兩個大男生送的一大把探病花放在病房內的茶几上，摘掉香水百合的花蕾，心想：兩個大男人，不錯啊，還懂得送香水百合、淺色康乃馨，很適合探病。

項少辰見握在自己手中那隻心渝的左手被搶走，嘟嘴瞪了雲天宇一眼，隨即用身體擠過去趁機把手再搶回來握住。

雲天宇「嘖」了聲，踩他一腳，用力搶過方心渝的左手。

「啊。」方心渝右手摀住胸口輕喊了聲。

這一聲輕喊，嚇得雲天宇和項少辰雙雙將手鬆開，方心渝的左手便直直落在病床上，劉愛妮聽見喊聲，急忙起身，手中花蕾散了一地，疾步走到方心渝的左手臂旁，關心的問：「還好嗎？要不要叫護士來看看？」

方心渝咬咬牙，搖頭：「沒事。」

劉愛妮有點責備的看向兩個大男人，只見他們緊抿著嘴，像做錯事的小男孩般手足無措，不禁在心底暗暗嘆息。

看來，有必要四個人一起吃頓飯，否則，這樣下去，大家都尷尬。

「少辰，你剛剛說江局長請你來問心渝是否出席下午的審判？難道是有關蔡怡君的事情？」

「是啊，妮姐，江局說如果心渝的傷勢還可以出席，他希望我們帶她出席。」

「江局長目前怎麼交代？」

雲天宇搶過話說：「蔡怡君目前是以『過失傷害罪』的名義被羈押，但是，她的老婆段柔丹突然間從昏迷狀態清醒過來，還要告她意圖謀殺的罪名。」

劉愛妮帶笑點頭：「果然沒錯。我那時就是這樣想，果真不是真的昏迷。」突然想起什麼：「對了，上次講到無摺存款存入房租的事情，銀行應該可以調閱監視器查看當時是誰去臨櫃存入這筆錢？」

雲天宇點頭回答：「這點我有想到，所以特別請房東給我當時匯款的時間，然後依據這個時間點去調閱銀行的監視器，結果，竟然是一位外送員去存的錢。」

「是啊，超扯。」項少辰邊說邊抓頭。

雲天宇斜睨他一眼：「你不要一直抓頭，頭上的傷口還沒有好。」

劉愛妮頗為吃驚：「那位外送員沒事去臨櫃存錢做什麼呢？」

雲天宇故作神祕的說：「妮姐，猜猜是誰叫外送員存錢的？」

「是誰？」

雲天宇無奈的擺手朝項少辰一指：「就是他。」

劉愛妮更加吃驚：「怎麼可能？」

「就是說啊，怎麼可能是我？」項少辰無奈的翻白眼。

「根據外送員的說法，就是他接到項弟的來電，要求他去便當店買便當，然後送便當進入囚禁項弟的公寓，把便當放在地上，然後從躺在地上的項弟手中拿餐費與要存入銀行的錢，多出來的錢就是給外送員的小費。」

「所以有人使用少辰的手機叫外送服務，進一步去存入房租？」

雲天宇擺擺手：「正是如此。外送員說，當他看到項弟躺在地上，一旁的便當又發出酸味時，他只是覺得很怪，但是倒在地上的人確實拿了一只白色的信封，裡頭的錢扣除便當費用、存入銀行的現金外，還有一萬多元的獎金，所以，外送員自然而然的就接單了。」

「我都躺在地上，腦袋出血了，竟然不會替我叫救護車？真是的，一點警覺心都沒有。」

「少辰，這是有人精心計劃的細節，怪不得外送員。」

「可想而知，所有的指紋資料、微跡證據，肯定都不存在，對嗎？」方心渝開口問。

「對啊，確實找不到。」雲天宇回答。

項少辰在一旁猛點頭。

「那麼，妮姐的錄音檔應該也無法讓蔡怡君入罪，我挨這一刀，只是象徵性的警告她，幸好不是白白挨刀。」方心渝自嘲的說。

「至少她是以『過失傷害罪』被羈押。」劉愛妮安慰道。

「我想去聽下午的審判，」方心渝態度冷靜：「看來，她應該沒想到段柔丹會使出這樣的手腕來反制她。」

雲天宇點頭：「心渝，江局說，只要妳的傷一好，歡迎妳隨時歸隊。」

劉愛妮在一旁搶答：「這件事情必須讓心渝多多考慮。」

項少辰看著方心渝滿臉期待的說：「囚禁我的人不可能是妳，而且，沒有證據可以指認妳有罪，所以，我很希望妳能夠歸隊。」

雲天宇踩了項少辰的腳說：「你會不會說話？心渝怎麼可能是這種人？」

「心渝，對不起，對不起。」

「走吧，我直接過去。」

「心渝，妳的傷口還沒有……」

方心渝阻止劉愛妮說話，勉強撐起一抹微笑：「她那一刀沒有刺進我的心臟，已經過了三天，照理我明天應該就可以辦理出院了。現在只需要坐輪椅去聽聽，我想有這麼多人在，蔡怡君不會對我動手，如果她真的想動手，我可真的求之不得。」

劉愛妮、雲天宇互相給了眼色，項少辰一聽馬上喊道：「不行，這樣不安全，我看，妳還是別去。」

「江局長都開口要我去看看，肯定有他的用意。」方心渝開始拉掉靜脈注射器，摀著胸口想下床。

劉愛妮搖頭走過來，好言說道：「心渝，既然妳要去，我們就一起去。妳別心急，我請護士來幫妳。」轉身對雲天宇、項少辰說：「男士請到外面等候。」

項少辰依依不捨的看著方心渝，雲天宇見狀，揣了他的手臂往病房門走去：「小心你長針眼，看、看、看什麼地方？果真是色心大發。」

項少辰心不甘、情不願的被拉往病房外，為了遮住他的視線，雲天宇還特地將門關起來。

等兩位男士出了病房，劉愛妮坐在床邊看著她：「心渝，真的要去？」

方心渝眼神篤定的點頭。

劉愛妮看著她，暗自在心底嘆息。

❖

許芳婷似乎很怕媒體不知道今天的審判，因此在開庭之前，便廣發新聞稿邀請所有媒體到場採訪。

當劉愛妮推著方心渝坐著的輪椅從一旁走道準備進入法庭時，記者彷彿看見新的報導對象，瞬間蜂擁過來。

雲天宇對項少辰說：「你送心渝進去，這些人我來擋。」

默契十足的兩人，一搭一唱之餘，項少辰很快的便幫忙劉愛妮將輪椅推過安檢器，接著，進入電梯到了二樓。

敲門後，經由人員接引，劉愛妮推著方心渝的輪椅進了法庭。

甫一進門，雙眼便與蔡怡君對上，兩人互相凝視之際，蔡怡君揚起了嘴角，方心渝面無表情的看著她。

劉愛妮戒備的盯著蔡怡君。

項少辰上下打量蔡怡君，防止她突然暴怒傷害方心渝。

雲天宇進門直接走至項少辰身邊坐下。

整個審判似乎已近尾聲，段柔丹的目光始終不敢與蔡怡君接觸，許芳婷則是努力的安撫身邊的愛人，目光充滿敵意的瞪著蔡怡君。

「如果雙方都沒什麼要補充的話，那本號因為證據不足……」

許芳婷這時突然站起身：「法官，明明就是蔡怡君打電話給柔丹，害她跌倒，為什麼她沒有罪？」

「目前沒有證據顯示蔡怡君加害段柔丹，請妳克制一下情緒。」

段柔丹發顫的拉拉許芳婷的袖口，許芳婷傾身細聽，隨即挺直身子說：「法官，段小姐希望能夠訴請與蔡怡君離婚。」
「理由呢？」
「蔡怡君施予精神迫害，造成段柔丹精神壓力過大。」
「證據？」
蔡怡君跟一旁的律師交頭接耳，不久律師站起身：「我方有話要說。」
「請說。」
蔡怡君站起身，冷眼看著許芳婷：「想離婚，何必繞一大圈？直接說就好。」說完，眼神凝視方心渝：「我想要的一切，已經得到了。妳用這麼多理由，還用昏迷來汙衊我的名譽，這些，我全都不追究。要離婚，可以，請把保險受益人的名字改掉，不要再用我的名字了。有什麼事情，找我的律師談。」
許芳婷還想起身怒罵些什麼，段柔丹拉住她，阻止她衝動罵人。
「如果雙方都沒什麼要補充的話，那本號就這樣結案。蔡怡君由於事證不足，有關囚禁員警的案件，無罪。另外，用刀刺傷方心渝一案，『過失傷害罪』成立，但因其非故意，所以判處二年以下有期徒刑，予以緩刑處理。」
雲天宇皺眉看著準備離開的法官，雙手交叉胸前，不發一語。
項少辰喃喃念著：「緩刑？怎麼會是緩刑？」

劉愛妮驚訝的看著眼前的一切，不由得開始擔心輪椅上的方心渝。

蔡怡君站起身，跟著律師準備離開，走過方心渝面前，兩人互看一眼，蔡怡君露出邪氣的笑容，擺擺手離去。

方心渝面無表情的看著蔡怡君遠去的背影，內心充滿複雜的情緒。

許芳婷扶著段柔丹準備離去的時候，看見劉愛妮在一旁，走到一半的腳步突然停了下來，滿臉疲憊的走向劉愛妮。

「劉經理，那天很抱歉，我跟柔丹要面對的是一位精神病患。」

劉愛妮環顧四周，表情認真的說：「許小姐，方便到外面長廊繼續嗎？」

許芳婷緊緊摟住一旁精神緊張的段柔丹，歉然的說：「應該的，這是應該的。」

劉愛妮推著方心渝先行，雲天宇、項少辰則等許芳婷與段柔丹離開，才走到外頭的長廊。

等劉愛妮將方心渝的輪椅固定，許芳婷才開口說：「劉經理，那天真的很抱歉，蔡怡君沒有獲罪之前，我什麼都不能說。」邊說，像是壓力終得紓解般掩面痛哭。

六個人圍成一個小圈圈。

許芳婷與段柔丹並肩坐著。

劉愛妮彎腰將輪椅手煞往前壓，防止輪椅滑動，再三確定後才站在方心渝輪椅旁邊。

雲天宇、項少辰則是並肩站在劉愛妮左側，站立在許芳婷右側。

「許小姐，這件事情原委可否一一說明？」

許芳婷握住段柔丹的手，始終沒有鬆開。

「阿丹是個很花心的女人，我跟她在一起快十年，成立荷沁企業也有三年的時間。這段時間裡她不斷跟別的女人交往過甚，但阿丹最後都會回到我身邊。所以我已經習慣性的放縱她，不去管她有多少女朋友。」

「直到有一天，我發現阿丹幫蔡怡君買了一張保單，理賠金六百萬年繳六千元的保單，金額雖然不高，但是從來沒做過這種事情的阿丹，不知道為何會做出這樣的事情？隨便交女朋友，我可以睜隻眼、閉隻眼，可是，如果她要是有個三長兩短，我怎麼可能不管？畢竟我們走過快十年的歲月，感情怎麼說放手就放手？」

「所以那天我在阿丹家等她回家，想問個清楚，沒想到這一等，等了二天二夜都沒等到她人，我打她手機也沒人接。因此，我直接到蔡怡君家找阿丹，想問她是不是要把一起成立的公司收起來？」

劉愛妮這時突然插話：「妳去蔡怡君家見到的是不是意識不清醒，一直在沉睡的段柔丹？」

「劉經理，妳怎麼知道？」

「沒事，請繼續。」

「嗯，好幾次，我從蔡怡君家帶回來的都是不醒人事的阿丹。我守在床邊等她醒來，想聽聽她到底會怎麼解釋這張保單。她醒來之後，不是不敢看我，就是不回答我的提問。」

「既然沒辦法從阿丹嘴裡問出真相，所以我只好雇用徵信社幫我調查蔡怡君，後來我意外的發現，阿丹竟然在二〇一九年跟蔡怡君登記結婚，而跟這個女人扯上關係的人最後都死了。其中有兩筆資料顯示，蔡怡君拿了兩筆不同公司的保險理賠金。有了這些證據，我再也不能忍氣吞聲，坐看事態繼續發展下去。」

「所以，我找了一天，將阿丹關在家裡，把手中的證據拿出來，讓她一份份看清楚。她看完資料之後，終於肯正眼看我，但是她看了我後，嚎啕大哭。」

方心渝在這個時候看著有點畏懼與他人視線對上的段柔丹，語氣平淡的說：「段小姐，妳能不能夠說說蔡怡君是用什麼方式對待妳們的感情？」

許芳婷看了坐在輪椅上的方心渝一眼，又看了劉愛妮，劉愛妮朝她點頭，許芳婷這才摟住段柔丹的肩膀，輕聲安慰：「阿丹，妳說，把那個女人對付妳的方式好好說清楚。」

段柔丹似乎十分畏懼「人」，只見她不敢看任何人，當許芳婷講到「那個女人」當下，她出乎意料的全身顫抖，抖著嘴唇無法發出任何完整的單字。

「段小姐現在應該受到創傷壓力症候群的症狀所苦，如果沒有及時得到治療，未來症狀持續惡化，將會干擾日常生活、工作、甚至是社交能力。可見，蔡怡君除了使用藥物讓她無法離開之外，還想盡辦法用語言、肢體動作、性暴力等等，促使段小姐對蔡怡君感到愧疚，甚至產生恐懼感，以致於段小姐現在被這段情感的陰影所苦，我說的對嗎？段小姐。」方心渝看著無法表達的段柔丹問道。

段柔丹此刻再也顧不得身處公共場域，以放聲大哭來釋放內心的恐懼。

許芳婷見狀，急忙轉身緊緊抱住她，安撫著驚慌大哭的段柔丹：「乖，不哭，不哭，我在這裡，不哭喔。」

劉愛妮看見許芳婷的舉動，眼神緩緩看向地板，似乎在回想什麼。

方心渝面無表情的說：「所以，許小姐跟段小姐商談過後，決定使用昏迷的辦法來逃避蔡怡君的愛，但是卻忘記了保險的健康檢查中，血管動脈瘤這麼嚴重的病卻沒被檢查出來，還能成立保險承攬，這是計劃中的破綻。」

許芳婷摟著段柔丹：「我當下一時情急，沒想這麼多，我只知道阿丹再不離開那個女人，遲早會死。我不能眼睜睜看著阿丹受苦，我更不能看著她去死。她是個不負責任的另一半，但卻是我深深愛著的女人。」

雲天宇聽了之後，被許芳婷的癡心感動，紅著眼眶、扁嘴，將頭靠在項少辰肩膀。

項少辰嘆息，內心暗暗感慨自己不知道何時才能夠擁有如此的摯愛，哀怨之際，右手摟住雲天宇的肩膀，頭與頭相疊。

劉愛妮擡起頭對許芳婷讚許的點頭：「辛苦妳了，上次提到的合作案，只要妳將段小姐安頓好，給我電話，一切都可以詳談。」

許芳婷感激的看著劉愛妮：「謝謝劉經理，上次失禮了，對不起。」

「別這麼說，說不定到時候是我沾了荷沁企業的光。」

「段小姐除了去精神科之外，許小姐與段小姐家人的支持與陪伴都是讓她快速復原的最佳因素。」

許芳婷看著方心渝：「請問您是？」

劉愛妮看了方心渝一眼，項少辰則是立刻接話：「她就是鼎鼎有名的方心渝法醫。」

雲天宇站直身子點點頭。

劉愛妮在一旁淡淡的說：「心渝還沒有打算復職，等她傷勢好點再談。」接著再看向許芳婷：「今天審判結束，段小姐應該累了，心渝也是從醫院請假外出，不如今天暫時聊到這裡，等事情過去了，再好好聊？」

許芳婷懂得劉愛妮的意思：「啊，真是抱歉，打擾這麼久，我跟阿丹先走一步。」邊說，邊扶著段柔丹站起。

「天宇，我跟心渝先回醫院，後續的事情，交給你。」

雲天宇知道劉愛妮怕項少辰打擾方心渝，於是拍拍項少辰的肩膀：「妮姐功夫了得，我們兩人就送段小姐與許小姐回去，誰知道蔡怡君會不會躲在暗處找她們麻煩？」

「可是，心渝坐輪椅，妮姐一個人可以嗎？」

「外面那堆記者可不是衝著心渝來的，我們先護送段小姐、許小姐出去。回頭再去醫院探病，這樣不就好了？」

「好，好，我們去探病的時候，帶些好吃的東西給心渝補一補身體。」
雲天宇翻了白眼，勉強笑說：「是啊，項弟真是體貼。」
項少辰「嘿、嘿」笑了幾聲：「許小姐，我走在前面開路，來，跟我走。」
許芳婷扶著段柔丹朝劉愛妮點頭，回答道：「謝謝這位帥哥。」
聽見誇獎，項少辰胸膛挺得更高，一馬當先的走在前頭。
雲天宇朝劉愛妮擺擺手，一語不發的走在三人後頭。
等這些人都走了，劉愛妮蹲下來看著方心渝。
「心渝，在妮姐心中，妳是最優秀的人。」
面無表情的方心渝，低垂雙眼：「謝謝妮姐誇獎。」
「想到處走走嗎？」
「不用了，我想回醫院休息。」
「好，妮姐跟妳一起回去。」說完，將輪椅的手煞往後壓，站起身推著輪椅緩緩離開長廊。

十六、惡夢，我帶走了

經過一整天的折騰，劉愛妮安頓好方心渝，便不知不覺的趴在床沿邊睡著了。

方心渝自從下午清醒過來之後，便毫無睡意，儘管閉著雙眼躺在病床上，但意識卻無比清晰，彷彿這輩子從未曾如此清醒過。

過去賴以為生的心結，因為追著蔡怡君的案子全都解開了。應該開心的自己，為何總覺得內心某個地方被掏空了？這種感覺比孤單還難受。一切曾經有過的憤怒、恐懼、害怕、孤寂、哀傷等等情緒，都比不上這種感覺。

如果說人體內有種所謂情緒的黑洞存在，那麼我肯定，現在我內心控管情緒的神經中樞正快速崩塌陷落，形成一個超級大的黑洞吞噬體。這個情緒黑洞吞噬著我所有的情緒、所有神經元、所有感官，我已經無法感受到自己此刻究竟是快樂還是痛苦。

若說是無感，那也不是個適當的形容詞。

現在的感覺，好比放長假蹲在家裡狂吃、狂喝、不眠不休的看書，追影集追到眼白充滿血絲、導致眼壓過高造成頭痛，或是埋首拼命看書，不論是教科書、科普書、小說、羅曼史、論文報告等，種種瘋狂的行徑，全像是沒有意義的行為。

大腦精神亢奮，但自腦幹以下所有神經元盡皆罷工，命令無法傳達至感官神經元、運動神經元，肉體像是不聽使喚的機械工具，不想動、動不了，甚至是沒有精神驅動肉體，肉體壓根放棄行動。

好比「習得的無助感」。

這個名詞讓我想起蔡怡君。

當她被奶奶、爸爸家暴的時候，她曾經想過要反抗嗎？她訴說的所有事情之中，這件事情應該可以確定是真的發生過的事情吧？因為，她身上的傷疤可以為她作證。那些怵目驚心的傷疤，她不可能自己動手製造，唯一的可能就是真的發生過她說的事情。

那麼小的孩子，被奶奶、爸爸毆打的時候，她若是反抗，應該會讓施暴者更加激動吧？這樣的反抗，無疑是製造被毆打的理由，施暴者更可以為所欲為的對她加諸暴力行為。

當她意識到反抗是無效的舉動，她應該就放棄了？

甚至，她進一步說服自己去相信，施暴者是愛她的。如果施暴者不毆打她，她反而會覺得自己被遺棄、不被愛了，最後做出更多討打的行為來迎合施暴者。久而久之，她徹底放棄反抗這條路，無助感便開始蔓延，這是她唯一學會的道理，這便是「習得的無助感」。

女所長的出現，蔡怡君為何不怕？

屢屢出手相救的女所長，這般溫暖的援助，蔡怡君為何不怕？

照理來說，她應該害怕，因為這與她認知的愛是完全不同的類型。

她應該要害怕。

可是，她竟對女所長產生了愛情。為了愛她，可以不擇手段殺死生養她的父親，她幻想著跟女所長發生性關係，而這個性關係卻始終停留在幻想中，她這算是愛上女所長嗎？

是不是因為這樣，造成她開始產生「焦慮依附型人格」？如果是這樣，她假設這些愛人都像女所長一樣，遲早會離開她，那麼她會怎麼做？

有可能藉由索求無度來測試伴侶的愛與忠誠？如果伴侶冷漠相對，蔡怡君會怎麼做？

她自認為對歷任愛人付出太多情感，卻得到太少回報，因此，她預先設定：只要進入性愛與情感關係，她一定會人財兩失，一切落空。所以，蔡怡君會怎麼做？

她對感情的極度沒有安全感，會使她在愛情中備感威脅，當這樣的情緒發生後，蔡怡君會怎麼做？

餵食愛人高劑量的安眠藥？控制愛人的行動力？監控愛人的舉動？甚至，利用各種方式讓愛人消失，以求獲得完整的安全感？

是不是到最後，這樣的精神狀態，將引導她走入瘋狂的地步？

蔡怡君最後會用她手中的蝴蝶刀開始殺人嗎？

方心渝睜開雙眼，看著趴在手臂上沉睡的劉愛妮。

親情，早在父親自殺成功的那一天，離我遠去。

愛情，我從未對這種能刺激大腦增加多巴胺、腦內啡分泌的行為產生興趣。

曾經渴望過親情，但，當母親再次出現我面前告訴我真相後，已不復奢求。

這些情感，蔡怡君沒有期待或盼望過嗎？

有。

她真的期待過，也等到了，只是，她選錯對象。

只可惜，蔡怡君選錯對象了。

方心渝舉起手臂，小心翼翼的將刺進肌肉中的針頭拔出來，塞進點滴瓶的塑膠內，用紙膠帶將酒精棉黏在皮膚的針孔上。

掀開被褥，雙腿徐緩的滑下病床，左手摀住胸口，緊緊咬住下唇，防止自己因為疼痛而發出聲音。

終於下了病床，鬆口氣之餘，赤足在病房內行走。

這間單人病房應該是妮姐透過關係所安排，奢華的等級，堪比總統套房。

病房內猶如套房般的陳設，令住院者待在這個地方，好像回到家一般舒適，足以讓病患不自覺身在醫院中。

不過，點滴瓶、點滴架，還是拆穿了這個假象。

對妹妹死去感到愧疚的妮姐，以我為代償，花了大筆的錢，想補償妹妹未曾得到的物質與情感生活。

母親因為愧對於我，鼓起勇氣面對自己的過錯，來到我面前。

我應該利用妮姐的弱點，肆無忌憚的在她身上搜刮嗎？

我的無助感與空虛，根源究竟來自何處？是恐懼？還是愧疚？

在奢華的病房中走了一圈，拿起放在沙發前矮桌上的手機，方心渝按了電源鍵。

看來妮姐只替我的手機充足電源，並未曾觀看手機的內容。

握住手機，隨意的穿上擺在桌旁的拖鞋，用著極緩慢的腳步，方心渝走出了病房。

病房門關上的那一刻，劉愛妮睜開雙眼，望著緩緩關上的病房門，挺直身子，沉思許久，咬咬牙，倏地站起，疾步走到病床旁的逃生窗往外觀看，只見到方心渝上了一輛計程車，在漆黑的夜裡離開了醫院。

推開逃生窗，嗅聞到空氣中一股充滿水氣的味道。

「大雨，已經下了嗎？」

劉愛妮皺眉、雙手交叉胸前，斜倚在窗旁，閉上眼，陷入沉思。

❖

不知道何時下了計程車，當方心渝再次回神時，驚覺自己又來到龍吟大廈一樓，站在瑜伽教室海報看板前面。

過了午夜的凌晨，天空中下起了傾盆大雨。

佇立在雨中的方心渝絲毫不想逃避雨滴帶來的刺痛與寒意，她仰起頭望向三樓，蔡怡君的住所。

雨水清洗了方心渝的雙眼，努力撐開眼皮的雙眸，偶爾吸入雨水嗆辣的鼻腔，嘴唇吐出有點汙泥味道的雨水。

她在嗎？

她睡了嗎？

她在做什麼？

她……

傾盆大雨在這一刻澆醒了方心渝混沌的腦袋，所有的神經元急遽的完成連結，無數的觸角開始互相放電，電流激活了身體的每個細胞，大腦在這剎那甦醒般運作著。

爸爸方志文之所以自殺，是因為他違反規則，將自己的病患徐秀蓉當成實驗對象，徹底毀掉不能逾越的那條界線。他有理由愧疚，有理由恐懼。

他愧對於自己的妻子、女兒，他愧對於求助於他的病患，他恐懼被人發現論文背後的不道德，他說服不了自己，儘管他成功的請求母親柳妍芝的協助。

當他看見妻子重蹈自己的覆轍，戒慎恐懼、如履薄冰的假面具破裂，用自殺當作麻醉劑的那個假象，再也不可能存在。

面對，這是他一直以來沒有勇氣去做的事情。他不斷成就的只是一個虛幻的名聲，這個背後是他虛假的自我。

爸爸很清楚，因為太清楚了，所以不停的選擇逃避。最終逃避不了，他仍舊沒有選擇面對，僅僅只是換個方式逃避。對他而言，死亡不算什麼，顏面無光的活著，才是最大的痛苦。

母親柳妍芝為了報復，為了無愧於自己的學術生涯，她想嘗試爸爸大膽跨越的那條界線。所以，她決定拋開阻礙她的家庭，成為一名學者。但，徐秀蓉好比迷幻藥，品嚐過一次，便再也不可能抽身離開。

這款迷幻藥上頭有個人恩怨、有學術地位、有私人情慾、有肉體歡愉，凡此種種，妙不可言，以致於徐秀蓉引發了這對夫妻間的戰爭。

搶奪、勝負、高下、屈服，在我看不見的地方出現。

我是被忽略的那個人，長久以來阻礙他們發展的那個人。

徐秀蓉的出現，無疑取代我成為他們活下去的動力與希望。

爸爸的成就來自於徐秀蓉的求診，來自於她奇特的背景，來自於論文背後的名聲。

媽媽的成就來自於對爸爸的報復，對無法成就自身名聲的報復，對徐秀蓉奪取丈夫情愛與性慾的報復。

爸爸對媽媽十分愧疚。

媽媽對我萬分愧疚。

這兩人共同的選擇是：逃避。

爸爸自殺成功。

媽媽將我丟給爺爺奶奶扶養。

這麼多年來，我孜孜不倦的找尋真相的同時，埋葬了我的恐懼與愧疚。

我害怕媽媽知道我在學校被教授性騷擾的事情，我恐懼她會跟所有人一樣，責備我，怪我，因為我身為女性的特質或者是某個部分，誘發了男教授的慾望，甚至怕媽媽覺得是我去色誘男教授，以這種手段換取畢業。

我愧對於自己。因為我不敢毅然決然的丟下文憑，為自己的委屈，伸張正義。我需要這紙文憑來證明我跟爸爸、媽媽一樣優秀，這樣才能證明他們丟下我是錯誤的決定。

我恐懼面對項少辰、雲天宇、劉愛妮的內心，我好怕他們認為是我不停的對蕭司德拋媚眼，以換取今天的位置。

人，對於恐懼與愧疚的感受，深深烙印在心底，即使能夠掙脫、戰勝內在的恐懼與愧疚，最後依舊會不自覺的陷溺進去，在其中浮沉。

人們很難想像天堂與快樂的感受，因為那是瞬間的感覺，很快便悄然而逝。

人們很容易記得恐懼與愧疚的感受，因為這些感受既沉重又令人回味，還能激發內在的動能，儘管脫離了這些痛苦的感受，卻也不辭艱辛的爬回這攤痛苦的泥沼。

正如我現在站在這個地方。

我不斷的用過去打擊自己、傷害自己，不讓自己得到救贖。

來自他人關愛的注視，像地獄之火般灼傷了我，逼著我逃亡。

我跟爸爸、媽媽有什麼不同？

我站在這裡看著她，有比爸爸、媽媽的選擇更加正確嗎？

我究竟該選擇無恥的死去？還是偽善的活著？

龍吟大廈三樓的落地窗突然亮起，一個人的剪影出現在沒有窗簾遮蓋的位置。

方心渝知道，那個人就是蔡怡君。

一個人在三樓舒適的屋內朝一樓的人行道看去。

一個人仰頭朝三樓玻璃後站著的人看去。

周遭的傾盆大雨並沒有減弱的意思，外加狂風勁吹，依舊沒有撼動身上還有傷口卻站在雨中沒去躲雨的方心渝。

如果這樣的注視時間僅維持幾分鐘，而這幾分鐘在方心渝的心理時間計算下，已然過了幾十年。

樓上、樓下的互相注視，虛擬人間已經過了數十寒暑。

三樓的窗簾緩緩拉上，玻璃後的人影隱沒，燈光消逝，一切彷彿夢境般令人疑惑。

龍吟大廈三樓的窗簾曾經掀開過嗎？

蔡怡君是否看見站在路燈下的人影呢？

一件長罷外套意外的覆蓋了濕透的身體，這時才驚覺朝自己頭部傾瀉的大雨被某種東西隔離開來。

「心渝，跟妮姐回醫院，讓護士看看胸部的傷口有沒有被感染。」

仰著頭的方心渝這時才緩緩移動頭部，劉愛妮用食指頂起她的下頷，用大拇指抹去她兩眼的雨水。方心渝看清楚劉愛妮的表情。

這個表情裡有很多方心渝讀不懂的情緒，只有一種所有人都懂得的表情，那就是：心疼。

劉愛妮並沒有強迫方心渝，僅只撐著傘陪她站在滂沱大雨中，彷彿等待著在外玩耍不肯回家的小妹妹回心轉意的那一刻。

凝視劉愛妮雙眼的方心渝，面無表情的點頭：「好。」

這時劉愛妮才露出欣慰的微笑，不管方心渝是否全身濕透，立刻上前摟住她，傳遞自己的體溫給全身濕透的病人：「嗯。」

兩人互相依偎著走向劉愛妮的私人轎車，讓方心渝坐進副駕駛座後，關上門，劉愛妮腳步急速的移至駕駛座，關上門、發動引擎，轎車瞬間消失在大雨滂沱、夜深昏暗的馬路上。

龍吟大廈三樓的燈光此時又突然間亮起，落地玻璃窗後的人體剪影再次出現，沒多久，剪影消失在窗簾後方。

❖

「謝謝妮姐，謝謝琪姐，」項少辰的好「肚」量讓其他桌的客人都看傻了眼。

方心渝見識過一次，所以面無表情的看著項少辰瘋狂的掃光占據半個長桌的菜餚。

雲天宇姿態優雅的拿著叉子，將蘿蔓葉送進嘴裡，動作美的猶如掛在牆上仕女畫中的美女。同時間，雲天宇還意識到上次帶他去員工休息室，將一身女性服裝換成餐廳制服的男服務生，動不動便朝他這裡望過來，四眼相對的當下，那位男服務生還會展開咧齒笑顏，偷偷搖手打招呼。雲天宇當然不會拒絕這種特別的示好，禮貌性的微笑點頭回禮。但這不代表這位男服務生日後能約得動雲天宇到樓上俱樂部喝酒，或者是將就的站在便利商店一起喝瓶啤酒。

劉愛妮看著同桌幾人的表情，嘴角始終上揚：「琪姐交代，少辰想吃多少就吃多少，不過，之前餓壞肚子，現在可不要一次性的吃飽喝足喔。」

項少辰右手拿著叉子，左手摸摸肚子，嘴裡咀嚼食物：「謝謝琪姐，謝謝妮姐。我有好幾個胃，不用替我擔心。」

「哼，你還能吃的這麼開心，真服了你。」雲天宇悶悶不樂的放下叉子，拿起美式咖啡輕啜一口。方心渝面前的餐盤沒裝多少食物，手裡拿著叉子猶如裝飾品般往上舉著：「發生什麼事情，需要不開心？」明知道劉愛妮特意找了雲天宇、項少辰一起吃飯，應該是想化解彼此間的誤會，所以，未免氣氛尷尬，還是主動點比較好。儘管，現在依舊對很多事情提不起興致。

項少辰聽見方心渝開口問話，塞爆嘴的食物，瞬間吞下肚，搶過雲天宇的話：「心渝，這妳就不知道了。之前，江局要我跟天宇帶一個菜鳥，就是那個害妳被天宇逮捕那個菜鳥，賀豬頭，現在因為救了我的關係，升職了，不過，我看到食物就忘了這件事情，是唷，我應該要生氣的。」

「賀豬頭，有這個人嗎？」方心渝表情認真發問。

劉愛妮忍俊不住：「確實有這個人，只是他叫做賀湘成。」回答方心渝之後，看著雲天宇：「那天在蔡怡君家被你狠踹一腳的人，就是他，對嗎？」

「哼，」彷彿美式咖啡含有酒精似的，雲天宇說的每個字都在冒火：「早知道這樣，那天我應該多踹幾下，除了屁股，再踹肚子、小腿、大腿，臉也踹一踹，看了令人生厭的嘴臉。」

聽見蔡怡君，方心渝又恢復木訥的模樣。

項少辰見自己的食物空了，本來想去拿些牛排、羊排，不過，聽見雲天宇說的內容，忍不住湊過來，補上幾句：「妮姐，妳都不知道，那小子仗著自己跟江局的關係，嘴上學長、學長的叫，暗地裡卻是只要有撈功勞的機會，一律自己搶在前頭。說好聽點，就是死別人，不死自己。」

「呸，不吉利。」雲天宇瞪了項少辰一眼：「你沒吃飽，趕緊去拿吃的，少在這裡說些不上道的話。他都是因為你的關係，踩在我頭上撈的功勞，哼，真是不懂禮數的小子。」

項少辰嘟著嘴，自討沒趣的問方心渝：「心渝，要不要我替妳拿什麼？」

「喔，我吃完再拿好了，謝謝。」

項少辰害臊的搔頭，像個大男孩說道：「不客氣啦，大家都是同事。」

雲天宇見方心渝恍神的表情，一手拍在項少辰的右手肘上，低聲斥道：「你在我們面前裝什麼矜持？頭上的傷口還沒好，不要亂抓！快去拿東西吃。順便替我拿些水果來，聽到沒？」

「自己有腳不會走去拿嗎？還要我幫你拿？」項少辰邊起身邊喃喃念著。

雲天宇惡狠狠的瞪了一眼，項少辰假裝沒看見，腳步匆忙走向餐檯。

劉愛妮看著身邊的方心渝，有點擔心她的心理狀態，可是又對天宇生氣的內容頗感興趣，兩相抉擇之下，她開口：「你沒告訴江局長，賀湘成的線人就是蔡怡君嗎？難道，江局長沒想到賀湘成只是被蔡怡君利用的棋子嗎？這樣的人還能升職？」

「妮姐，江局聽了那天妳在現場錄的音，知道賀湘成被蔡怡君利用來陷害心渝入罪，並且釋放被人囚禁的項弟。但是，唉。」

「怎麼了？」

「證據啊？有什麼證據可以交代蔡怡君利用了賀湘成？誰能證明蔡怡君囚禁了項弟？儘管，我們知道賀湘成的線人就是蔡怡君，但是，線人的事情不可能到處宣揚啊。就算賀湘成跟蔡怡君有聯繫，沒有錄音可以證明他們在討論怎麼串證，憑幾個通話記錄，誰能阻止賀湘成立功？」

劉愛妮聽了後，無奈的搖頭。

「這件事情，江局應該是傷透腦筋，再三考慮之後，還是讓賀湘成升職，不過，」雲天宇輕蔑的笑笑不語。

「不過？」

「因為升職，江局把他調到別的分局。從此以後，我跟項弟都不必帶這個馬屁精了，這算是一種彌補吧。」雲天宇終於露出勝利的笑容：「耶，江局萬歲。」

劉愛妮滿意的點頭，再看看拿著叉子發呆的方心渝，嘴角笑容瞬間消失。

雲天宇看著劉愛妮，也對方心渝的心理狀態感到憂心。

項少辰左手、右手各自端了二只盤子，裡頭滿滿的菜，四個白色盤子再度占據了半個長桌：「天宇，這盤水果分你一半，想吃其他的，你自己去拿。」說完，低頭開始吃了起來。

劉愛妮這次假借替方心渝、項少辰祛除壞運氣，邀請大家一起吃飯。其實最主要的目的還是趁大家在場，一次把話交代清楚，也想盡快知道方心渝真正的想法。

「心渝，身體不舒服嗎？沒有想吃的菜色嗎？」

回過神的方心渝，勉強揚起嘴角，搖頭：「不是，這裡的菜色很好。」

劉愛妮準備繼續問下去的時候，突然響起一陣手機鈴聲。

埋頭猛吃的項少辰驚訝的擡起頭、雲天宇急忙拿起自己的手機查看、劉愛妮靜靜看著神態慌張的方心渝到處找著自己的手機。

「心渝，別慌，手機在妳牛仔褲的左邊口袋。」

一經劉愛妮提起，方心渝急忙從口袋拿出手機一看，眉頭緊皺，半晌沒有接電話。

項少辰吞下嘴中食物：「心渝，誰打來的？」

方心渝看了項少辰一眼，隨即接通電話。

「睡覺的時候，還會做惡夢嗎？妳的惡夢，我帶走了。」對方話一說完，立刻掛斷電話。
方心渝胸口激烈的起伏，將手機放在餐桌上，左手摀住胸口，不自覺的四處張望。
劉愛妮見她如此反常，默默的張望四周。
「心渝，要找什麼？我幫妳找。」項少辰伸長脖子，漫無目的四下查看。
雲天宇警覺的移動眼珠，表情嚴肅的四處搜尋。
方心渝不花幾秒鐘，立刻與她的雙眼視線對上，她正舉著紅酒酒杯朝方心渝致意。
方心渝看了一眼，急忙坐好，雙眼朝地上看去。
她，她在這裡？
她來找我了？
正當劉愛妮、項少辰、雲天宇找尋標的物的同時，方心渝的嘴角不知不覺間揚起，一種心安的微笑，一種放心的微笑，在長髮遮住臉龐的時候，悄悄的在眾人焦急的四處查探的時候浮現。
「天啊，」項少辰張大嘴眼睛直視左前方、神情大驚的啞聲說：「她怎麼會在這裡？」
雲天宇低聲斥責：「這裡是公共場域，她當然可以來。」
「不是，我的意思是她怎麼會來這裡？」
劉愛妮也看見舉起酒杯朝這個方向晃動的蔡怡君，嘴角那抹挑釁的微笑，令人心驚，但她更加擔心的是身旁摀住胸部傷口的方心渝。

「心渝，還好嗎？」

「項弟，你的意思應該是她是不是在跟蹤誰才會到這個餐廳吃飯，對嗎？」

「對，對，對。」

低頭半晌的方心渝，用右手將長髮撩起，表情輕鬆的說：「妮姐，我很好。」

劉愛妮擔心的看著方心渝，態度親切的發問：「少辰，吃飽了嗎？」

「妮姐，別管項弟吃飽沒，我們現在趕快離開。」

「天宇、妮姐，讓少辰好好吃頓飽吧，我也還沒開始吃大餐呢。」

項少辰見方心渝這副鎮定模樣，一臉疑惑的看向雲天宇。

雲天宇詢問的看著劉愛妮。

劉愛妮細細摸索方心渝輕鬆表情背後的心態。

「與其擔心、受怕，何不勇敢面對？」方心渝視線一一對上三人：「妮姐，今天是來祛除我跟少辰的壞運氣，可以請您替我們開瓶紅酒嗎？」

方心渝態度的突然轉變，令在場其他人感到不可思議。

「心渝，妳昨天因為淋雨發燒，不能按照預定的時間出院，今天剛出院就要喝酒，這樣妥當嗎？」

「妮姐，放心，我不會像之前那樣喝過量，用紅酒帶走惡運，用酒精燒掉壞運氣，好嗎？」

見方心渝不再被蔡怡君的陰影牽制，雲天宇開口勸說：「當事人都不怕了，我們吃得好好的，幹嘛讓路？」

「對，這樣我更要保護心渝。」

劉愛妮與方心渝互視許久，拗不過眾人起鬨，她招手跟服務生示意。

對雲天宇頗有好感的男服務生急忙走過來，傾身聆聽劉愛妮交代事情的同時，對雲天宇露出微笑、手指晃動的打招呼。

雲天宇見狀，微笑示意，急忙低頭，見項少辰死盯著方心渝，一股氣湧上胸際，伸手拍了項少辰的額頭，低聲斥道：「快吃你的大餐，飢餓的笨牛。」

「哼，吃就吃，幹嘛動手。」說完，拿起刀叉，繼續低頭猛吃。

「妮姐，之前妳要求我考慮的兩件事情，我現在可以回答妳。」

劉愛妮暗暗吃驚，忖思：「還以為她不想理會我，所以故意忽略，原來她只是沒想好，但她為什麼會在現在提起這事？」

方心渝好似公告周知般說：「我會繼續從事法醫的工作，但妮姐希望我搬去跟您一起住的事情，」說到這裡，突然停下來。

劉愛妮雙眼緊盯方心渝，等她把話說完。

「您好，為您上酒杯與酒。」

男服務生將酒杯各自放在客人面前的桌上，拿起紅酒，嚴謹的將酒倒進酒杯，斟滿其他三杯，唯獨在斟雲天宇的酒杯時，表情明顯的流露出滿滿的笑意。

雲天宇在心底暗暗罵了髒話，表面上還是客套的微笑回禮。

「如果妮姐不介意有外人打擾，我很樂意搬去跟您一起住。只是，我的工作時間不穩定，沒辦法遵守約定好的時間到家，有時候可能徹夜不回家。妮姐可以接受嗎？」

方心渝這番話，讓劉愛妮懸在心頭的大石終於落下，好心情溢於言表，舉起酒杯對大家說：「不是問題。我敬大家，希望壞事過去，好事到來。」

雲天宇、項少辰一起舉起酒杯。

唯獨方心渝將酒杯高舉過頭，完全不怕胸部的傷口裂開。

「心渝，小心傷口。」

「謝謝妮姐。」說完，一口飲盡杯中酒。

雲天宇啜口紅酒，搖頭讚賞：「妮姐，大手筆啊，二千年拉圖堡紅酒，不喝完，我絕對不回家。」

方心渝笑笑：「都給你喝，我一杯就夠了。」

項少辰猶記上次醉酒的慘狀，只啜了一小口，便將酒杯放下。

慢慢品嚐紅酒的同時，劉愛妮不經意的將頭轉向蔡怡君坐的位置。

離開了？難道只是來這裡示威的？

雙眼凝視方心渝，只覺得她走失的靈魂似乎已經回來，不再像前陣子那樣悶悶不樂、常常恍神，但，這短時間內的轉變，所為何來？

方心渝將盤中的豬排、幾樣小菜、沙拉吃完後，慎重的坐直身子，轉頭看向劉愛妮：「妮姐在這裡作證，我，方心渝，目前還沒打算談戀愛，也不想走入婚姻的囚牢，只想好好把法醫的工作做好，在場所有人都是見證者。」

劉愛妮詫異的看著方心渝，直覺她似乎早已知道自己的用意，本來是找藉口替她把事情釐清，怎知，她自己早已有了決定，現在只怕眼前這兩人要失望了。

果真，項少辰聽完，突然拿起紅酒杯把酒全往嘴裡灌。

雲天宇則是放棄美食，一杯接著一杯喝著紅酒，滿臉不在乎的表情。甚至，還轉頭主動朝男服務生送出秋波。

劉愛妮轉動酒杯，意在言外的說：「心渝，今晚先住妮姐家。不過，妳這個宣言可能會害我得先送走眼前這兩個人了。」

「沒關係，我在車上等妳。」方心渝露出罕見的甜美微笑。

劉愛妮笑笑點頭，但心中隱隱有種不祥預感，這是一種無法言喻的擔憂。

人生把酒須盡歡，何苦煩憂未來事？喝吧，等事情發生再解決。

「天宇，妮姐陪你喝。」拿過紅酒瓶，閃著紅寶石般色澤的紅酒，匯聚在酒杯中。

方心渝凝望閃亮亮的紅酒液體，猶如從胸口噴出的鮮血，從蝴蝶刀的刀鋒一滴滴落進了紅酒杯。

047

愛我

國家圖書館出版品預行編目(CIP)資料
愛我 / 亞斯莫著. -- 初版. -- 臺北市 : 聯合文學出版社股份有限公司, 2021.05
312 面 ;14.8X21 公分. -- (N-JOY ; 47)
ISBN 978-986-323-386-2 (平裝)

863.57　　110007350

出版日期／2021 年 5 月 初版
定　價／350 元

ISBN 978-986-323-386-2 (平裝)

作　　者／亞斯莫
發 行 人／張寶琴

總 編 輯／周昭翡
主　　編／蕭仁豪
資深編輯／尹蓓芳
編　　輯／林劭璜
資深美編／戴榮芝
業務部總經理／李文吉
行銷企劃／林孟璇
發行助理／孫培文
財 務 部／趙玉瑩　韋秀英
人事行政組／李懷瑩
版權管理／蕭仁豪

法律顧問／理律法律事務所　陳長文律師、蔣大中律師
出 版 者／聯合文學出版社股份有限公司
地　　址／110 臺北市基隆路一段 178 號 10 樓
電　　話／(02) 2766-6759 轉 5107
傳　　真／(02) 2756-7914
郵撥帳號／17623526 聯合文學出版社股份有限公司
登 記 證／行政院新聞局局版臺業字第 6109 號
網　　址／http://unitas.udngroup.com.tw
E-mail：unitas@udngroup.com.tw
印 刷 廠／鴻霖印刷傳媒股份有限公司
總 經 銷／聯合發行股份有限公司
地　　址／234 新北市新店區寶橋路 235 巷 6 弄 6 號 2 樓
電　　話／(02) 29178022